# Jeffery Deaver

# SOTTO TERRA

*Traduzione di*
Cristiana Astori

S

SONZOGNO EDITORE

# JEFFERY DEAVER

## SOTTO TERRA

Titolo originale:
*Shallow Graves - A Location Scout Mystery*
Traduzione di Cristiana Astori

© 1992 by Jeffery Wilds Deaver
© 2006 RCS Libri S.p.A., Milano
Prima edizione Sonzogno: gennaio 2006

Edizione su licenza di RCS Libri S.p.A.
Superpocket © 2007 R.L. Libri s.r.l., Milano

ISBN 978-88-462-0857-6

"Un uomo deve mantenere la sua parola."

James Stewart nel ruolo di Rupert Caldell
in *Nodo alla gola* di Alfred Hitchcock

# 1

"Tempo fa mi hanno raccontato un aneddoto su di te", disse Marty, "e non sapevo se crederci."

Pellam non lo guardò neppure. Stava tornando in città al volante del Winnebago Chieftain 43. Avevano appena scovato una vecchia casa colonica a un chilometro e mezzo di distanza e offerto al proprietario esterrefatto mille-trecento dollari per girare due scene nella sua veranda, a patto di poter sostituire per un paio di giorni, nel vialetto d'ingresso, la sua Nissan arancio arrugginita con una mie-titrebbiatrice. Per tutti quei soldi il contadino si era anche detto disposto a mangiarsela la macchina, se solo fosse sta-to quello che loro volevano.

Pellam gli aveva risposto che non ce n'era bisogno.

"Facevi lo stuntman?" domandò Marty. Parlava a voce alta, con l'accento del Midwest.

"Qualche volta. Per un anno o giù di lì."

"E il film che hai fatto?"

"Uh."

Pellam si tolse gli occhiali dalla montatura nera anni Cinquanta stile Hugh Hefner. Quella giornata d'autunno era iniziata con un cielo blu luminoso e glaciale. Circa mezz'ora prima si era fatto buio e ora il primo pomeriggio sembrava un tramonto d'inverno.

"Era un film di Spielberg", disse Marty.

"Non ho mai lavorato per Spielberg."

Marty rifletté. "No? Be', ho sentito dire che era un suo film. Comunque, c'era una scena in cui un tipo, sai, la star, doveva attraversare in moto un ponte mentre delle bombe o qualcosa del genere gli scoppiavano alle spalle, e lui correva come un figlio di puttana fregandosene delle esplosioni. Poi una bomba gli esplode proprio sotto i piedi e lui vola in aria mentre il ponte crolla, okay? Loro pensavano di utilizzare un manichino perché lo *stunt supervisor* non voleva che nessuno dei suoi ragazzi si mettesse in pericolo, ma tu sei saltato sulla moto, gli hai detto di cominciare a girare e l'hai fatto."

"Ah-ah."

Marty fissò Pellam, in attesa. Poi rise. "Che cosa vuol dire ah-ah? Che l'hai fatto davvero?"

"Sì, me lo ricordo."

Marty guardò fuori dal finestrino, gli occhi puntati sul cielo. Vide uno stormo di uccelli, macchioline in lontananza. "Se lo ricorda." Si voltò nuovamente verso Pellam. "Avevo anche sentito che mentre il ponte crollava non è che saltavi e basta, dovevi pure restare appeso a un cavo."

"Ah-ah."

Marty attese di nuovo. Non era divertente raccontare storie di guerra a qualcuno che avrebbe dovuto raccontarle a te. "Be'?"

"È andata più o meno così."

"Non avevi paura?"

"Sì."

"Perché l'hai fatto?"

Pellam abbassò la mano e afferrò una bottiglia di Molson incastrata tra i vecchi guanti da baseball marroni. Lanciò uno sguardo alla campagna circostante densa di nubi giallo rosse, alla ricerca di eventuali poliziotti dello Stato di New York, poi vuotò la bottiglia in pochi sorsi. "Non lo so. A quei tempi facevo cose pazze. Da imbecille. Il regista della seconda unità mi ha cacciato via."

"Hanno tenuto il girato?"

"Per forza. Avevano finito i ponti."

Pellam premette a tavoletta il pedale dell'acceleratore, che ormai arrancava, per superare un tratto in salita. Il veicolo non rispose bene. Si sentì il vecchio motore perdere colpi mentre si sforzava di spingere il pesante camper sulla collina.

Marty era un uomo di ventinove anni, magro, con un cerchietto d'oro all'orecchio sinistro. Il suo viso era tondo e liscio, e le palpebre sembravano in collegamento diretto col cuore: si spalancavano ogni volta che batteva più forte. Pellam era maggiore di otto anni. Era anche lui magro, sebbene più muscoloso che ossuto, e di carnagione scura. Aveva una rada barba brizzolata che aveva cominciato a far crescere da una settimana ma se n'era già stufato. Gli occhi grigio-verdi, spesso socchiusi. Entrambi erano in jeans, giubbotto e pantaloni. Marty aveva una t-shirt nera, Pellam una camicia blu da lavoro. Vestito così, e con gli stivali a punta, sembrava un cowboy; quando qualcuno, soprattutto le donne, faceva commenti, lui rispondeva di essere imparentato con Wild Bill Hickok. Ed era vero, anche se ogni volta che lo aveva raccontato aveva distorto le cose in un modo così complicato che ormai nemmeno lui ricordava esattamente dove fosse collocato il pistolero nel suo albero genealogico.

Marty disse: "Mi piacerebbe diventare uno stuntman".

"Non ci credo", rispose Pellam.

"Invece mi divertirei."

"No, ti faresti male." E dopo qualche minuto aggiunse: "Ci siamo procurati un cimitero, una piazza di paese, due fienili e una casa colonica. Abbiamo un sacco di strada. Che altro ci serve?"

Marty sfogliò un grosso taccuino. "Un campo, molto molto grande, intendo fottutamente grande, pompe funebri, una villa vittoriana su una collina con un'ampia vista sul paesaggio e grossa a sufficienza per un matrimonio, un ferramenta e un casino di interni. Dannazione, non potrò tornare a Manhattan per almeno due settimane. Mi sono stufato delle mucche, Pellam, ne ho davvero piene le palle."

"Hai mai munto una mucca?"

"Sono del Midwest. Laggiù lo fanno tutti."

"Io non l'ho mai fatto. Però mi piacerebbe."

"Pellam, davvero non hai mai munto una mucca?"

"No."

Marty scosse il capo: "Amico mio..."

Erano passati tre giorni da quando si erano allontanati dall'Interstate. Il Winnebago aveva macinato trecentocinquanta chilometri, vagando attraverso colline ricoperte di pini nodosi, vecchie fattorie e semplici casette color pastello con pick-up parcheggiati sul vialetto d'ingresso, macchine in garage e lunghissime file di panni stesi ad asciugare.

Tre giorni di guida in mezzo a nebbia, foschia, a mulinelli di foglie giallastre e pioggia a catinelle.

Marty guardò fuori dal finestrino. Non parlò per cinque minuti. Pellam pensò: *Il silenzio è d'oro.*

Poi Marty disse: "Sai che cosa mi ricorda tutto questo?"

La mente del giovane vagava inquieta come un corvo affamato; Pellam non avrebbe mai potuto indovinare.

"Ho fatto l'aiuto in *Echi di guerra*", continuò.

Era una di quelle pellicole sul Vietnam da cinquantatré milioni di dollari per cui Pellam non aveva mai desiderato cercare location, che ora non desiderava vedere al cinema e che sapeva non avrebbe mai affittato quando alla fine fosse approdata alla Tower Video di Los Angeles.

Marty disse: "C'erano delle ragioni per cui non l'hanno girato in Asia?"

"È una domanda?"

"No. Te lo stavo per raccontare."

"Sembrava che lo chiedessi a me", puntualizzò Pellam.

"No. Hanno deciso di non girarlo in Asia."

"Perché?"

"Non è importante. L'hanno deciso e basta."

"Capito", disse Pellam.

"Sono andati in Inghilterra, in Cornovaglia." Pellam vide la testa di Marty oscillare, con un sorriso tutto denti sul faccione ovale. A Pellam piaceva l'entusiasmo. Anche se era tipico di quelli che non smettevano di parlare. Non si può avere tutto.

"Lo sapevi, amico, che in Inghilterra ci sono le palme? Non ci potevo credere. Le palme. Comunque, lo scenografo ha fatto le cose alla grande: basi militari, buchi di mortaio e tutto il resto. Ci svegliavamo alle cinque di mattina per le riprese e io avevo questa strana sensazione. Nel senso che *sapevo* di essere in Inghilterra e *sapevo* che era solo un film. Ma gli attori erano in costume, in divisa, dormivano nelle trincee e si nutrivano con razioni dell'esercito. Per volontà del regista. Te lo dico io, amico, a forza di girare lì in mezzo ero completamente... nauseato." Rifletté se fosse la parola giusta. Decise che lo era, e ripeté: "Nauseato. Che è come mi sento ora".

Tacque.

Pellam aveva lavorato in molti film di guerra, ma in quel momento non gliene veniva in mente nessuno. Pensava invece al vetro del finestrino laterale del camper ridotto a una ragnatela. Era successo il giorno dopo il loro arrivo. Il Winnebago era dotato di vetri molto resistenti e il lancio doveva essere stato davvero forte perché la bottiglia passasse dall'altra parte. Un biglietto all'interno diceva: AD-DIO. Negli anni il camper aveva subito gli atti di vandalismo più creativi, ma nulla di così ambiguo e sgradevole come quel messaggio. Pellam si ricordò che i vandali avevano la raffinatezza di non lanciare il loro messaggio attraverso il parabrezza; volevano essere sicuri che il Winnebago avesse la vista sgombra quando si sarebbe allontanato dalla città.

Aveva anche notato che il proiettile era una bottiglia, non una pietra, e che, oltre a quel biglietto, avrebbe potuto tranquillamente contenere della benzina.

Ecco a che cosa stava pensando ora John Pellam. Non a stuntman, o a film di guerra o ad albe minacciose nell'Inghilterra tropicale.

"Comincia a far freddo", disse Marty.

Pellam cercò il riscaldamento sul cruscotto e lo alzò di due tacche. Respirarono l'aroma umido e gommoso dell'aria calda che si diffondeva nell'abitacolo. Lo stivale di Pellam calpestò i pezzi di vetro del finestrino andato in frantumi. Li spinse di lato con un calcio.

*Addio...*


Il centro di Cleary non era gran che. Due lavanderie a gettoni, una filiale della Chase Bank e una banca locale; due bar che sembravano allestiti dallo stesso scenografo; una dozzina di negozi d'antiquariato con le vetrine stipate di tavolini da tè, distintivi di campagne elettorali, candelabri, treppiedi, scatole di latta, tappeti stinti e a brandelli, eleganti utensili vittoriani. C'erano due agenzie immobiliari (entrambe dotate di avvocato), un negozio di articoli musicali che esponeva strumenti per bande di paese e un ferramenta; un minuscolo *tea shop*, quasi da hobbit, che faceva grandi affari con la vendita all'ingrosso di dolci e miele; un vecchio negozietto con il pavimento in legno, che vendeva merce a poco prezzo; un paio di drugstore, di cui uno con un bancone che sembrava arrivato direttamente dagli anni Cinquanta, così perfetto che uno scenografo non sarebbe riuscito a fare di meglio. Molte case si erano trasformate in piccole attività commerciali: CRYSTALMERE, GIOIELLI ORIGINALI CREATI DA JANINE; IMPORT DELLA SCOZIA, SPECIALIZZATI IN LANA SHETLAND.

Davanti al ferramenta, sotto una tenda, c'erano due adolescenti grassi, dalle facce brufolose e dal ghigno provocatorio, con le camicie aperte sul torace obeso incuranti del vento pungente. Uno dei due alzò il dito medio all'indirizzo del camper.

"Teste di cazzo", commentò Marty.

(In Messico, dove Marty e Pellam erano stati il mese prima, gli abitanti erano più cordiali, anche se forse la cosa aveva a che fare con la loro moneta di scambio: i biglietti verdi hanno un ruolo cardine nella solidarietà e nella comprensione tra le nazioni.)

Pellam alzò le spalle.

Marty continuava a guardare fuori dal camper, lungo il marciapiede. Commentò: "Non ci sono molte donne in questo paese". Aggrottò le sopracciglia; sembrava contrariato perché nelle vetrine dei negozi o a passeggio per le vie non c'erano bellezze in costume da bagno stile *Sports Illustrated*.

"Quando hanno saputo del tuo arrivo, le hanno spedite tutte sulle colline." Pellam era alla ricerca di un parcheggio.

"Non ho visto neanche un cinema."

"Ti conviene sperare che ce ne sia uno, ragazzo mio", ribatté Pellam. "Sei destinato ad avere più fortuna col cinema che con le donne."

Marty ignorò la battuta e domandò, quasi con reverenza: "Amico, non trovi che sia il massimo fare l'amore con una ragazza di campagna in una stanza d'albergo strana?"

"Piuttosto che in una stanza d'albergo normale?" In effetti, Pellam pensava davvero che fosse il massimo o che comunque ci andasse vicino, anche se non lo chiamava "fare l'amore" e non provava quella gioia di trasgredire tipicamente adolescenziale. A Pellam toccava tenere d'occhio Marty, che aveva la tendenza a perdere il controllo e a flirtare con le bionde incontrate nei bar dei loro alberghetti, donne anni luce più toste di quelle di Manhattan; anche di quelle più languide e dallo sguardo di ghiaccio; donne che lo avrebbero trattato come un boa che invita a cena un topolino.

Raggiunsero il centro del paese proprio quando la pioggia aveva cessato di raccogliersi in dense nubi e cominciava a venire giù, sferzando le strade e facendo cadere violentemente le foglie. La visibilità era scesa a zero e il camper ondeggiava come una nave in burrasca.

"Wow", fece Marty. "Direi che è giunto il momento di ubriacarci."

Pellam parcheggiò. Sotto un'acqua torrenziale, non vide il marciapiede e gli salì sopra con un frastuono metallico. Non si ricordava se a Cleary esistevano dei parchimetri; se c'erano, adesso ce n'era uno di meno.

La pioggia non diminuiva. Sembrava che una dozzina di ballerini di breakdance si divertisse a dare spettacolo sul tettuccio del Winnebago. Cadeva a secchiate sul parabrezza e sui finestrini. Batteva e sibilava.

Pellam guardò Marty. "Al tre."

"Dannazione, Pellam, no, fuori piove a dirotto."

"Non volevi bere?"

"Aspettiamo finché non..."

Pellam aprì la portiera. Saltò fuori.

"... finisce."

Non fecero più di otto passi di corsa che dovettero cercare un riparo; erano fradici. Spalancarono una porta che emise il suono basso di un campanaccio. Marty si fermò all'improvviso. "Questa è una *tavola calda*, Pellam."

"Chiudi la porta, tu!"

"È una tavola calda."

Pellam disse: "È troppo presto per bere. Intanto, ho voglia di un dolce".

"Un dolce, Pellam? Dannazione."

Marge's era un locale anonimo in plastica azzurra. Le luci erano neon verdastri, facevano pensare a quelle che illuminano i corridoi del liceo, qualsiasi liceo.

Si sedettero al bancone e presero dei tovaglioli di carta dal contenitore metallico per asciugarsi il viso e le braccia.

Due tipi sudici sui cinquant'anni, forse operai nei silos oppure contadini, tarchiati, la pelle nera di sporcizia, erano curvi su due candide tazze da caffè. Continuarono a conversare, senza perdere una parola, anche se tenevano gli occhi puntati sui nuovi arrivati come due segugi sulla preda.

"Proprio così, il suo Massey si è quasi capovolto."

"Sull'Interstate? Avrei pagato per vederlo."

"Con il casino che hanno fatto poi gli automobilisti. Ti ho mai raccontato di quella volta che sono finito nel fosso con la mietitrice?"

Marty disse che non gli sarebbe dispiaciuta una birra e la cameriera – trentatreenne, bel viso e fianchi larghi – rispose che neppure a lei sarebbe dispiaciuta, peccato che non avevano la licenza. "Peccato davvero", ripeté la donna, cercando disperatamente qualcosa da dire. Poi decise: "Vuoi qualcos'altro?" In tono adorante.

Marty guardò torvo all'indirizzo di Pellam, poi sorrise alla cameriera. Optò per una scodella di *chili* e una Coca-Cola.

Pellam ordinò un caffè e una fetta di torta al cioccolato. "È fatta in casa?" domandò.

"Dipende, se per casa intendi quelli della A&P, sì." Aggiunse un pizzico di infatuazione all'adorazione e si rivolse a Marty, con occhi sognanti: "Cipolle?"

"Sì, sì."

"No", intervenne Pellam. In un camper piccolo, l'alito si sente.

Marty sospirò. La donna lo guardò e lui fece segno di no. Lei chiese a Pellam: "La torta la vuoi *à la mode*?"

"Alamo...?"

La cameriera si guardò intorno. "No, *à la mode* vuol dire con sopra il gelato."

"Oh. No. Dammi solo la torta."

"Ragazzi, avete un camper coi fiocchi." La donna non si muoveva. "Papà aveva preso un Travel-All, ma una volta ha sbagliato a fare marcia indietro, stavamo andando al lago Webster, e si è rotto il semiasse."

Pellam disse: "Bisogna fare attenzione".

"Non si è mai risaldato bene."

"Immagino."

Dopo un attimo, lei si allontanò ancheggiando. Le chiappe belle sode che ondeggiavano mentre si dirigeva verso il bancone sul retro e gridava in cucina di preparare un *chili*.

Marty era eccitato. "Guarda quei negozietti, Pellam. Lungo la strada." Stava sbirciando fuori dalla vetrata. "Ci sono stato ieri. È un posto davvero straordinario. Voglio dire, lì vendono parrucche. Due ripiani. In quale altro negozio al mondo puoi entrare, lasciargli diciannove dollari e novantanove e uscirtene con una parrucca? Dimmi, puoi fare la stessa cosa a Rodeo Drive o sulla Michigan Avenue?"

"In effetti ti si stanno diradando i capelli."

La pioggia sferzò contro la grande vetrata. Attirato dal rumore, Pellam si voltò e vide una donna entrare nella tavola calda, il campanaccio che suonava mentre la porta si apriva. Lei si sfilò una mantellina verde. Aveva all'incirca la sua età, forse uno o due anni in più, e indossava un abito liso color porpora e dalla vita alta. *I cosiddetti vestiti della nonna*, pensò lui.

I capelli erano lunghi e castani con riflessi d'argento, divisi nel mezzo. Fissò sia Pellam sia Marty. Al primo fece una specie di sorriso, poi si voltò verso il bancone asciugandosi la pioggia dal viso.

Pellam e Marty si scambiarono un'occhiata, un codice che avevano perfezionato nel corso degli anni. Gli occhi di Marty sembravano lampeggiare la risposta: *È tutta tua*. Avevano utilizzato altre volte questo tipo di messaggi.

Un attimo dopo, entrambi estrassero di tasca le Polaroid, le allinearono sul bancone e si misero a parlare di inquadrature.

La tipa vestita da nonna li guardò, con noncuranza. Quindi si girò verso la cameriera e ordinò un tè alle erbe e un *muffin* ai cereali. Guardò di nuovo nella loro direzione, poi altrove.

La cameriera posò davanti ai due uomini il caffè e la Coca-Cola e tirò fuori da una scatola di cellophane e cartone una fetta di torta molto lievitata. Scomparve nel retro per prendere il *chili*.

Servì il cibo, sempre adorante. Loro mangiarono. Anche la tipa vestita da nonna mangiava. Non si guardò più in giro. Non disse nulla neppure quando Pellam pronunciò la parola "Hollywood" due volte nella stessa frase, prima di mettere via le Polaroid.

"Com'è la torta?" domandò Marty.

Dopo tre morsi Pellam non ne poteva più. Però il caffè era buono. Spinse il piatto verso Marty che gli infilò dentro un cucchiaio con attaccato un po' di *chili* bisunto. Altri tuoni fecero tremare violentemente i vetri.

Pellam disse: "Sai a cos'altro sta lavorando adesso Lefkowitz?"

Marty rifletté. "Intendi quel progetto in Europa?"

Pellam scosse la testa.

Marty disse: "Ah, sì. Il western?"

Pellam sorrise. Si alzò e si diresse verso il telefono, poi fece un cenno a Marty: "Guarda qui". Era davvero stupito. "Una chiamata costa ancora un decimo di dollaro." Adesso la tipa vestita da nonna lo stava guardando. Sorrideva. Lui ricambiò. Lei si girò di nuovo verso la sua tazza di tè.

Pellam compose il numero e fu messo in attesa, poi di nuovo in attesa, e poi ancora e ancora. Alla fine, l'assistente di produzione prese la linea e disse: "Johnny, ragazzo mio, dove sei?"

Pellam sapeva che era giovane, ma non riusciva a dargli un volto. "In giro."

"Ah, in giro", ripeté lui. "Ah."

"Già", fece Pellam pigramente. "Com'è il tempo lì a Hollywood? Qui si muore di caldo. Siamo quasi sui quaranta gradi."

"Johnny, come sta andando?"

"Sta andando."

"Non sto scherzando, amico, il capo si è fissato su questo progetto e se non gli troviamo in tempo le location sono cazzi. Dove diavolo ti sei cacciato?"

"Credo di avere trovato il posto che fa al caso vostro."

"Oh, adoro il suono della tua voce. Sposami."

"È un posto perfetto."

"Dimmelo, Johnny, dimmelo. Abbiamo delle pressioni, *hombre*. Pressioni sacrosante, mi capisci?"

Pellam si chiese dove insegnassero a parlare "produttorese". Forse all'UCLA. Lanciò un'occhiata a Marty, poi disse al telefono: "Il direttore della fotografia potrà scatenarsi. Le riprese all'alba saranno meravigliose. Deserto ovunque, per svariati chilometri... Cioè non riesci a vedere neanche un dannato albero, neanche uno, a meno di guardare verso ovest con un teleobiettivo, e poi..."

"Deserto?"

"... poi c'è questa minuscola baracca. Non si possono fare riprese all'interno, però..."

Dall'altra parte del filo percepì il silenzio più totale.

Continuò: "... non temere. C'è un *corral* e credo che si possano spostare lì alcuni interni. La scena in cui..."

"Mi stai prendendo per il culo, John."

Pellam sembrò offeso. "Prenderti per il culo? E perché, se ti ho detto che è perfetto, vuol dire che lo è. Non mi permetterei..."

"Mi stai prendendo per il culo."

Marty gridò: "Raccontagli degli *arroyos*".

"Oh, certo, gli *arroyos*. Hai presente la scena in cui i comanche si avvicinano furtivi alla capanna?"

"John, non è divertente."

"Che vuoi dire?"

"Non è un western."

"Cosa significa non è un western?" E poi una pausa, in cui Pellam finse di esaminare il copione. "Come la chiami l'Arizona del 1876?"

"*Sei-in-Arizona?*" La voce aveva assunto la tonalità stridula di un antifurto per auto. "*Ti-hanno-mandato-la-sceneggiatura-sbagliata?*"

Pellam fece: "Ah..."

Cercò di prendere tempo, ma non poteva resistere un secondo di più. Marty, che aveva sentito l'urlo dell'assistente di produzione, aveva piegato la testa sul bancone e si agitava senza controllo. Pellam scoppiò.

"Sei un dannato figlio di puttana!" urlò l'AP. "Non è divertente."

Lui si dondolava contro la parete della cabina telefonica, soffocato dalle risate, tentando di respirare. "Scusa", ansimò.

"Non... è... divertente."

Anche se l'evidenza diceva il contrario.

Pellam si calmò e guardò Marty; e non poté fare a meno di rimettersi a ridere. Quando si riprese, riuscì a dire: "Siamo in un posto chiamato Cleary. A nord di New York. Sembra buono. Credo che sarà perfetto. Abbiamo gli esterni per ventisette scene su cinquantuno, ma abbiamo quelli delle scene principali, quindi ci rimangono da trovare solo alcuni sfondi. Finiamo le Polaroid e ti mandiamo il materiale in un paio di giorni". Si interruppe per un istante, prima di aggiungere: "Ho dato un'occhiata allo script. Posso suggerire alcune modifiche?"

"No, nessuna. È inciso nella pietra." Adesso anche l'AP rideva, di una risatina indulgente, solo per far vedere che stava agli scherzi ma che era il momento di mettere da parte i giochetti e dare risposte dirette. "Chiaro, John? Hai capito?"

"È un..."

"Non c'è più tempo. Il capo si mangerà le mie palle a colazione, se non ci sbrighiamo. Che cosa mi stavi per dire?"

"Quando?"

"Proprio adesso. Ti ho interrotto."

"Solo che è un paese interessante. Funzionerà." Pellam abbozzò qualche parola in produttorese. Recitò: "Stai *cool*, amico".

"Ah-ah."

"Per un minuto sarò serio", continuò.

"Siamo in ascolto, caro."

"La sceneggiatura. So che non sarai favorevole, ma ho fatto qualche ritocco e..."

"Non sono né favorevole né sfavorevole. In realtà me ne frego."

"La storia va un po' aiutata."

"Dimenticatelo. Lefty taglierà anche le *tue* palle, se solo glielo dici."

Pellam citò un'altra espressione hollywoodiana. "Il fatto è che un buon copione non è necessariamente un grande copione."

"Ma è il copione di Lefkowitz."

"Sono cazzi tuoi", osservò Pellam.

"No, è mio il culo."

"Prima di salutarti, ti dovrei parlare..."

"Di cosa? Problemi?"

"Non si tratta di un vero problema, non credo. È che

trovare il campo di aviazione è stato più difficile di quanto pensassimo."

"Il..."

"Io e Marty voleremo domani a Londra. Saremo a Dover intorno alle cinque di pomeriggio."

"A Dover?"

"Ora di Londra, naturalmente."

"Quale campo di aviazione?"

"Lo sai, la scena del paracadutista..."

"Johnny, sei un cazzone, non te l'ha mai detto nessuno?"

Pellam riattaccò.

Raggiunse Marty e commentò: "Ha il senso dello humour".

Marty riprese a occuparsi della torta.


Mezz'ora più tardi la pioggia si trasformò in una nebbia sottile e la tipa vestita da nonna, dopo aver lanciato un paio di sguardi appassionati in direzione di Pellam, tornò "in miniera". Almeno così disse alla cameriera, sempre impegnata ad adorare Marty.

"Si gira", fece Pellam.

"Ciao-ciao!" esclamò lei.

"A dopo", disse Marty.

"Quando vuoi", rispose lei.

Appena la porta si chiuse alle loro spalle, Pellam commentò: "... dove vuoi e come vuoi. Che bambolina deliziosa".

"Pellam, non è colpa mia se sono uno stallone."

"Lei ti vuole, amico. Vuole che tu diventi il padre dei

23

suoi figli. Di tutti e dodici. Ti guarda e arrossisce, la furbastra. Oh, stanotte ti sognerà."

"Dacci un taglio."

"Forse dovresti cominciare a pensare di stabilirti qui", disse Pellam serio. "Impari a lavorare nei campi, ti metti un berretto della Caterpillar per nascondere la pelata, entri nella squadra locale di baseball..."

"Senti chi parla, caro il mio vecchio. Quell'altra signora lì dentro mi ricordava molto mia madre."

"Sono le più esperte."

"Sono le..."

Si fermarono entrambi, a circa sei metri dal camper.

"*Cos'è* quello?" chiese Marty.

Pellam si stupì che il giovane non riuscisse a capire, poi però si rese conto che assomigliava alle illusioni ottiche nei libri di scienze, quelle che alcuni colgono distintamente, mentre altri hanno bisogno che gliele si spieghi.

Sembrava piuttosto chiaro. Sul lato del camper, tracciate con la bomboletta spray nera, c'erano le immagini grossolane di due tombe con il loro tumulo e le croci piantate dentro. Scarabocchiata sotto c'era di nuovo quella parola.

*Addio...*

"Oh", sussurrò Marty. "Dannazione."

Si avvicinarono e girarono intorno al camper, aspettandosi di trovare altri danni. Invece no, c'era solo quell'opera d'arte. Guardarono da una parte all'altra della strada. Era deserta.

"Chi sarà stato? Forse i due ragazzi che abbiamo incrociato prima?"

"Forse", rispose Pellam. "Come faccio a saperlo?"

Rimasero per un po' a osservare le linee incerte con cui era stato tracciato lo scarabocchio, poi Pellam si incamminò sulla Main Street.

"Che cosa facciamo?"

"Compriamo acquaragia e lana d'acciaio. Non possiamo andare in giro come se pubblicizzassimo le pompe funebri."

# 2

Pellam si rivolse a Janine, la tipa vestita da nonna. "Potevano spendere qualche soldo in più. Se deve rappresentare qualcosa, deve avere una certa classe."

Erano nella piazza del paese e stavano osservando il piccolo cannone dipinto di nero, donato al paese dall'associazione veterani di guerra. Non sembrava in grado di tirare una palla più in là di tre metri.

Pellam era su una panchina a selezionare Polaroid, quando lei era passata per caso e gli si era seduta accanto. Lui aveva sentito profumo di tè alla menta e quando aveva alzato lo sguardo aveva visto che la donna lo stava fissando. Aveva passato rapidamente in rassegna alcuni scatti di un bosco.

"Forse un certo valore ce l'ha", ribatté Janine. "L'apparenza inganna."

A Pellam il suo abbigliamento piaceva di più del vestito da nonna che indossava il giorno prima: gonna lunga, stivali e un grosso maglione di lana. I capelli erano sempre divisi a metà e alla luce del sole assumevano riflessi ramati. Doveva essere sulla quarantina e poteva dimostrare qualche anno di più, anche se probabilmente non li aveva. Era la disgrazia di molti fiori; magari sono più adattabili e vivono più a lungo, ma il sole e l'aria aperta giocano brutti scherzi.

"Che fine ha fatto il tuo socio, il ragazzo con quella smorfia furbetta che dev'essere uno o due anni al di sotto della mia età limite?"

"Ha noleggiato una macchina. È in giro nei dintorni a fare sopralluoghi nei parchi. Ci mancano ancora parecchie scene, per cui abbiamo diviso la squadra."

"Per che società lavorate?"

"Per i Big Mountain Studios."

"Non sono quelli di *Night Players*? E di *Gange*... Oh, quello sì che era un gran film. Sei andato in India per le riprese?"

Pellam scosse la testa.

"Wow! Conosci William Hurt? L'hai mai incontrato?"

"L'ho visto una volta al ristorante."

"Willem Dafoe? Glenn Close?"

"No e no." Gli occhi di Pellam erano rivolti verso il centro del paese, che in quella strana calura emanava una specie di bagliore. Erano le undici del mattino e la temperatura era una decina di gradi sopra quella del giorno prima. L'estate indiana.

"Parlami del film al quale state lavorando ora."

"Non siamo soliti divulgare notizie."

Lei gli diede scherzosamente un pugno sul braccio. "Scusa? Che cosa vorresti dire? Che sono una spia? Che voglio vendere il soggetto alla MGM?"

"Si intitola *Sotto terra*", rispose lui.

"Forte. Bel titolo. Chi ci recita?"

"Il cast non c'è ancora."

Janine insisté: "Avanti. Non ci credo". Abbassò timidamente la testa e i capelli le coprirono il viso, lasciando fuori soltanto gli occhi, come una donna islamica col velo. "Dammi un indizio."

"Sono caratteristi che forse non conosci." Pellam sorseggiò il suo caffè.

La gente era sempre interessata ai pettegolezzi. Chi saltava da un letto all'altro. Quali attrici si erano rifatte il seno. Chi picchiava la moglie. A chi piacevano i ragazzini. Chi partecipava alle orge a Beverly Hills.

Ogni tanto qualcuno si interessava anche al film.

"Parla di una donna che torna al suo paese d'origine per il funerale del padre. Ma alla fine scopre che non era suo padre e che forse è l'assassino del suo vero padre. È ambientato negli anni Cinquanta, in un paesino chiamato Bolt's Crossing. Alias Cleary."

Si alzò. Lei lo osservò gettare il bicchiere di carta del caffè in un cestino della spazzatura con dei tulipani dipinti sopra. "Ne bevi troppo. Tutta caffeina. Riesci lo stesso a dormire?"

"Dov'è il cimitero? Voglio scattare alcune foto."

"Seguimi." Si diressero verso est e, mentre camminavano, Janine chiese: "Parlami ancora del film".

"Per ora basta così."

Lei mise il broncio. "Se non sei carino con me, potrei anche rifiutarmi di farti da guida."

"Oh! Ho bisogno di una guida. Altrimenti non potrei più fare ritorno nel mondo civile."

La donna fece una smorfia melodrammatica e disse:

"Brutte notizie, amico. È *questo* il mondo civile. E questo è il massimo che ti può offrire".

Dopo mezz'ora giunsero al cimitero.

La reazione di Pellam fu la stessa di quando lui e Marty erano arrivati per la prima volta in paese e il giovane aveva notato il cimitero dalla strada principale. Era perfetto. Alberi alti e neri circondavano una piccola radura in cui le lapidi consumate dal tempo erano inclinate in modo suggestivo. Niente monumenti ingombranti o mausolei. Soltanto pezzi di pietra che spuntavano dal bosco.

Estrasse la Polaroid dalla tasca e scattò tre o quattro fotografie. Sul cimitero aleggiava un'atmosfera cupa che sembrava provenire dalle nubi basse, a cumuli. La luce accentuava i contrasti: i tronchi erano più scuri che in pieno sole; l'erba e le genziane erano come impallidite; le lapidi ancora più sbiadite, candide come vecchie ossa. Molte erano completamente erose. Pellam e Janine attraversarono il prato, diretti vero il bosco. Una fitta recinzione di filo spinato arrugginito separava il cimitero dal sottobosco. Si fermarono e osservarono gli alberi confondersi in un intrico di rami. Pellam credette di vedere qualcuno che lo stava spiando, ma non appena si spostò di lato il voyeur tornò a essere parte dei rami, dei rampicanti, del fogliame.

Janine sentenziò: "Solo una cosa… Se nel film ci sono Robert Redford o Paul Newman e tu non me lo dici, non ti rivolgerò mai più la parola".

"Non ci sono."

"Ho visto *Butch Cassidy* dodici volte. Quattro volte più di *Let it be*."

"C'eri a Woodstock?"

Lei sorrise, stupita. "Certo, e tu?"

"No, ma mi sarebbe piaciuto. Parlami del cimitero."

"Cosa c'è da dire? Qui seppelliscono i morti."

"Quali morti? Ricchi, poveri, contadini, contrabbandieri?"

Lei non sembrava afferrare il senso della conversazione. "Intendi dire, che cosa rappresenta questo posto per la storia del paese?"

Pellam stava osservando una tomba:

ADAM GOTTLIEB

1846-1899

NAVIGHERÀ IN ETERNO NEL TUO OCEANO, SIGNORE

"Ha mancato il secolo. Che sfiga. Insomma, è questo che cerco. La storia del luogo, l'atmosfera."

Janine piroettò su una lapide, come una ragazzina. "Ti immagini com'era Cleary cento anni fa? Avrà avuto cinquecento, seicento abitanti a dir tanto."

Pellam scattò alcune Polaroid.

Janine lo prese a braccetto. Lui sentì la pressione del suo seno contro il gomito e si chiese come fossero i capezzoli. Chissà se aveva le lentiggini. Adorava le lentiggini.

Camminarono per qualche minuto. Pellam fece: "Non vedo lapidi recenti".

"È un problema?"

"No. Sono solo curioso."

"C'è un cimitero nuovo fuori dal paese", disse Janine.

"Ma la spiegazione è un'altra. A Cleary la gente non muore. Perché è già morta."

Aveva in mente qualcos'altro. Esitava, giocherellando col bordo del bicchiere di carta del tè. "Primo, c'è una cosa che ti devo dire. Sono sposata, in un certo senso." Alzò lo sguardo. "Ma siamo separati. Andiamo sempre d'accordo, io e il mio ex, ma non fisicamente, capisci? Adesso vive con un'oca che gestisce un negozio di moto vicino a Fishkill. Il marito l'ha mollata. Ogni tanto ritorna a farsi vivo, ma in sostanza sono separati."

Pellam cercava di seguirla. C'erano due mariti, era così? Uno dei due era tornato? Da chi? No, entrambi...

Janine aggiunse: "Volevo solo raccontarti com'era la storia. Nel caso in cui sentissi dei pettegolezzi... Be', sai come vanno le cose."

Lo guardò. La pressione del suo sguardo era forte quanto quella del suo seno. Attendeva una risposta.

"Certo, lo so", disse lui.

Janine diede un calcio ad alcune foglie. Pellam sperò ardentemente che non le saltasse in testa di farci una battaglia. Non c'è niente di peggio di una persona sulla soglia della mezza età che fa la deficiente.

"Raccontami di Hollywood. Chissà che festini depravati, eh?"

"Non ci vado spesso, laggiù."

"Non è lì che ci sono i vostri studi?"

"Sono a Century City."

"Dov'è?"

"Adesso è un centro direzionale. Una volta era un terreno di proprietà della Twentieth Century Fox."

"Ma pensa! Super."

Tornarono alla piazza. Pellam ricaricò la macchina fotografica. Guardò in alto. C'erano facce che lo scrutavano da tre finestre diverse. Immediatamente guardarono in un'altra direzione. Passò una donna, che spinse avanti la figlia di sei anni dicendo: "Lei è Josey".

Pellam ridacchiò e continuò a camminare. La voce si era diffusa in ogni angolo di Cleary. Qualcuno voleva girare *un film*! Erano stati avvistati David Lynch, Lawrence Kasdan, Tom Cruise, Meryl Streep, Julia Roberts, John Candy. Avrebbe avuto un cast miliardario. Comparse. Biglietti per Hollywood. Grandi occasioni per tutti.

Nessuno dei locali si era ancora presentato per avere una parte, ma Pellam stava raccogliendo un sacco di tacite audizioni attraverso i loro sorrisi, e gli auguri di buona giornata o di felice permanenza in paese.

"Che cosa fanno qui gli abitanti per divertirsi?" chiese. "Quando non cercano di avere una parte in un film?"

"Ci divertiamo molto a derubare i turisti distratti. Ti fermi fino a sabato?"

"Forse."

"Allora aspetta e vedrai. È autunno. Centinaia di automobili, piene di gente che va a guardare gli alberi, neanche fossero dei mandala. Sono del tutto fuori. Spendono un sacco di soldi. Prima della gioielleria ho avuto per qualche anno un *tea shop*. Mettevo un pasticcino a due dollari e un *muffin* ai cereali a due e venticinque. Sborsavano senza battere ciglio."

"Che altro fate tutti quanti, quando non rapinate i *turistas*?"

Janine si fermò a riflettere. "Stiamo insieme. In genere

io e i miei amici ci troviamo e ci organizziamo. Giochiamo a Monopoli o a Trivial Pursuit. Affittiamo parecchi film. Poi mettiamo in piedi feste locali, parate, associazioni agricole. Un po' come nel Midwest. I lavoratori – sono abituata a pensare in termini di classi... una volta ero marxista –, i locali si dedicano ad allevare bambini, a creare associazioni, a fare colazione con le focacce, a sparare ai tacchini, ad andare in chiesa. Seguono il credo protestante in ogni sua possibile variazione. Però siamo molto tolleranti. Le due famiglie ebree qui in paese sono ben considerate."

Camminarono ancora per qualche minuto. Pellam la guardò. Janine era inquieta, cercava una definizione sintetica: "Qui la vita non è facile per una single".

Lui rimase zitto per un po', poi disse: "Il film ha anche un lato oscuro, la violenza nelle piccole città. Qui è successo niente del genere?"

"Oh, certo. Molta violenza domestica. Un paio di anni fa, un contadino ha imbracciato un fucile da caccia e ha ucciso la famiglia. L'hanno scovato a casa sua, mentre guardava *La ruota della fortuna*. Ah, invece l'anno scorso la grande notizia è stata quella dei due tipi trovati assassinati. Lo sceriffo ha scoperto i cadaveri sepolti nel bosco, nella riserva di caccia. È saltato fuori che erano dei sicari che venivano da New York."

"Sicari? Com'era la storia?"

"Nessuno l'ha mai capito. Meglio così. Abbiamo continuato a parlarne per sei mesi buoni."

Pellam guardò in strada verso l'agenzia immobiliare Dutchess County. La luce del mattino colpì la vetrina e lui ebbe l'impressione che qualcuno lo stesse osservando, forse una bionda. Ma non assomigliava agli altri questuanti; il modo in cui lei lo guardava aveva qualcosa di intenso e complicato.

Pellam decise che stava diventando paranoico.

*Addio...*

Distolse lo sguardo, poi diede un'altra occhiata. La bionda voyeur era scomparsa. Proprio come la spia immaginaria nel bosco sopra il cimitero. Che *forse* non era così immaginaria.

Janine disse: "Adesso devo aprire il negozio ma, se vuoi, un'altra volta ti posso far vedere l'unico edificio che scampò al grande incendio del 1912".

"Volentieri."

"Davvero?"

"Certamente", fece Pellam.

*No, il verme lo dividiamo...*

Pellam stava camminando in una via laterale. Aveva in mano la sceneggiatura rilegata in rosso. Prendeva appunti, scattava foto.

*No, John, davvero... Insisto.*

Stava pensando all'incarico in Messico del mese precedente.

Lui e Marty avevano trovato una giungla sconfinata fuori da Puerto Vallarta e quando erano iniziate le riprese avevano bazzicato lì intorno, bevendo mezcal con quelli della troupe, e assistito mentre il regista sprecava ventisettemila metri di pellicola (girati con un filtro Softar che dava al film l'aspetto patinato di uno di quegli stupidi spot della Nike o della IBM). La storia aveva a che fare con falsari, uomini d'affari svizzeri e donne brune e magre simili a Trudie, l'ultima fiamma di Pellam a Los Angeles.

Dannazione, aveva dimenticato di telefonarle. Da una settimana. *Devo chiamarla, la chiamerò. Assolutamente.*

In Messico, Marty si era appassionato alle riprese e aveva passato molto tempo sul set. Pellam si era installato nel bar affollato non di avventurieri come nelle scene di apertura de *Il tesoro della Sierra Madre*, ma di turisti cittadini in viaggio organizzato sei giorni-sette notti, pasti inclusi. Li aveva evitati con cura almeno quanto l'acqua locale e aveva familiarizzato con un capo elettricista barbuto che aveva due intense passioni: i generatori di corrente d'epoca e le brunette emaciate.

Aveva condiviso con lui quest'ultima passione: l'amore per le brune, non necessariamente emaciate. D'altra parte, sia i *location scouts* sia gli elettricisti sono considerati semplici mercenari. Certo, un'assistente al guardaroba o una truccatrice un po' esuberante potevano essere disponibili, ma qualunque attrice con un contratto sindacale era del tutto fuori dalla portata di un *location scout* o di un elettricista.

Nel giro di un paio di settimane, i due avevano svuotato sei bottiglie di un liquore oleoso nel quale i vermi dell'agave fluttuavano come astronauti nello spazio. Avevano diviso i vermi. Quello rimasto l'avevano tagliato in tre parti con il coltellino di Pellam e l'avevano gettato nell'ultimo bicchiere di quella bevanda fumosa. Il capo elettricista aveva giurato sui suoi effetti allucinogeni e aveva borbottato qualche parola in un gergo pseudoazteco mentre svuotava il bicchiere.

Pellam gli aveva risposto che era matto e non aveva sentito altri effetti oltre all'ubriacatura.

Il film era uno schifo, ma lui si era divertito. Cristo, quello era il Messico. Che cosa potevi perdere? Le scene finali (o meglio, l'intera pellicola) avevano richiesto più esplosivi e mitragliatori che recitazione, ma lui si era svagato a osservare il liquore nella bottiglia scendere verso quei vermi grassi e biancastri e ad ascoltare le cariche esplosive, dal vivo molto meno rumorose che nella versione finale, dopo l'aggiunta degli effetti sonori.

Whump whump whump.

Dopo un po', anche quel paradiso aveva cominciato ad annoiarlo. Pur non essendo un tipo dal sorriso facile, amava però gli scherzi e ne aveva organizzati di buoni. In quel viaggio in Messico ne aveva combinati parecchi con gila impagliati e crotali di gomma. Lo scherzo migliore era stato quando aveva convinto uno stuntman ad appendersi con gli stivali attaccati al soffitto nella stanza d'albergo del regista. Quando questi, fumato e non del tutto lucido, era entrato in camera, lo stuntman si era messo a gridare: "Amico, sei sul soffitto! Come diavolo hai fatto?" Il regista era rimasto di ghiaccio, sembrava James Arness ne *La cosa da un altro mondo*. Lo stuntman aveva rischiato di svenire, per le risate e per il sangue al cervello. Pellam aveva registrato tutto con la videocamera e aveva progettato di spedire il nastro come regalo di Natale ad amici selezionati.

Pellam ci aveva guadagnato. Il *location scout* è per l'industria cinematografica ciò che la Svizzera rappresenta per la guerra. Qualunque catastrofe, tradimento o vittoria si verifichi nelle alte sfere, sul set o tra il cast, nessuno pensa al *location scout*. I produttori sono considerati dei ladri, gli attori dei decerebrati, i registi degli snob esigenti, i commercianti dei gorilla. Tutti detestano gli scrittori.

Ma i *location scouts*, quelli sono cowboy.

Fanno la loro parte e poi scompaiono.

Oppure si siedono nelle retrovie a bere mezcal, a rimorchiare la segretaria di edizione o a provarci con le attrici, e poi scompaiono. Nessuno chiede di loro una seconda volta. Pellam aveva fatto altri lavori nel campo del cinema, ma il *location scout* era quello che era riuscito a far durare per più di due anni.

Il mese precedente il Messico. Una settimana prima la Georgia.

Adesso, Cleary, Stato di New York. Con quella faccia tosta di Marty, l'esca perfetta per le bionde. Con una prosperosa hippie d'altri tempi. Con un centinaio di foto Polaroid. Con un cimitero.

E con gente non troppo felice della sua presenza in paese.

*Addio...*

Si fermò in una stradina che conduceva a quello che poteva somigliare a un parco pubblico. Ma poteva anche essere un cortile privato; gli appezzamenti a Cleary erano molto vasti. Gli venne in mente la sua casa a Beverly Glen, dove i lotti di terreno misuravano un esiguo numero di centimetri quadrati. Si fermò a osservare la costruzione colonica azzurrina, acquattata nel mezzo. No, non si trattava di un parco. Era una villa. Ed era in vendita. Il cartello era appeso sulla facciata anteriore.

Pellam si chiese che impressione facesse possedere una

casa così grande in un paese così piccolo. Contò le finestre. Dovevano esserci cinque camere da letto. Non conosceva altre quattro persone disposte a dormire tutte insieme a casa sua.

Decise di attraversare la strada. Quanto sarebbe costata una villa come quella? Com'era fatta dentro?

Non l'avrebbe mai saputo.

Era a metà strada quando una piccola auto grigia oltrepassò la collina, finì su una zona del terreno resa sdrucciolevole dal fogliame e cominciò a slittare. Lui tentò di togliersi dalla traiettoria, ma qualcosa di lucente e metallico lo investì all'altezza della coscia.

John Pellam vide: un mare di foglie gialle levarsi in cielo; un bagliore di luce sul vetro; una grande quercia ruotare su se stessa; la casa azzurrina capovolta, come in un tornado. Poi sentì il marciapiede venirgli addosso e tutto scomparve in una luce malata.

# 3

"Dove si è fatto quella cicatrice?"

Pellam aprì gli occhi. Aveva voglia di vomitare.

Lo disse all'uomo vestito di bianco, muscoloso e sui quarant'anni che era in piedi accanto lui. Non appena il dottore lo ebbe rassicurato dicendo che era normale, Pellam smise di trattenersi.

Una padella comparve appena in tempo e il medico proseguì il suo calmo monologo: "Lei si è svegliato dopo una commozione cerebrale a cui seguono sempre episodi di rigurgito. Non ha semplicemente perso i sensi, ha battuto la testa e perso conoscenza. Sì, si tratta di una reazione normale".

Assomigliava al veterinario al quale una volta Pellam aveva portato un cane. Era uno di quei classici barboncini, pensò, ma non ne era sicuro. Gli piacevano i barboncini, tuttavia non gli sembrava di averne mai posseduto uno. Il fatto di non ricordarsene lo preoccupava. Forse aveva un'amnesia.

Emise un gemito. Dopo quel rigurgito assolutamente normale, aveva i muscoli dello stomaco in fiamme e la gola che gli bruciava. Si sommavano al dolore che gli cresceva dentro la testa, un pallone che non smetteva di ingrossarsi finché le ossa non si sarebbero spezzate e la pressione sarebbe schizzata fuori come il vapore da un tubo.

Bevve un sorso d'acqua, si risciacquò la bocca e sputò. Non c'erano infermiere e il medico si allontanò con la padella e tornò con una pulita. La posò sul tavolo accanto a Pellam.

No, non era un barboncino, era un terrier. Uno di quelli di Trudie. L'aveva poi chiamata?

"Dovrebbe essere quello", disse il medico, e non spiegò altro.

Pellam si fece un autoesame. Aveva indosso soltanto un paio di mutande sotto un camice di stoffa azzurra. Sollevò le lenzuola e controllò ogni parte del corpo, in ordine di importanza. L'unico segno di infortunio, eccetto le bende sulla testa, era un'ecchimosi sulla coscia che ricordava, per forma e colore, una melanzana mutante.

"Fossi in lei eviterei di bere per un po'", dichiarò il medico.

Pellam annuì. Poi aggiunse: "Sono stato investito da una macchina". Era come ubriaco. Era seccato che quella fosse l'unica cosa sensata che riusciva a dire.

Il dottore fece: "Ah-ah". Soprattutto era curioso della cicatrice. Era lunga più di trenta centimetri, un tratto di pelle lucida e frastagliata a forma di scalpello che gli attraversava il bicipite destro e il petto.

Risaliva alla volta in cui l'addetto alle armi aveva capito male le istruzioni per la carica e aveva utilizzato dinamite al posto della nitrocellulosa per truccare la Oldsmobile. Quando la macchina era esplosa, Pellam era stato investito in pieno petto da un frammento lungo mezzo metro. All'epoca il medico gli aveva spiegato che, se fosse andato dritto, quel pezzo di metallo l'avrebbe inchiodato al muro. ("Ti avrebbe abbattuto come un maiale, Pellam. Hai avuto un gran culo, figlio di puttana.")

"Una volta facevo lo stuntman."

"Oh, è lei l'uomo del cinema?" chiese il dottore. Pellam lo guardò con attenzione. Forse era davvero un veterinario. Aveva l'aspetto di uno che doveva avere a che fare con terrier e barboncini riccioluti, e mucche da mungere.

"Sono l'uomo del cinema."

"Mi auguro che non faccia più lo stuntman."

"La vita è già così eccitante."

"Le credo."

"Come sono messo?"

"Niente di serio. Trauma cranico ma senza fratture. È caduto bene, forse perché faceva lo stuntman. Il taglio sulla testa è piuttosto profondo, rischia di infettarsi facilmente, quindi stia attento. Le do il Betadine."

"Siamo in un ospedale?"

Il medico rise. "Questa è bella... Un minilaboratorio, un pediatra e un ginecologo. Se questo è un ospedale, come lo chiamiamo... Cleary General?"

"Posso andare?"

"No. Deve restare per questa notte. Il capogiro le durerà ancora un po'. Non vorrei che cadesse. Qui ci sono parecchie riviste, il *Reader's Digest*, qualche *National Geographic* e roba del genere. C'è anche una Bibbia, se le interessa."

"Devo avvisare una persona."

"C'è un telefono in corridoio. Posso chiamare da parte sua. Se mi..."

"No, quella persona mi aspetterà al camper. È parcheggiato in Main Street." Pellam gli disse che Marty sarebbe tornato intorno alle sei.

"Ho un figlio che lavora allo stabilimento dell'International Harvester. È un dirigente. Può assentarsi un attimo e lasciare un messaggio sulla portiera del camper."

"La ringrazio."

Pellam vide il dottore prendere un foglio accanto al letto e scriverci su.

"Cos'è stato? Chi mi ha investito?"

L'altro continuò a scrivere.

Pellam si chiese se ci fosse stata omissione di soccorso, chi ci fosse al volante – qualche gradasso, un ragazzino, probabilmente. Si chiese anche se si *trattasse davvero* di un incidente.

Gli venne in mente il graffito con le croci sul Winnebago. Ripensò alla scritta: *Addio...*

Il dottore alzò lo sguardo: "Lei è qui fuori".

"Come?"

"Lei è qui. Aspetta di vederla."

"Lei chi?" domandò Pellam.

(Stava parlando di Trudie? *Dannazione, spero di averla chiamata.*)

"L'automobilista. La donna che l'ha investita."

"Oh", disse Pellam. "C'è anche un avvocato?"

"No, è da sola."

"Posso vederla?"

"È sicuro di *volerla* vedere?"

"Credo di sì."

"Allora va bene", fece il medico.

A prima vista Pellam la trovò una tipa graziosa ma non sexy. Soda, ma non prosperosa, pensò, scoraggiato. Non era per niente il suo tipo. Una donna con un gran sorriso. Doveva essere sui trentadue, trentatré anni, anche se sembrava più vecchia: i capelli biondi cotonati, il fondotinta chiaro e abbondante, i collant color carne la facevano sembrare una signora attempata. Avrebbe potuto partecipare a un concorso di miss. Pellam provò a immaginarsela con un bastone da majorette in mano, mentre lo faceva volare in alto sul palcoscenico durante la sua esibizione. Lei entrò nella stanza con un volto inespressivo, ma non appena superò la soglia increspò timidamente le labbra.

Pellam si aspettava che se ne venisse fuori con un *Diomiotuttobene?*

"Benvenuto a Cleary", disse invece con una voce bassa e sensuale che fece quasi dimenticare a Pellam la maschera di fondotinta. Si diresse verso il letto e gli tese la mano. Vide la cicatrice e si impressionò. La maschera crollò per un istante, poi tornò a sorridere. "Meg Torrens."

"John Pellam."

Si fece seria. "Non so che cosa dire."

Invece lui sapeva che cosa pensare: *Che sfiga.* Aveva fatto un rapido inventario. La donna portava un anello di rappresentanza che sembrava saldato al dito, una fede nuziale e un anello di fidanzamento con una pietra enorme.

"Nessun problema. Può succedere", le disse.

(C'era quell'avvocato, un ex figlio dei fiori, che aveva fatto un ottimo lavoro per lui una volta, quando ne aveva avuto davvero bisogno. Il capellone era attento a quel che a Pellam poteva sfuggire e gli aveva spiegato che c'erano parecchie frasi da non dire alla gente a cui in seguito avresti potuto fare causa. Ora gli venne in mente che forse non avrebbe dovuto dire: *Nessun problema.*)

Lo sguardo di lei corse alla cicatrice.

Lui fece: "Non è colpa sua".

La donna batté le palpebre.

Pellam si toccò il braccio. "Non questa, voglio dire. Le farei vedere la ferita che porta il suo nome, ma non siamo ancora così in confidenza."

Lei commentò: "Questa sembra piuttosto brutta".

"È successo tanto tempo fa."

"Non credo di voler sapere come."

"Stavo sparando con un mitragliatore contro una Olds-mobile dell'88 che è saltata in aria."

Lei lo fissò, aspettando che dicesse la verità, poi fece una risata educata, breve. "Un mitragliatore."

"Credo fosse un Uzi." Pellam aggrottò le sopracciglia e si concentrò. "No, era un MAC-10."

Annuì. Certo, si trattava di un MAC-10. E di un terrier che assomigliava a un barboncino. Non aveva nessuna amnesia. Guardò la donna. Come aveva detto che si chiamava?

"Un MAC-10", ripeté.

Lei lo squadrò un'altra volta, senza replicare. Gli porse una borsa di plastica bianca con i manici. "Regalo", disse. Era diventata rossa e Pellam la trovò adorabile. Non riusciva a ricordare l'ultima volta che aveva visto una bella donna arrossire. A Los Angeles era proibito. Di sicuro Trudie non ne era capace.

Aprì la borsa. La scatola non era impacchettata, ma aveva sopra un fiocco. Una Polaroid nuova.

"Che fine ha fatto quella vecchia?"

"È rimasta schiacciata."

Pellam rise. "Non era il caso. La compagnia mi rimborserà."

La donna sorrise guardinga, forse non era sicura se lui si riferisse alla compagnia di assicurazioni di lei o a quella cinematografica di lui. Pellam intendeva la propria, ma poi immaginò che tutto sarebbe finito comunque sul conto di lei, dalla Polaroid alla parcella del medico e a qualche quattrino per risarcirlo della sua agonia (l'ecchimosi a forma di melanzana avrebbe impressionato alla grande la corte, e ora aveva un nuovo giocattolo per immortalarla). Aggiunse: "Grazie".

Giocherellò con la macchina liscia e quadrata senza sapere cosa dire. La ricaricò, poi la sollevò all'improvviso davanti alla donna e scattò una foto. Lei batté le palpebre e per un istante sembrò molto nervosa, come se temesse che lui volesse procurarsi delle prove.

Bzzzzt. Pellam adorava quel suono. Osservò la foto appena sviluppata: era fuori fuoco, storta, venuta male; e lei aveva gli occhi quasi chiusi. Gliela porse.

"Cosa..."

Lui alzò le spalle. "È un regalo. Può farla incorniciare."

Lei guardò la foto. "È orribile." Poi la mise nella borsetta e alzò gli occhi alla parete, dov'era appeso un diagramma per le visite oculistiche, ingiallito e vecchio di trenta o quarant'anni. Lo fissò socchiudendo gli occhi e Pellam si domandò se si stesse automisurando la vista oppure se lo stesse valutando, immaginando che figura avrebbe fatto tra le stampe di ponti incorniciate di legno chiaro nel suo elegante tinello o accanto alla vecchia insegna da barbiere nell'altra stanza. Non era a questo che si dedicavano le casalinghe della zona? L'acquisto di antichità?

Lei chiese: "È lei l'uomo che fa i film?"

"No. Vado solo in giro a cercare location che mi verranno poi bocciate dagli studios."

"Proprio come me. Faccio vedere case a gente che non le compra."

Quindi non era una casalinga. Era una donna in carriera. *Attenzione, Pellam. L'entroterra americano non è più come l'hai lasciato. Non sottovalutare i locali.*

"Di che genere di film si tratta?"

"È un film artistico."

"I Big Mountain Studios sono famosi."

"In un certo senso", fece Pellam. "Come fa a sapere quel nome?"

"Ho visto il permesso sul finestrino del camper. Il suo Winnebago."

Pellam annuì.

"Quando cominceranno le riprese?"

"Fra tre settimane, più o meno."

Lei fece un cenno col capo. "Immagino che ci sarà un sacco di gente che vuole recitare."

"In effetti qualcuno c'è. Pensano che sia emozionante. Vuole anche lei una parte? Io sarei..."

"Dice a me?" Batté le palpebre con avido stupore.

A Pellam non piacevano le donne che non capivano quando uno stava scherzando. Né quelle che lo interrompevano prima che lui potesse fare una battuta gustosa (ma non troppo di buon gusto) riguardo al "casting sul divano".

"Tutti vogliono comparire in un film", disse senza

guardarla direttamente, ma studiando il suo riflesso in uno specchio tondo alla parete. "Tutti vogliono essere ricchi. Tutti vogliono essere giovani. Tutti vogliono essere magri."

La donna – Meg se ricordava bene (MAC-10, terrier, Meg, Meg, Meg) – la donna si rimangiò quello che stava per dire e dichiarò: "Ho un bambino". Sembrava sentirsi più a suo agio, ora che aveva stabilito dei confini. *Ehi, uomini, battete in ritirata.*

Pellam si stava stufando della visita. Lui aveva il suo regalo, lei la fede e il bambino. Adesso Meg poteva anche andarsene. Invece disse: "A mio figlio piacerebbe comparire in un film".

"Ma lei preferirebbe di no", ribatté lui, facendo mostra del proprio intuito.

"Non so. Lui va pazzo per la California. L'anno scorso abbiamo visitato gli Universal Studios. Gli sono piaciuti un sacco. Anche a me. Soprattutto King Kong."

"Gli Universal Studios non sono Hollywood, se non nel senso più ampio del termine."

Meg chiese: "Ha figli?" Ora era lei a controllare l'anulare di Pellam.

"No."

Una pausa di silenzio.

"Immagino che sarebbe impegnativo avere dei bambini, con un lavoro come il suo."

"È vero", ammise Pellam.

"Anche essere sposati sarebbe duro", continuò lei.

"Ha ragione."

"Quindi non lo è?"

"Sono divorziato."

Meg annuì. Pellam si chiese se stesse immagazzinando questi dati e se sì, in quale file.

"Allora passa il tempo a guidare e a cercare posti per girare film?"

Lui ci pensò un attimo, poi stabilì che nessuno avrebbe potuto descrivere la sua vita in modo più chiaro e accurato. "Sì."

Scese un silenzio denso e piacevole.

Lei gli porse un pezzo di carta. "Questo è il mio agente delle assicurazioni."

Pellam posò il biglietto sul comodino accanto alla padella.

"Mio marito mi ha detto che non dovevo parlarle. Ma non potevo non venire."

(*John, gli sbirri e le compagnie assicurative sono pronti a papparsi le tue parole come cioccolatini. Non farti scappare una dannata sillaba con quei cannibali, chiaro il concetto?*)

"Sono cose che capitano."

"Sono finita su un mucchio di foglie. Non mi aspettavo di vedere qualcuno in mezzo alla strada."

Pellam ci provò seriamente. La guardò dritto negli occhi, piegando la testa: "Se finiamo tutti e due in tribunale, posso invitarla a pranzo dopo la sentenza?"

Meg rise educatamente senza prendere la palla al balzo. Né provò a rilanciare.

Lui continuò: "Ha già recitato, vero?"

Lei rise di stupore. "No. Ma ho fatto la modella. Solo per un anno. Da cosa l'ha capito?"

Non l'aveva capito, infatti. Pellam pensava fosse una casalinga che si era trasformata in segretaria che si era trasformata in agente immobiliare. Ma nell'intimo era convinto che nonostante il figlio, nonostante il fondotinta, nonostante il marito attento, nonostante la fede, baciasse molto bene. Ed erano almeno due mesi che quando si svegliava c'era solo Marty, che gli raccontava qualche suo stupido sogno. Disse: "Dal modo in cui si muove... Non so. Era una semplice sensazione".

Percepì che lei si stava facendo trasportare, pur mantenendo un tono colloquiale. "Ho vissuto per un po' a Manhattan", spiegò Meg. "Lavoravo nel campo della moda. Ma ero troppo bassa per ottenere incarichi importanti. In ogni caso non mi piaceva." Strinse il braccio al petto e cercò la porta; sembrò sollevata quando vide che si trovava solo a un paio di metri di distanza. "Perché mi fa queste domande?"

"Mi piace sempre scoprire i particolari sulle location che sto cercando dalla gente del posto. È..."

"Del posto?" Cercò, senza riuscirci, di nascondere il disappunto.

Pellam continuò: "Ho la sensazione che lei abbia vissuto qui abbastanza a lungo da potermi dare un'idea del vero volto di Cleary".

Meg fece una smorfia. Qualunque obiettivo avesse quella visita, non era stato raggiunto. Si affrettò a guardare l'orologio. "Devo andare. C'è una persona che mi sta sostituendo in ufficio."

"Quando uscirò di qui, e mi hanno giurato che sarà domani, mi permetta di offrirle il pranzo."

"No, io..."

"Tranquilla", la interruppe Pellam. "Posso guidare io."

"Uh, non credo sia una buona idea. Sono molto impegnata. Ho parecchio da fare."

"La gente ha molto da fare a Cleary?"

D'accordo, aveva esagerato. Forse si era dimenticato che si doveva sempre stare molto attenti a trattare con la gente del posto. Soprattutto se si veniva da un posto mille volte più grande.

*Ma avanti, campagnoli, cercate di avere almeno un po' di senso dello humour.*

Lei si irrigidì. "Certo, la gente a Cleary è molto impegnata. In questo paese ci sono cose che uno come lei non potrebbe nemmeno immaginare..."

"Okay, perfetto", dichiarò Pellam.

La donna si incupì.

"Continui a raccontare. Mi sta trasmettendo l'atmosfera del luogo. È proprio quello che stavo cercando."

"Perché io?" Alzò la voce, come se l'avessero rimproverata.

Pellam, che non poteva confessarle la verità, fece: "Non lo so".

"Dovrei andare."

"No, non dovrebbe."

"Comunque, io non sono una 'del posto'. Abito qui solo da..."

"Non me lo dica, mi lasci indovinare..." Cominciò a sentirsi crudele. (Diavolo, perché non esserlo? D'altronde lei l'aveva investito.) "Da dieci anni."

Meg lo fulminò con un'occhiata: "Che cosa le fa pensare che abiti qui da tutto quel tempo?"

*Adesso che sei in ballo, balla.* "Il trucco, la pettinatura, l'abbigliamento..."

"Cosa c'è che non va nei...?" Alzò la voce, indignata. Ne avesse avuto l'occasione, stavolta avrebbe fatto apposta a investirlo.

"Nulla. Mi ha solo chiesto..."

"Fa lo stesso." Meg puntò verso la porta.

Pellam domandò: "Allora quando ci vediamo?"

"Conosce la parola *mai*?" Era arrivata alla soglia e stringeva la maniglia con rabbia. Poi sembrò ricordarsi che non si sbattono le porte delle cliniche, così la richiuse in silenzio. Un istante dopo la riaprì e disse: "Per sua informazione, vivo qui da cinque anni, non da dieci".

La porta si chiuse nuovamente, stavolta più forte.

*Ah, tornerà.*

Pellam udì il ticchettio dei suoi tacchi bassi sul linoleum, il rumore del portone poi più nulla.

*Tornerà.*

Un motore si accese.

*Tornerà.*

Sentì l'auto far saltare la ghiaia lungo la strada, aumentare il numero di giri.

*Okay, forse no.*


Bzzzt.

Marty si cacciò in tasca la Polaroid ancora umida e scrutò diffidente una zona brulla sul pendio di una montagnola, di là da un burrone. La pioggia acida doveva aver bruciato gran parte del verde. Non era un bello spettacolo. Quando andava a scuola, aveva frequentato diversi corsi sull'ambiente; era in grado di riconoscere gli effetti della pioggia acida.

Scattò quattro fotografie, le numerò e le infilò in tasca. Tutti i *location scouts* usavano le Polaroid, ma Marty aveva l'hobby della fotografia e avrebbe preferito utilizzare la sua vecchia Nikkormat 35mm. I diversi obiettivi avrebbero dato un'idea migliore di come sarebbero apparsi l'ambiente e le location attraverso una macchina da presa Panaflex. Ma lui era stipendiato dagli studios e gli studios avevano detto: "Polaroid".

Voleva diventare un regista. Se ne intendeva di macchine da presa. Amava il modo in cui si incastravano perfettamente quei congegni stridenti con le parti meccaniche pesanti e ben oliate. Amava la superficie piatta e tonda degli obiettivi Schneider, alloggiati nella loro custodia di velluto blu. Amava l'Arriflex portatile da 35mm, che gli operatori spostavano qua e là per il set come fosse un lanciarazzi. Amava il movimento fluido e robotico delle Steadycam.

Si immaginò altri due anni a fare il *location scout*, poi sarebbe stata ora di chiudere. (Un giorno un regista della seconda unità avrebbe esclamato: "Cristo, l'operatore è ubriaco... Tu, ragazzo, mettiti dietro la Panaflex e comincia a girare".) In attesa di quel momento, non gli dispiaceva fare il *location scout*. Soprattutto se lavorava per John Pellam, con cui ogni giornata di lavoro valeva come due giorni di esperienza.

Marty tornò indietro, giù per la collina, diretto alla Tempo presa a noleggio.

*Cattura l'atmosfera.*

Aveva dovuto impegnarsi parecchio per cogliere l'atmosfera. Pellam gli aveva fatto leggere la sceneggiatura migliaia di volte. Gli script sono sempre un casino da leggere, ma Pellam aveva insistito.

*Devi catturare l'atmosfera.*

L'atmosfera: era quello il plus che intendeva Pellam, nonostante tutte le sue bravate e la tendenza a farsi sbattere fuori dal set. Ed era proprio quel plus che Pellam sapeva dare. Questo era l'insegnamento più importante che aveva trasmesso a Marty.

Stava cominciando a fare caldo. Era uscito il sole. Marty guardò l'orologio. Doveva trovare ancora tredici location, ma era un peccato perdere un sole così. Pausa birra. Raggiunse il baule dell'auto e tirò fuori una Miller. La stappò. Si sedette sul paraurti posteriore a sfogliare la sceneggiatura. Si sbottonò la camicia e lasciò che i raggi di sole colpissero il suo petto magro e abbronzato.

Gli piaceva stare seduto al sole a bere birra. Amava la campagna e il crepitio dell'erba secca e giallastra quando la calpestava. Quando era in California, Marty abitava in un condominio a Van Nuys, ma preferiva viaggiare per vivere le diverse stagioni. Adorava l'autunno. Si domandò se a New York ci fosse più lavoro nel campo del cinema rispetto a Los Angeles.

Si domandò...

Il proiettile colpì la parte anteriore dell'auto risuonando come uno schiaffo proprio un istante prima che lui sentisse riecheggiare il colpo di fucile. Saltò su con gli occhi sbarrati mentre lo script, la Polaroid e la birra finivano a terra. Una schiuma bianca e profumata di malto schizzò via dalla lattina.

"Cristo", sussurrò, mentre terrore e sollievo si diffondevano assieme nel suo corpo. Non fu in grado di fare altro se non fissare, a bocca spalancata, il buco nella carrozzeria. Ricordò di aver letto sui giornali di una donna ammazzata per errore dal colpo di un fucile che aveva sparato a chilometri di distanza: un incidente di caccia. "Cristo."

Pensò: *Fosse stato un metro più a destra...*

Il secondo sparo, che non riuscì a sentire, non fu un metro più a destra. Centrò in pieno il serbatoio della benzina.

Con un sibilo, la fiammata si espanse in tutte le direzioni per un raggio di sei metri. Si udì l'urlo terrorizzato di Marty levarsi dalle fiamme. Poi, mentre la Ford bruciava fino a ridursi a uno scheletro carbonizzato, scese il silenzio, rotto soltanto dallo scoppiettio delle fiamme e dallo stridio delle oche e dei cigni in fuga, accompagnati dal ricordo di quella terribile esplosione.

# 4

Per prima cosa Pellam credette che la tragedia lo riguardasse in prima persona.

Aveva la leucemia. Un tumore. Il morbo di Hodgkin.

*Sono spiacente, signore. Dalle radiografie è emerso qualcos'altro.*

Il medico aprì la porta lentamente. Pellam lo guardò in volto. L'uomo doveva essere ferrato in quella tecnica. La stessa che aveva usato Pellam quando era morto suo padre ed era toccato a lui dare la notizia a un sacco di persone. Aveva lasciato che gli occhi bassi e gli interminabili sospiri parlassero da soli, preannunciando la notizia tragica. Terribile. La peggiore. Riconobbe la stessa espressione negli occhi del medico veterinario giovane e forte che si era arrestato sulla soglia come se volesse godersi gli ultimi istanti del suo buon umore.

Pellam sentì il cuore che gli esplodeva nel petto. "'Sera", fece.

Poi vide il vicesceriffo, un giovane dal fisico simile a quello del medico, la faccia infantile e i capelli tagliati alla marine. La prima cosa che gli venne in mente fu che avessero rubato il camper. Ma lo sguardo dei due era troppo tetro e rifletteva un carico di dolore troppo grande. In quell'istante capì.

"Marty?"

Il medico guardò il vicesceriffo che annuì.

Lui chiese: "Ha avuto un incidente?"

Il vicesceriffo rispose: "Mi dispiace, signore".

"Cos'è successo?" Pellam si accorse che gli mancava il respiro. Non aveva più aria nei polmoni e un dolore straziante si faceva strada nel petto.

"La sua auto ha preso fuoco. Mi spiace doverle comunicare che è rimasto ucciso", spiegò il vicesceriffo.

"Mio Dio." Pellam chiuse gli occhi. Avvertì un senso di perdita feroce e opprimente. Rivide mentalmente il giovane, come in un fermo immagine. Lo aveva sempre trovato strano: i suoi ricordi erano curiosamente statici, per essere uno che lavorava nel cinema. Sembravano istantanee in Kodacolor. Immobili.

"Mio Dio..." La voce gli si affievolì. All'improvviso pensò a tutto quello che avrebbe dovuto fare. Chi avrebbe dovuto avvisare? Che cosa avrebbe dovuto dire? Nelle prossime ore proprio lui, Pellam, il sostituto paterno di quel povero ragazzo, avrebbe dovuto occuparsi delle macabre formalità ufficiali. "Che cosa è successo? Uno scontro?"

Il vicesceriffo, un giovane non molto più vecchio di Marty ma con quell'aria sicura di sé tipica di molti poliziotti, rispose: "A dire la verità, signore, sembrava che stesse facendo uso di droghe. Abbiamo trovato della marijuana e alcune fiale di crack. Lui..."

"Crack? Marty?"

"Abbiamo trovato il corpo vicino al serbatoio della benzina. Pensiamo che dell'erba abbia preso fuoco e lui abbia tentato di spegnere le fiamme. Prima di farcela, è saltato in aria."

"Lui non faceva uso di crack."

"Be', signore, le devo anche riferire che poco prima che succedesse il fatto abbiamo ricevuto una chiamata. Dicevano di aver visto uno dei due uomini del cinema vendere della marijuana a quello che sembrava un ragazzo del luogo. Loro..."

"No", saltò su Pellam. "È impossibile."

"Hanno descritto l'auto quasi alla perfezione, signore."

"Chi è stato?"

"Era una telefonata anonima."

"Anonima."

"C'era un pacchetto di stagnola con dentro un bel po' di erba. E del crack. Dentro l'auto. Nel cruscotto. Non era ancora del tutto bruciato."

Pellam si coprì il volto con le mani. Si chiese se stava per mettersi a piangere. Negli ultimi dieci anni aveva pianto solo due volte. Una dopo il funerale di un amico. L'altra quando la sua ex se n'era andata. Tutte e due le volte era ubriaco. Adesso invece era sobrio e non intendeva mettersi a piangere.

"Se può consolarla", continuò il vicesceriffo, "il coroner ha detto che è successo velocemente." Guardò il medico in attesa della conferma che una morte rapida era moralmente più accettabile di una lenta.

Il dottore porse a Pellam un bicchiere di carta. Dentro c'erano due pillole, due minuscole pillole bianche.

"La aiuteranno a dormire."

Pellam scosse il capo, ma non gliele restituì. Strinse il bicchiere con entrambe le mani e fissò i due puntini bianchi, studiandoli attentamente, osservando le luci e le ombre che si creavano a contatto con la parete del bicchiere; notò come le due pillole fossero esattamente uguali e simmetriche e come si appoggiavano l'una contro l'altra formando una specie di simbolo dell'infinito tridimensionale.

C'era una cosa che non poteva raccontare: che oltre che addolorato, era furioso. Era stato per mesi dietro a Marty perché la smettesse con la marijuana. Non che Pellam non avesse avuto a suo tempo qualche limitata esperienza di stupefacenti, ma scoprire che Marty si era portato di straforo in Messico un paio di grammi di coca e un po' d'erba era stato uno choc. Il giorno in cui Pellam aveva trovato quella roba, aveva letteralmente trascinato il ragazzo fuori dal letto e l'aveva inchiodato contro la parete metallica e fredda del camper poco prima dell'alba, pretendendo di sapere dove avesse nascosto il resto. Lui aveva confessato, agitandosi come un isterico – era ancora sotto l'effetto di un potente cocktail di oppio e marijuana.

Pellam sapeva che aveva fatto acquisti ad Atlanta, ma aveva lasciato correre. Le inclinazioni personali di Marty erano affari suoi, a meno che non coinvolgessero la dogana, l'antidroga e i *Federales* messicani.

Però il crack... Marty non ne aveva mai fatto uso prima.

"Uhm, come...?" stava per chiedere al vicesceriffo, ma i suoi pensieri si arrestarono. Per un istante l'ingranaggio si bloccò. Gli uomini lo guardarono pazientemente. Lui si riprese: "Che cosa dovrei fare?"

Il medico rispose: "Deve riposare e basta. Non voglio vederla fuori dal letto fino a domani".

"Ma..."

L'inappuntabile vicesceriffo si mise un paio di occhiali a goccia con lenti giallo fendinebbia che sembravano presi direttamente da un *biker movie* anni Sessanta. Il suo cordoglio sembrava sincero. Infilò un pollice nella fondina di cuoio e disse: "Il coroner sta preparando adesso la sua relazione. Noi abbiamo già avvisato la famiglia del ragazzo. E lo studio cinematografico".

La sua famiglia...

*Salve, signora Jacobs. Lei non mi conosce, ma io lavoravo con suo figlio. Ci hanno sbattuti fuori da un bordello a Nogales circa tre settimane fa.*

Il vicesceriffo proseguì: "Abbiamo dato disposizioni affinché il corpo ritorni a Los Angeles. Immagino che lei, signore, voglia viaggiare con la salma, così le abbiamo prenotato un posto sullo stesso aereo. Le pompe funebri locali hanno acconsentito a trasportarla fino all'aeroporto di Albany. Sarà imbarcata dopodomani sul volo 6733 dell'American Eagle".

"Sempre se il paziente si sarà ripreso a sufficienza per viaggiare", precisò il medico.

*Suo figlio, signor Jacobs, si stava fumando un bel po' di crack ed è saltato in aria.*

"Naturalmente", affermò il vicesceriffo. "Certo." Si sporse in avanti e Pellam notò un rotolo di grasso straripare da sopra la lucidissima fondina nera di cuoio appesa alla cintola. Disse: "Signore, come può immaginare, non amo molto la droga. Soprattutto se il suo amico la vendeva ai nostri ragazzi. Ma sono davvero dispiaciuto per lui. Quello che è successo non è bello. Ed è eccessivo, capisce cosa intendo?"

Gli occhi grigio acciaio dell'uomo si strinsero dolenti e Pellam lo ringraziò. Riguardò le pillole. Sul bicchiere erano rimaste le sue impronte di sudore.

"Adesso le prenda. Ha bisogno di riposo", ripeté il dottore.

Pellam non riusciva a parlare. Annuì.

"Ora la lasciamo solo. Se desidera un po' di compagnia o qualunque altra cosa, io e mia moglie abitiamo a meno di cento metri da qui. Durante la notte verrà un'infermiera. Basta che glielo dica e lei mi verrà subito a chiamare."

"Grazie."

Il medico e il vicesceriffo lasciarono la stanza. Pellam tentò di posare il bicchiere sul comodino, ma calcolò male la distanza e lo appoggiò sul bordo. Il bicchiere cadde sul pavimento. Una pillola, o forse tutte e due, rotolarono da qualche parte, senza fermarsi. Non guardò neppure per terra. Si sdraiò e fissò il soffitto finché il rosso del tramonto si oscurò e scese la notte. Allora si addormentò.


Il rumore.

Mentre era sul camper, a Pellam ritornò in mente il modo in cui Marty si sedeva di lato sulla cuccetta del camper e faceva dondolare le Adidas avanti e indietro. Thud-thud, pausa, thud-thud. Come il battito regolare di un cuore.

Dio, che silenzio. Alzò la testa e non sentì nulla. Solo un ronzio, ma quello era *dentro* la sua testa. In realtà sentì anche la voce di Marty, la sua risata e il finto battito cardiaco prodotto dalle scarpe, ma anche quelli erano nella sua testa. Niente ronzii né di aerei né di motori diesel. Nessun bambino che facesse baccano mentre giocava. Pellam si sedette al posto del guidatore, e si voltò a guardare la zona notte. Quando stava seduto, se teneva la schiena dritta gli faceva meno male. Rimanere in piedi era un'agonia, se non si appoggiava. Ma, per chissà quale motivo, quando si muoveva il dolore era sopportabile.

*Ah, Marty...*

Si alzò. La tragedia l'aveva distrutto più dell'incidente. Quando camminava era ancora piuttosto rigido, ma aveva rifiutato il bastone raccomandato dal medico. Sul cranio si era formata una crosta scura e il livido a forma di melanzana era diventato verde in più punti.

Prima che gli passasse il coraggio, riempì un sacchetto di plastica di Macy's con gli effetti personali del ragazzo. Dopo di che si fermò, e osservò il sacchetto per qualche minuto: il grande logo rosso-marrone e le pieghe bianche simili a una ragnatela. Si rialzò, svuotò la borsa e mise il contenuto nella valigia di pelle marrone che aveva acquistato a Rodeo Drive otto anni prima. Piegò le camicie del giovane, i suoi jeans e i calzoncini come se stesse lavorando per una lavanderia di Beverly Hills.

Poi si sedette e studiò la valigia per mezz'ora.

Dopo essere stato dimesso dalla clinica, la prima cosa che aveva fatto era stata radersi. Era passato davanti a uno specchio e il suo volto, con la barba disordinata e spruzzata di grigio, l'aveva spaventato. Dimostrava cinquant'anni, portati male. Poi aveva chiamato il padre di Marty. Non era stata una conversazione allegra. La polizia gli aveva appena parlato, riferendo i sospetti del coroner, secondo il quale il ragazzo aveva fatto uso di droga prima dell'incidente. L'uomo, un capo elettricista cinematografico in pensione, aveva dato la colpa a Pellam. Non era stato sprezzante né malizioso, ma durante la conversazione lui aveva colto una sfumatura di sospetto. Si era chiesto come fosse, come fosse la sua casa e quali dovessero essere i suoi rapporti con Marty. Il giovane si era lamentato spesso dei suoi genitori, per motivi che a Pellam non sembravano importanti. *Lascia correre*, pensava, *lascia correre. Che problema c'è?*

Marty si era lamentato di quella volta che gli avevano tolto la macchina per un mese dopo che si era sbronzato fino a non capire più niente in un locale sulla Eden Expressway. E di quella volta che, dopo un periodo passato a marinare le lezioni, l'avevano costretto a fare un colloquio con lo psicologo scolastico. Insomma, si lamentava di roba risalente al liceo.

Pellam aveva anche chiesto di parlare con la madre di Marty. Si era sentito sollevato quando il padre gli aveva risposto che non era il caso. Allora aveva detto che gli sarebbe piaciuto andarli a trovare una volta tornato a Los Angeles. I due uomini avevano mentito a vicenda dichiarando che si sarebbero incontrati volentieri.

Pellam aprì e richiuse la valigia, facendo scattare le pesanti fibbie d'ottone. Gli era costata mille dollari.

Si alzò dalla sedia. Si accorse di avere in tasca un flacone di Demerol, lo tirò fuori e lo gettò in uno dei cassetti della cucina. Aveva bisogno di qualcosa di diverso. Si chinò lentamente davanti a un armadietto. Prese una bottiglia di mezcal, piena per un quarto, con un verme bianco e rigonfio sul fondo. Si versò una dose doppia e buttò giù il liquido in due sorsate. Tossì e avvertì un'ondata pulsante di dolore salirgli dal petto fino alla testa, ed esplodere con violenza. Se ne versò un'altra dose, più scarsa, poi tornò lentamente a chinarsi per rimettere a posto il mezcal. C'era qualcosa sul fondo dell'armadietto, e quando ce l'appoggiò sopra, la bottiglia cadde in avanti.

Il tappo di sughero uscì e il liquore si rovesciò prima che lui potesse tirare su la bottiglia. "Merda." Se non altro, era riuscito a salvare il verme.

Allungò la mano verso il fondo, per capíre su che cosa aveva posato la bottiglia. Era morbido e scricchiolava. La ritirò di scatto, pensando: topi, ratti...

Diede un'occhiata. Un preservativo. Lo tirò fuori. Dentro c'era altra roba da fumare di Marty. C'era ancora l'adesivo a forma di *smile* con cui Pellam l'aveva sigillato, per scherzo, la settimana prima. Lo guardò a lungo, quindi lo avvolse in una salvietta di carta che aveva inumidito sotto il rubinetto e fece un batuffolo. Infine lo mise in un sacchetto di carta marrone, lo accartocciò, poi uscì e gettò il pacchetto in un cestino dei rifiuti.

Pellam sollevò la valigia, ansimando dolorosamente per lo sforzo, e si allontanò dal camper. Camminò rigido attraverso la fredda luce autunnale diretto alla stazione della Greyhound, che occupava una piccola zona di una pompa di benzina sulla Main Street. Pagò perché la valigia venisse recapitata ai genitori di Marty.

L'impiegato passò una mano sulla pelle. "È proprio una bella valigia."

"Già", fece Pellam, e se ne andò noncurante, mentre la valigia finiva su un carrello in compagnia di altri bagagli.

Gli venne in mente l'ultima volta che era andato a caccia con suo padre nel paese dov'era nato, Simmons, Stato di New York, probabilmente a cento chilometri o giù di lì da dove si trovava ora.

Camminava sulla stessa erba tagliente sulla quale adesso zoppicava, sentiva lo stesso profumo di foglie bagnate ed era inondato dagli stessi pallidi raggi di luce. Quel giorno, venticinque anni prima, Pellam senior aveva attraversato i campi a fatica e puntato con sforzo il lungo fucile Browning mancando persino il fagiano più lento. Due giorni dopo era stato colpito dal primo degli infarti che avrebbero segnato la sua fine. Pellam non poteva fare a meno di associare quella battuta di caccia alla morte del padre.

Il ricordo ritornò a impossessarsi della sua mente, senza accennare ad andarsene.

Si mosse lentamente, appoggiandosi sul piede sinistro per alleviare in parte il dolore sordo alla schiena. Rimpiangeva di non aver accettato il bastone che gli aveva offerto il medico.

La polizia aveva proibito l'accesso alla zona superiore del parco. Un nastro giallo e sottile, teso tra due tubi grossi e arrugginiti, recava scritto: DIPARTIMENTO DELLO SCERIFFO. Per terra, attaccata a uno dei tubi, c'era una catena; avrebbero potuto usare quella per impedire l'ingresso, ma Pellam immaginò che i poliziotti volessero cogliere l'occasione per utilizzare tutta la loro attrezzatura anticriminalità. Girò intorno al tubo e prese ad arrampicarsi sulla sommità della collina.

Arrivò in cima al sentiero e si fermò, respirando profondamente per non sentire il dolore.

Cancellato.

Si diresse nel centro dell'area: dove prima c'erano erba e ghiaia, ora rimaneva soltanto un ammasso di terra scura, circondato dallo scempio fatto dal bulldozer. Pellam ne aveva notato le tracce durante la salita, ma non aveva immaginato di trovarsi davanti un simile spettacolo.

Cancellato.

Nel centro esatto, forse proprio dove prima c'era stata l'auto di Marty, non c'erano segni di bruciature, né impronte di scarpe o tracce di pneumatici. Solo la polvere arida e schiumosa della sporcizia dissodata in superficie, quasi a formare una fossa grande e circolare. Rimase lì a lungo, girandovi intorno lentamente, ascoltando il cinguettio degli uccelli e lo stormire delle foglie; non c'era davvero nulla da vedere. Assolutamente nulla.


"Cos'è successo?"

"Successo?" domandò il vicesceriffo.

Si trovavano fuori dal camper, parcheggiato sulla Main Street. Quel tipo muscoloso aveva un'aria familiare. Pellam immaginò fosse lo stesso che l'aveva scortato in clinica dopo l'incidente.

(*Come si chiamava la guidatrice? May? Mary? No, Meg. Proprio così. Meg.*)

Le braccia del vicesceriffo, che pendevano goffamente lungo i fianchi, erano scolpite da enormi muscoli. Pellam notò che la calibro 357 dell'uomo aveva il calcio rivestito di gomma, da combattimento. Si domandò se quella pistola avesse sparato a qualcos'altro che non fosse un tiro a segno. Anche lui portava occhiali a forma di goccia, ma dalle lenti color lavanda.

"Sono andato sul luogo dell'incidente", spiegò Pellam, "e il terreno era completamente rivoltato."

*Color lavanda?*

"Ah, quello. È successo che… hanno pensato, lei capisce, che poteva scoraggiare la gente dal vedere dove fosse successo."

*Scoraggiare?*

"Che cosa intende dire?"

"Non è stata una mia idea. Non lo sapevo, davvero. Ho solo sentito che, con l'arrivo dell'autunno, potrebbe avere un influsso negativo sui turisti."

"Scoraggiare?" Pellam era esasperato.

Il vicesceriffo continuò con voce piatta: "È un fatto spiacevole. Un brutto incendio, capisce. Del sangue. Qui vengono anche parecchi cacciatori. Noi…"

"Allora perché il nastro è ancora lì?"

"Il nastro?"

"Il nastro della polizia. Anche quello fa in fretta a scoraggiare i turisti, non crede?"

"Oh, il nastro. Ha ragione, signore. Ce lo siamo dimenticati. Ma la ringrazio per averlo riportato alla nostra attenzione."

"È un piacere. Che cosa ne è stato della macchina?"

"La macchina?"

Un esercito di soldati in miniatura muniti di aghi si stava arrampicando su e giù lungo la schiena di Pellam, dandosi da fare. Pensò al Demerol. E al mezcal, con o senza verme. Stava perdendo la pazienza. "La macchina del mio amico, quella che è bruciata."

"Sì?"

"Mi piacerebbe darle un'occhiata."

"Non credo sia possibile."

"Perché?"

Il vicesceriffo era granitico. "Be', signore, non si può."

"Capisco. Adesso è chiaro."

I due uomini erano uno di fronte all'altro; il vicesceriffo fissava la strada in attesa di qualche crimine, Pellam fissava lui. "Se solo mi potesse dire dove è finita."

"Non credo, signore."

"Non mi dica."

"Davvero. So soltanto che è stata rimorchiata dopo le indagini."

"Ha fatto rilievi sulla macchina?"

"Veramente io..."

"Ho capito", lo interruppe Pellam. Entrambi fissarono la strada. Niente. Nessun crimine in agguato. Cleary era un posto salubre e sicuro. Pellam si voltò e chiese: "Non ricordo il nome dell'agenzia. Lei lo sa?"

"Agenzia?"

"Dove il mio amico ha noleggiato la macchina."

"Qui non abbiamo né un'Avis né una Hertz."

Pellam restò in attesa. Niente, quello era l'unico contributo del vicesceriffo alla sua domanda. Davvero davano delle pistole così grosse a gente come quella? "Mi sarebbe di maggior aiuto sapere dove *l'ha noleggiata*, piuttosto che dove non l'ha fatto."

"Credo fosse il Garage Sillman. A quattrocento metri da qui, lungo la strada."

"Grazie."

"Le pompe funebri Kleman si sono occupate di tutto quanto."

"La ringrazio, vicesceriffo. Apprezzo il disturbo."

"Di nulla, signore. Una volta sono stato a Los Angeles. Io e mia moglie siamo andati a Disneyland. Quella vera, sa."

"Ah-ah."

"Immagino che vorrà tornare a casa per il funerale. Il sindaco le ha procurato un biglietto aereo..."

"No, non ci vado."

Da qualche parte nel cervello il vicesceriffo dovette avere un fremito, ma non nel suo sguardo. "No?"

"Starò ancora qui in giro per un po'."

"Qui in giro?"

*Dove se no, amico?*

"Esatto."

"Oh! Credevamo che lei partisse."

"Be', invece no. Adesso vorrei vedere il verbale della polizia. E..."

"Non può, signore."

"Cosa?" Pellam si sentì esplodere dalla rabbia.

"Non sono atti di dominio pubblico."

"Di dominio pubblico?"

"Proprio così, signore."

"Be', io non sono 'pubblico'. Ero suo amico."

"Mi spiace, signore."

"E la relazione del coroner?"

"Quella sì. Ma dice soltanto che la morte del giovane è dovuta a lesioni causate da fiamme appiccate da lui stesso."

"Sceriffo, qualcuno ha ammazzato il mio amico. Prima

che lui venisse assassinato, sono stati commessi atti di vandalismo contro il nostro camper e…"

"A Cleary?"

"Esatto."

"Non ricordo che abbiate fatto denuncia."

"Infatti. Non ci avevo più pensato fino a questo incidente."

"Certo, signore. Ma vede… Arrivate in una piccola cittadina con il vostro camper e i ragazzi del luogo si divertono un po'. Bravate. Sarà successo altre volte, no?"

"Certo, ma…"

"Visto?"

"Immagino che non abbia altro da dirmi."

"Esatto, signore." Si rimise gli occhiali, e il suo sguardo assunse un delicato riflesso violaceo. "Se rimane qui intorno, signore, al suo posto starei un po' attento. Sa, quei due incidenti. Forse lei è un tipo sfortunato."

Pellam promise che avrebbe fatto attenzione, molta attenzione. C'erano buone probabilità che il vicesceriffo avesse ragione.

# 5

Alan Lefkowitz sedeva nel suo ufficio spazioso e pulitissimo, dondolandosi sulla poltrona in pelle e guardando fuori da una finestra altrettanto spaziosa e pulitissima. Sotto di lui, oltre Century City, si dipanava il Santa Monica Boulevard. I suoi occhi erano puntati sull'ampia strada affollata dal traffico serale, ma i pensieri andavano tutti alla zona nord dello Stato di New York.

Lefkowitz, cinquantadue anni, presidente e principale azionista dei Big Mountain Studios, dedicava dieci sudate ore ogni giorno ai film che aveva in progetto. Dottore in legge senza aver mai praticato e con un passato di agente, aveva ripreso gli studi frequentando l'UCLA e l'USC, indirizzo finanza e contabilità, a un'età in cui molti dei suoi amici (come li avrebbero chiamati a Hollywood: in realtà erano solo colleghi) produttori come lui delegavano il lavoro sporco ai sottoposti e passavano il tempo impegnati in Attività di Sviluppo. Ovvero, rinfrescarsi le idee a Palm Springs e bere cocktail al Beverly Hills Hotel.

Anche nella gestione del budget, Lefkowitz si comportava con rettitudine. Era riuscito a resistere alla tentazione più forte di Hollywood, quella che generalmente spingeva i produttori verso commedie per teenager, *buddy movies* polizieschi e pellicole horror o di fantascienza dense di effetti speciali. I film intorno a cui orbitava non erano esattamente al livello di quelli dei suoi registi di culto, quali Bergman, Fassbinder, Kurosawa e Malle, ma si batteva per produrre pellicole di qualità.

Con tutte le scuole che sputavano fuori studenti che avevano imparato a fare del *cinema* (e non semplici *film*), in America non mancavano gli indipendenti che producevano valide opere impegnate. Ma il talento di Lefkowitz consisteva nell'operare all'interno del sistema. I suoi film erano in gran parte finanziati e interamente distribuiti dalle major; con una di queste grandi compagnie aveva firmato un contratto per tre pellicole (che nell'attuale mondo del cinema era considerato un segno di grosso prestigio). Grazie al suo carattere e alla capacità di spararle grosse, oltre che all'abilità a convincere la gente del suo sesto senso (anzi, Sesto Senso), era riuscito a raccogliere l'ottanta per cento dei finanziamenti, con assoluta libertà di scelta per i tre film da produrre.

Una buona forma muscolare, il permesso di parcheggiare la sua Mercedes sulla spiaggia e un contratto per tre pellicole di sua scelta... Nonostante questo, anziché trascorrere la pausa pranzo a riflettere sulla sua buona sorte, Alan Lefkowitz non faceva altro che pensare allo Stato di New York e a dondolare da un lato all'altro della sua poltrona in cuoio da tremila dollari, neanche Los Angeles fosse scossa da un nuovo terremoto.

Il motivo di queste riflessioni si trovava di fronte a lui, sulla sua scrivania (spaziosa, ma non pulitissima): una sceneggiatura usurata, con la copertina rossa, piena di scarabocchi, numeri e annotazioni. Era il primo film dei tre in contratto. Un'opera lirica e oscura dal titolo *Sotto terra*. Una pellicola senza attori demenziali o famose attrici stagionate, né inseguimenti o idiozie adolescenziali né combattimenti di karate o magiche metamorfosi del protagonista in cane, neonato o persona dell'altro sesso.

I diritti del copione avevano avuto una strana storia: lo script era passato da una mano all'altra. In principio, una compagnia lo aveva acquistato e aveva cominciato la produzione. Un mese dopo, però, il progetto era stato annullato. Lefkowitz, che voleva quel film da quando aveva letto un anno prima il libro da cui era tratto, si era subito impadronito dei diritti. Ma acquistare un film già in produzione voleva dire pagare un surplus: Lefkowitz non soltanto era stato costretto ad acquistare lo script, ma anche a rimborsare il produttore precedente delle spese già sostenute. Quindi quello che sarebbe dovuto essere un film artistico e poco dispendioso si era trasformato in un mostro dal budget enorme.

Dopo di che si era dimostrata la veridicità di una nota regola hollywoodiana: se lo vuole qualcuno, poi lo vogliono tutti. La settimana prima, altri due studi avevano fatto offerte.

A Hollywood la lealtà è un bersaglio mobile e la compagnia che finanziava Lefkowitz non avrebbe esitato a vendere quel progetto a qualcun altro, se lui da contratto non avesse avuto il diritto assoluto di farne un film.

Be', *assoluto* per modo di dire, cioè a patto che il film rispettasse una complicata serie di scadenze di produzione. E ora si profilava la possibilità che le scadenze non venissero rispettate. La compagnia aveva già sfondato di due settimane e i suoi legali avevano notificato ai responsabili di produzione che, se il grosso delle riprese non fosse cominciato entro tre settimane, la scommessa era persa. Lefkowitz sarebbe diventato inadempiente e *Sotto terra* sarebbe scomparso più in fretta di una collana d'oro per le strade di New York.

Lefkowitz aveva lo sguardo fisso sul pulitissimo tapis-roulant Precor in un angolo dell'ufficio quando entrò l'assistente di produzione, un trentenne di bell'aspetto con i nervi a fior di pelle. Al momento dell'assunzione si era mostrato spavaldo e baldanzoso, ma da quando lavorava per Lefkowitz sembrava aver perso qualche anno di vita e buona parte della faccia di bronzo. Ormai l'unica cosa che lo preoccupava era salvarsi la pelle.

"Chiamerà alle tre", annunciò.

Lefkowitz diede un'occhiata all'Oyster Perpetual. Mancavano cinque minuti.

"Spiegami cos'è successo. Quello che sai."

"Marty..."

"Chi è Marty?"

"Jacobs. L'assistente di Pellam."

"Okay."

"È stato ucciso, e..."

"Cristo."

"Pellam è finito in ospedale. Non lo so con certezza, ma da come mi ha detto lo sceriffo, sembra che si tratti di due incidenti distinti."

"Che cos'è successo a Marty?"

"Gli è esplosa la macchina."

"Cristo. E i suoi?"

"Li ha avvisati lo sceriffo. Io li ho chiamati per conto del tuo ufficio. Non devi fare altro, ma..."

"Gli manderemo dei fiori. Hai presente quel fioraio, sai quale voglio dire?"

"Sarà fatto."

"Scriverò anche un biglietto. Come sta Pellam?"

"Non lo so. Ho solo ricevuto un messaggio in cui diceva che avrebbe chiamato alle tre."

"Dovremmo attrezzare i camper con telefoni mobili. È una follia non averli. Occupatene tu, okay?"

"Agli ordini."

"C'è il rischio che ci facciano causa?"

"Chi?"

"I famigliari di Marty."

"Non saprei... Ma c'è una cosa che devo dirti, Alan. In un certo senso, peggiore di questa."

"Cosa può esserci di peggio?"

"Ha chiamato il sindaco del paese dove è successo l'incidente. Un pazzo pieno di fisime. Non darà nessuna autorizzazione."

"Oh, Cristo. Cristo santo."

"È un paese proprio piccolo. Hanno trovato la roba e..."

"Quale roba?"

"Be', Marty aveva con sé un po' d'erba. Hanno detto che aveva pure del crack, ma io non credo che..."

"Signore", sussurrò Lefkowitz. Guardò fuori dalla finestra, verso la Highway. Chiuse gli occhi. "Perché, perché, perché?" Fece ruotare la poltrona e piantò lo sguardo sull'AP. "Non c'è nessuna possibilità di comprarli?"

"Ci ho provato. Praticamente gli ho venduto il culo.

Una cifra astronomica. Ho pensato che non avessi nulla in contrario."

"E allora?"

L'AP deglutì. "Mi ha dato dell'avvoltoio. Poi del deficiente. Poi ha riattaccato. È tutto affossato, Alan. L'intero progetto è affossato."

Lefkowitz sembrava in catalessi. Lasciò passare un istante. Infine chiese: "Ma Pellam sta bene, vero?"

Squillò il telefono. Entrambi guardarono l'orologio. L'AP disse: "Perché non lo chiedi a lui?"


Pellam appoggiò la testa contro il vetro della cabina telefonica. Quelle di Cleary avevano ancora le vecchie porte cigolanti a due pannelli. Vide alcune iniziali incise nell'alluminio; per il resto non c'erano tracce di graffiti. Le prime due lettere sembravano JP. Sentì il ronzio del numero che veniva composto, inghiottito dall'eco ovattata della teleselezione. Lo stesso ritmo delle vibrazioni alle sue tempie, le vibrazioni della pelle che si stava cicatrizzando, sotto le bende.

Al telefono rispose Alan Lefkowitz in persona, un evento senza precedenti per Pellam. Niente segretaria, niente assistente. Solo la voce amabile di un eccentrico produttore miliardario, abbronzato e in perfetta forma.

"John, come stai? Che cosa è successo?"

Pellam colse una sincera empatia. Ne rimase sorpreso. Lefkowitz non era uno squalo come gran parte dei produttori, ma certo non se lo immaginava a perdere tempo con la pietà umana. Non quando c'erano da fare dei film. Rispose che stava bene, poi gli raccontò in breve degli incidenti, di Meg che l'aveva investito e della morte di Marty.

Lefkowitz chiese: "I permessi. Cos'è successo?"

"Che cosa?" Pellam guardò meglio. No, sulla cabina non c'era scritto JP. Era una D. Sotto, a pennarello: TIGRI, SIETE IL NUMERO UNO! Ecco una differenza tra campagna e città: lì gli adolescenti erano colti. Aveva visto una scritta simile a Manhattan: DEBBO E KI È IL NUMERO UNO!

"Non ci hanno dato nessun permesso. Il sindaco, o chi per lui. Nessuno te l'ha detto?"

Pellam accusò il colpo. Si sentì bruciare da una febbre improvvisa. Una settimana di lavoro per nulla.

Marty morto, per nulla.

"No, non lo sapevo. Hanno spiegato perché?"

"Gli hanno trovato addosso della merda. Non so, marijuana o roba del genere. Voi ragazzi..." rispose Lefkowitz.

"Alan, Marty non stava fumando quando è morto. Non so che cosa sia successo, ma non è stato quello. Ho trovato la sua roba. Non l'aveva neppure aperta."

"Be', le cose si stanno mettendo sempre peggio, John."

"Non so come sia andata, Alan, ma non credo sia colpa di Marty." Pellam guardò fuori dal vetro e si ritrovò a fissare la vetrina dell'agenzia immobiliare Dutchess County. La tenda era abbassata e all'interno le luci erano accese. Non riusciva a vedere nessuno in ufficio.

"Be', John, mi dispiace. Ma capirai..."

"Certo." Pellam si accorse che erano in atto due discorsi in contemporanea. Si corresse. "In verità, no, Alan. Che cosa vuoi dire?"

"Be', che ti devo mollare."

"Che cosa intendi?"

"Intendo che sei licenziato, John."

"Come?" *Così sui due piedi?*

"Pensavo che quel piccolo incidente di qualche anno fa ti avesse insegnato qualcosa."

"Che diavolo intendi dire?"

"Sono al palo. E per colpa vostra. È probabile che questo film non si faccia."

"Ti sto dicendo che Marty è stato ucciso. È stato un complotto."

Lefkowitz sembrava distratto. "Riporta il camper nello stabilimento di New York. Ti aspettiamo con l'assegno."

"Così…"

Lefkowitz ripeté: "Mi spiace, John. In questo progetto non c'è spazio per gli errori". E riattaccò.

"… sui due piedi?"


Appena sveglia, la prima cosa che Meg Torrens fece fu infilarsi all'indice l'anello di diamanti da due carati, poi rimase a letto per un altro quarto d'ora tentando di non pensare a nulla.

Era una forma di meditazione, l'aveva letto da qualche parte. Sgombrava la mente, migliorava la salute, rilassava e rendeva più creativi. Non sempre funzionava, ma in ogni caso l'esercizio di addestrare la mente, come fosse un cucciolo indisciplinato, sembrava utile. Almeno un po'. Come tutte le cose che si leggevano su *Mademoiselle* o su *Better Homes & Gardens*.

Keith si stirò piano al suo fianco. Respirava lento.

Lei rimase sdraiata. Non pensava a nulla.

Un uccellino trillò in lontananza e un camion cambiò marcia sulla salita di Lampton Road.

Nulla, nulla, nulla.

Percepì la sveglia nella mente un attimo prima che suonasse. Un bzzzzt elettronico. Aprì gli occhi e spense immediatamente la Seiko.

Toccò le spalle robuste di Keith. "Sveglia, amore."

Il marito aveva dieci anni in più di lei. Aveva la pancetta da uomo d'affari, ma a Meg non importava. Gambe e bacino erano magri; quando tutto il resto è in linea, si può sempre perdere un po' di pancia. Keith aveva una bella faccia, e fosse stato un attore sarebbe stato perfetto nel ruolo di un commerciante o del proprietario di una ferrovia. Aveva una capigliatura folta e ribelle che tentava di disciplinare con il gel e una perfetta scriminatura. Meg gli raccomandava spesso di non tingersi: trovava incredibilmente sexy i capelli brizzolati.

Keith si protese verso di lei e le strinse la mano, borbottando. Meg gli si avvicinò e sentì il profumo del suo corpo tiepido e assonnato sotto la trapunta.

L'orologio. L'orologio era un indizio.

Keith, sempre intontito, si tolse il Rolex dal polso e lo posò sul comodino.

Poi le sue mani iniziarono a vagare.

"Amore..." mormorò lei, quasi protestando. Ma si lasciò attirare su di lui.

Si baciarono. Meg si sfilò il completino viola di Victoria's Secret che lui le aveva regalato mesi prima, porgendole timidamente il pacco acquistato per corrispondenza.

La routine della coppia ebbe inizio. Keith la baciò a lungo, sulla bocca, sul mento, poi più in basso. Indugiò sul collo, prendendo in bocca la sua catenina. Meg si chiedeva ogni volta se il sapore dell'oro lo eccitasse. Poi le labbra raggiunsero le spalle e continuarono a scendere verso il seno e i capezzoli, turgidi. Era energico, immediato, efficace. Sondava, esplorava, giocherellava.

Meg era pronta per lui. Anche se di tanto in tanto le piaceva masturbarsi sotto la doccia, non aveva fatto altro sesso dall'ultima volta in cui avevano fatto l'amore, la settimana prima. Perciò adesso, anche se era mattina e avrebbe voluto prima farsi la doccia, anche se non si sentiva in perfetta forma e doveva svegliare Sam perché prendesse in tempo lo scuolabus, nonostante tutto, rise e rovesciò Keith sulla schiena, percorsa da un brivido sottile. Lo accarezzò, sentì aumentare l'eccitazione mentre lui le si ingrossava in bocca.

Meg Torrens non aveva rimpianti. D'accordo, la loro passione non era così focosa, ma quando mai lo è dopo dieci anni di matrimonio? In compenso: nessuno dei due si aspettava troppo dall'altro, senza motivo. Il sesso era rassicurante, come curiosare in un vecchio negozio o provare nuove ricette. Un piacere divertente. Silenzioso e un po' anonimo, dato che avevano imparato a non immischiarsi nelle fantasie l'uno dell'altra. Keith era attento a soddisfare lei per prima, e ci riusciva quasi sempre. Non sembrava che capisse veramente le donne e che sentisse davvero quello che provavano. Meg aveva avuto le sue migliori esperienze sessuali con uomini vagamente androgini. In ogni caso Keith era esperto e si dava da fare.

Stava quasi per venire. Le tenne ferma la testa poi la rovesciò sul letto e le leccò l'ombelico.

Dieci minuti dopo Meg fremeva violentemente sotto i tocchi sapienti della lingua e delle dita di lui. Si sdraiò nel buio ansimante e sorridente, tentando di imprimersi quel momento nella memoria. Keith attese galantemente due o tre minuti prima di salirle addosso e lei lo strinse con violenza, gemendo nel modo che piaceva a lui, ma che era troppo timido per chiederle. Poi gli mordicchiò l'orecchio. Gli affondò le unghie nella schiena. Premette il viso sorridente nei suoi soffici capelli grigi leggermente sudati.

Si strinse intorno a lui, continuando a gemere. Quindi, di colpo, spalancò gli occhi.

*No!*

Come uno schiaffo.

*No, fermo! Fermo!*

Un suono. Un suono di cui ignorava la provenienza le attraversò la testa. Che cos'era?

Bzzzzt.

Non riusciva a localizzarlo, ma si era intromesso con forza. Stava distruggendo quel momento. Meg lo detestò.

*No, no, vattene, ti prego!*

Poi si ricordò. Nello stesso istante Keith la strinse violentemente togliendole l'aria dai polmoni. Lei sentì le contrazioni e l'ondeggiare implacabile dei suoi fianchi.

*No, quello no. Ti prego, quello no. Non adesso.*

Bzzzzt.

La sua mente era attraversata dal ronzio della pellicola che veniva impressa dalla Polaroid dell'uomo. Sentì la sua voce, rivide il suo volto sottile e la cicatrice lucida e scura.

*Un mitragliatore. Una Oldsmobile. Da quanto tempo vive qui?*

Keith si mise disteso. Meg strinse forte le gambe e si sdraiò. Rimasero in quella posizione per cinque minuti. (*Nulla, nulla, non pensare assolutamente a nulla!*) Poi si mise a sedere sul letto.

*Credeva che fossi una locale? Credeva che vivessi qui da dieci anni?*

"Ti amo", disse Keith.

"Anch'io."

Rimase per un momento in quella posizione, poi si vide nello specchio. Aveva uno sguardo confuso e spaventato. Sorrise al marito e si costrinse a togliersi dalla testa tutto ciò che riguardava quel *location scout*. Scivolò fuori dal letto e si diresse in corridoio, barcollando.

La stanza da bagno era ricoperta da una moquette scura color tabacco. La tenda della doccia era nera con rose rosse e le pareti rosa. Meg non sapeva se lo stile fosse più vicino a un country ottocentesco oppure a un bordello vittoriano.

Scosse la testa e scompigliò con le dita i capelli biondi e sottili, che saltarono ribelli in ogni direzione, grazie alla lacca del giorno prima e ai bigodini. Impiegò una buona mezz'ora di diligente lavoro per trasformarsi in un'agente immobiliare bionda e cotonata.

Si fissò allo specchio. Le sue labbra non le piacevano. Erano praticamente piatte, così usava due diverse sfumature di rossetto per dargli profondità. Quando si ricordava, teneva il labbro inferiore piegato in avanti, cosa che spesso la faceva sembrare più imbronciata che sensuale. Ma, nella sua esperienza, agli uomini le donne così non dispiacevano affatto.

Fuori dalla doccia, dopo essersi asciugata le gambe e la vita esile, salì meccanicamente sulla bilancia, anche se non aveva mai superato i quarantanove chili da quando era nato Sam. Si lisciò i capelli con il pettine e indossò la vestaglia.

Chiamò dal corridoio: "Sam, tesoro, è ora".

Keith si stava alzando. Le pizzicò scherzosamente il sedere. Lei gli tolse gentilmente la mano, poi lo tirò per un braccio. "In piedi, in piedi!" esclamò. "Il mondo ti aspetta."

Lui protestò.

Meg scese le scale. Non indossò le pantofole finché non fu in cucina. Al mattino le piaceva la carezza della moquette sotto i piedi.

Cinque minuti più tardi, le brioche erano tiepide e il caffè era pronto. Mentre lo sorseggiava, Meg si domandò dove li prendessero quei nomi ridicoli che davano ai cereali per bambini. Arrivò Sam, scendendo rumorosamente le scale. Sotto molti aspetti era proprio figlio di suo padre. Un po' maldestro, aveva un faccione largo incorniciato da capelli castani e spettinati. Eppure, a differenza di Keith, che era stato un ragazzone grassoccio quarant'anni prima e lo era ancora adesso, Sam era alto e magro.

Ma brillante, come papà. Se Meg avesse pregato, avrebbe dovuto ringraziare Iddio onnipotente, o chi per lui, che Sam aveva ereditato il cervello da Keith e non da lei. Meg Torrens, con soli due anni di college all'attivo, voleva diventare la madre del dottor Samuel K. Torrens, laureatosi *cum laude*.

Keith scese lentamente le scale con indosso un paio di pantaloni grigi con la piega, una camicia bianca e una cravatta a righe verdi e nere. Meg gli versò il caffè.

"Grazie, cara", disse lui, addentando una brioche.

Erano abbonati al *New York Times*, ma Keith preferiva il *Leader*, il settimanale di Cleary. Se lo si leggeva regolarmente, c'era da spaventarsi: riusciva a convincere chiunque che Dutchess County fosse un covo di assassini e di pedofili, piena di adolescenti in lutto per i loro compagni di classe finiti contro un treno con l'auto di famiglia dopo essersi scolati la vodka di papà. Era martedì, giorno di uscita del *Leader*, e Keith lo lesse avidamente, concentrandosi sui pettegolezzi locali.

"Mamma", disse Sam, allungandosi sulla sedia e scavando tunnel nei suoi cereali. "Sai qual è il colmo per un pesce?"

Meg era consapevole che la dote che accomunava una madre e un politico di successo era mentire sorridendo. Si voltò verso il figlio, ci pensò su un attimo, poi aggrottò le sopracciglia. "Non lo so, davvero."

"Perdersi in un bicchier d'acqua!" Sam scoppiò a ridere. Rise anche Meg, mentre gli toglieva pezzettini di cereali dalla guancia. Keith ridacchiò a sua volta, spettinando i capelli del ragazzino.

Sam si scansò e scuotendo il capo rimise i capelli al loro posto: "Papà!"

Keith lo guardò per un istante, con affetto, poi riprese a leggere il giornale. Aveva una forma di timidezza anche nei confronti di sua moglie e di suo figlio. Senza alzare lo sguardo disse: "Se non ho da lavorare, che ne pensate se sabato andiamo a vedere la partita?" Allo stesso tempo temeva che non condividessero il suo entusiasmo. Aggiunse: "Giocheranno..." Guardò la moglie. "Chi giocherà?"

Gli avversari presenti e futuri della squadra del liceo erano noti a tutti, a Cleary. Meg rispose: "Questo fine settimana niente partita, non ti ricordi? C'è la sagra. Se hai un po' di tempo libero, magari possiamo andarci tutti e tre".

"Sììì!" esclamò Sam entusiasta.

"Buona idea."

Meg continuò: "Potrei partecipare con la mia confettura di mele".

"Sì..." fece Keith.

Lui e Sam si guardarono negli occhi.

"Non era poi così male", disse lei.

"Era ottima, mamma. Sul serio."

"Magari", propose Keith con delicatezza, "la prossima volta non metterci troppo colorante..."

"Quante critiche." Meg sfogliò il *Times* alla sezione *Annunci immobiliari* e calcolò le provvigioni che avrebbe ottenuto l'anno precedente se avesse venduto case a Scarsdale o a Greenwich, anziché a Cleary.

Alle sette e mezzo arrivò lo scuolabus e Meg diede a Sam il suo cestino del pranzo con sopra i personaggi del wrestling. Il ragazzino la abbracciò e sparì oltre il portone.

"Quel tipo ha poi chiamato la compagnia di assicurazioni?" si informò Keith.

"Quale tipo?"

"Il tuo incidente. Il tipo della compagnia cinematografica."

"Ah, lui. Mi era passato di mente. Non so. Contatterò Jim. Mi dirà se l'ha chiamato."

Keith guardò l'orologio, borbottando: "Dannazione", e salì velocemente le scale. Tornò dieci minuti dopo; aveva aggiunto alla sua uniforme del giorno un paio di scarpe lucidissime e un blazer blu marina.

Si sfiorarono le guance.

Keith uscì in veranda. Meg lo salutò. "Ciao, tesoro."

Il marito le disse qualcosa, mentre agitava la mano, ma lei non riuscì a distinguere le parole. Erano coperte da un suono che aveva ripreso ad attraversarle la mente. Il ronzio della Polaroid. E questa volta Meg, anche se avrebbe dovuto, non lo scacciò dai suoi pensieri.

# 6

"Signor Pellam."

Lui sorrise e strinse la mano dell'uomo, guardandosi intorno.

Sembrava di essere in un brutto film, uno che Alan Lefkowitz non avrebbe neppure preso in considerazione: un piccolo e insignificante ufficio in un municipio di paese che puzzava di chiuso. Un calendario alla parete con l'immagine di una legnaia, una pianta morta in un vaso senz'acqua, qualche raccoglitore giallognolo, una mappa della contea appesa al muro. Odore di caffè amaro e stantio, di carte e cartoni ammuffiti. La fotografia di un politicante locale con un sorriso tirato, totalmente falso.

"Lei è il sindaco, se non sbaglio."

"Hank Moorhouse." Capelli grigi, vestito blu, camicia verde brillante e cravatta a righe marroni e gialle; pelle e guance cascanti, occhi iniettati di sangue. "Sindaco e giudice di pace. Primo, mi lasci dire quanto ci dispiace per quello che è successo al suo amico. C'è qualcosa che posso fare?"

Pellam studiò con discrezione il vestito della domenica

di Moorhouse. "Vorrei vedere la relazione del coroner sulla morte del mio amico. Il vicesceriffo..."

Stranamente l'uomo annuì ed estrasse un fascicolo da un ammasso di carte. "Certo, signore. Ecco qua."

Pellam lo aprì. All'inizio del resoconto, qualcuno aveva inserito alcune foto del cadavere di Marty, scattate sulla scena dell'incendio e durante l'autopsia. Vederle fu come ricevere una scossa elettrica. Chiuse gli occhi per un istante, poi vide la faccia impassibile di Moorhouse e voltò le foto dall'altra parte. Lesse il rapporto, breve e mal dattilografato.

Cause del decesso erano il trauma e la perdita di sangue dovuta alle ustioni. Nel flusso sanguigno era stata riscontrata la presenza di alcool, ma non di sostanze stupefacenti.

"Come può pensare che Marty sia morto facendo uso di droghe se il coroner non le ha rilevate?"

Moorhouse sorrise cauto. "È chiaro che è stato ucciso prima di potersi mettere a fumare."

Pellam restituì il fascicolo. "Vorrei vedere il verbale della polizia, se possibile."

"Spiacente. Non è materiale..."

"... di dominio pubblico."

Moorhouse confermò: "Nossignore".

"Non ha preso in considerazione la possibilità che il mio amico possa essere stato assassinato?"

"Non è mio compito, signore. Solo lo sceriffo e il coroner possono stabilirlo. Tom, lo sceriffo, è fuori città per un giorno o giù di lì. E per quanto riguarda il coroner, che altro può dirle?" Moorhouse tamburellò sul fascicolo. "Il dottore della contea sembra ritenere che sia tutto chiaro."

"E riguardo ai permessi?"

Moorhouse fece ruotare la sua sedia di pelle verde. "Per quelli non c'è bisogno di parlare con me. Basta il segretario comunale. I cervi le costeranno venticinque dollari. Gli orsi sono una specie protetta. Le anatre..."

Pellam sorrise. "Ne deduco che ha deciso di non porre alcun divieto. Allora possiamo girare il nostro film per le strade di Cleary."

"Oh, quello."

"Perché?"

Moorhouse strappò un pezzetto di scotch dal dispenser, lo arrotolò e si mise a masticarlo: "Se il suo amico fosse morto in un incidente d'auto o mentre correva in macchina per salvare una fanciulla, allora avremmo appeso degli striscioni e il vostro film sarebbe stato benvenuto in paese. Ma quel giovane stava fumando del crack..."

"Non è vero. Non si è mai fatto di crack. È da mesi che viaggio con lui."

"Be', sul posto abbiamo trovato anche della droga."

"Dubito che sia sua."

"Lei crede che qualcuno si sia spinto fino lì e abbia buttato della stagnola piena di hashish in una macchina in fiamme?"

"Se l'avete trovata, vuol dire che ce l'ha messa qualcun altro."

"Che cosa sta insinuando?"

"Marty non poteva averla con sé."

"Perché ne è tanto sicuro?"

"Lo sono e basta."

"D'accordo. Be', non è così importante. I permessi vengono rilasciati a nostra discrezione. Possiamo scegliere di non concederli. Non c'è altro da dire. Siamo una comunità indipendente."

Pellam batté le palpebre.

"Non ci interessa il suo film, signore. Né il denaro di Hollywood."

"Non mi riferivo a questo."

Moorhouse allargò le braccia: "Non c'è altro da dire, signore".

"Credo di no."

Il sindaco distese le labbra in un finto sorriso stirando la pelle flaccida. Aprì un cassetto della scrivania: "Ah, abbiamo acquistato un biglietto per lei... Aereo, s'intende, non per il parcheggio".

"Oh, ma io non parto."

"Ah-ah. Ha intenzione di rimanere?"

"È davvero molto carino da queste parti. Le foglie e tutto il resto."

"Arrivano turisti da tutto il mondo."

"Posso capire perché."

"Allora ha solamente intenzione di godersi le foglie per un po'?"

"Be', mi hanno licenziato. Niente permessi, niente lavoro." Pellam alzò le spalle.

"Davvero?" L'uomo masticò lo scotch e aggrottò le sopracciglia. "Licenziato. Che brutta cosa."

"Quindi, non avendo altri posti dove andare, ho pensato di stare qui intorno per un po'."

"Magnifico. Sono lieto che il nostro umile villaggio l'abbia colpita. Uhm, mi permetto di ricordarle una cosa, per il suo bene. Quel camper, lei non può parcheggiarlo per le strade del paese dalle due alle sei di mattina. Deve procurarsi un biglietto, mi raccomando." Il sorriso si trasformò in ghigno. "Per il parcheggio, *non* per l'aereo. Ah-ah."

"Immagino che le regole vengano applicate scrupolosamente."

"I nostri ragazzi fanno del loro meglio."

Pellam si diresse verso la porta, poi si fermò. "E la macchina?"

"Quale macchina, signore?"

Diavolo, doveva imparare a ripeterlo per bene. *Signore, signore, signore, signore.* Faceva molto zen, sembrava un mantra.

"La macchina di Marty. L'avete ancora sotto la vostra custodia?"

"Credo sia stata venduta."

"Nel giro di due giorni?"

"Venduta come rottame."

"E come avete fatto?"

"Non è difficile vendere un'auto, signore."

"Voglio dire, ci sarà un'inchiesta, immagino. E verranno fatte delle indagini."

"Le indagini della polizia terminano con la relazione del coroner. Se è così curioso, si informi all'autonoleggio."

"Le sono obbligato per l'aiuto." Pellam aprì la porta, poi si voltò e aggiunse: "Signore".


Meg Torrens udì la sua poltrona cigolare quando si appoggiò allo schienale. Era la più vecchia in un ufficio altrettanto vecchio, una sedia da insegnante in rovere scuro, con un complicato meccanismo di molle sotto un sedile intagliato che non andava d'accordo con nessun tipo di fondoschiena.

"Wex", disse Meg, "ti posso assicurare che non hanno intenzione di scendere sotto quella cifra. Lo sai di chi stiamo parlando?"

Wexell Ambler sedeva vicino a lei e sembrava scontento della valutazione che aveva davanti.

Per l'agenzia immobiliare Dutchess County, quella di metà mattina era una delle fasce orarie di minore attività. Nelle agenzie immobiliari specializzate in aree residenziali, i momenti più caldi erano le sere e i sabati, anche se Meg dubitava che l'aggettivo "caldo" potesse descrivere alla perfezione gli affari da quelle parti. (*Sì, signor Pellam, lei ha colto nel segno. La gente a Cleary non ha mai da fare. Non l'ha mai avuto e non l'avrà mai.*)

Il piccolo ufficio era modestamente arredato con tre scrivanie, sedie spaiate, scaffali scheggiati e un eclettico assortimento di lampade, perennemente accese perché la tenda parasole, fuori dalla vetrina, era bloccata da un anno. La stanza era abbellita da un ficus ingiallito, da alcuni quadri impressionisti che la figlia di una delle impiegate aveva ricopiato per la scuola e da una grande cartina di Cleary e dintorni, che presentava il paese in modo più attraente di quanto fosse in realtà. Sopra i mobili e le scrivanie, pile di cataloghi, ritagli di annunci, volumi ricolmi di contratti e ordinanze municipali.

Ambler rigirò la valutazione e la esaminò. Non riusciva a convincerlo da nessun punto di vista.

Era alto quasi due metri, magro, sui cinquant'anni, stempiato, ma con un ciuffo ribelle di capelli sottili che andava in tutte le direzioni. Aveva il viso lungo e per questo doveva sempre ricordarsi di tenere la testa alta, per non farsi spuntare il doppio mento. Giocava a golf, faceva tre chilometri di corsa ogni giorno ed era membro del consiglio comunale. Era convinto, e questa era una delle poche cose che aveva in comune con la gente del posto, di essere l'uomo più salutista di Cleary. Era il proprietario di Foxwood, l'unico condominio del paese, ed era l'imprenditore immobiliare di maggior successo in quella parte dello Stato. A Cleary i terreni e la morte di un ricco parente erano gli unici veri modi per fare soldi.

Quel giorno la collega di Meg era una bionda dall'aspetto cavallino di nome Doris. Stava cancellando con un pennarello alcune voci dall'elenco di cose da fare e ogni volta si autocomplimentava con un: "Ah-ah". Meg la fulminò con un'occhiata che lei non colse affatto, poi tornò a occuparsi di Ambler.

"Quelli non sono..." Ambler non trovava la parola "...progressisti."

Meg rise. La sua faccia diceva: *Te li immagini a Cleary?*

In numerose occasioni Ambler aveva spiegato a sua moglie, a suo fratello e a molti altri compresa Meg, interessati o no, che lo scopo della sua vita non era accumulare enormi quantità di denaro. Quello che lo intrigava era il processo imprenditoriale in se stesso. Finché c'era la sfida, non gli interessava che cosa riusciva a vendere. Le modalità erano più interessanti ed eccitanti del guadagno.

Ambler dichiarò: "Per me la differenza tra un acro e tre quarti di acro si aggira intorno ai sei milioni di dollari".

"Tasse escluse", fece Meg con una smorfia. Tentava di scherzare.

Lui non lo trovò divertente. "Ci vorrà un secolo per ottenere un permesso edilizio."

"È il lotto migliore a nord della città. È..."

Doris alzò gli occhi dal suo promemoria. "Meg. Guardalo, è lui. Non l'hai ridotto poi così male, sembra."

Meg alzò gli occhi e vide la sagoma di un uomo magro in blue jeans che camminava lungo la Main Street. "È lui?" chiese.

"Sì, sì", confermò Doris.

Ambler lo seguì con lo sguardo mentre si allontanava. "Chi?"

Doris si voltò eccitata. "Non l'hai saputo? L'uomo della compagnia cinematografica. Meg gli è finita addosso con la macchina." Sorrise alla collega e continuò col suo inventario.

Ambler aggiunse: "Lo so. L'ho sentito. Mi hanno detto che sei andata a trovarlo nella sua stanza d'albergo".

Meg batté le palpebre. Doris tirò su la testa. Lasciò perdere l'elenco. Ambler chiuse un attimo gli occhi, rendendosi conto dell'errore. "No, volevo dire nella sua stanza d'ospedale."

Meg lo fulminò. "Sono andata a vedere come stava."

Doris osservò: "Non me l'avevi detto".

Meg disse: "Hai sentito del suo socio?"

"No", fece Doris.

"Dell'incidente."

"Che incidente?" Ambler la guardò.

"Non ne so gran che. Solo che quel ragazzo stava fumando droga, roba del genere, o qualcosa di esplosivo. È saltato in aria ed è rimasto ucciso."

"Mio Dio!" esclamò Doris. "Era quell'incendio nel parco?"

"Proprio quello."

Ambler non disse nulla. Guardava fuori dalla vetrina.

Doris commentò: "Che sfortuna, mia cara! Lo sa, signor Ambler, che la scorsa settimana, quando sono comparsi quei due tipi, Meg era tutta elettrizzata dall'idea di fare un provino?"

"Smettila", sbraitò Meg.

Doris continuò, imperterrita. "Lo sa, Meg ha fatto la modella a Manhattan, per un po'. È comparsa un paio di volte su *Vogue* e su *Self*. E su *Woman's Day*."

"Sì, ne ero al corrente."

"So che stavi cercando di farti prendere per un provino, ma..."

"Adesso basta!"

"... ma finire addosso a quel tipo non era il modo migliore per farti notare."

Meg sillabò un *troia* all'indirizzo di Doris, che rimase interdetta dinanzi alla sua espressione ostile. Tornò al suo elenco.

Ambler distolse lo sguardo dalla donna e scrutò di nuovo in strada, al di là della vetrina. Meg lo imitò e i suoi occhi si posarono su Pellam, fermo davanti al Marge's con in mano un bicchiere di plastica di caffè. "Pensavo che se ne fosse andato", disse Ambler.

Doris dichiarò: "Be', ho parlato con Danny, il tipo che lavora al Marge's al pomeriggio. Mi ha raccontato che ha saputo da Betty dell'ufficio di Moorhouse che Pellam si fermerà qui ancora per un po'".

"Davvero?" fecero Meg e Ambler all'unisono.

"Questo è quello che Betty ha detto a Danny."

"Quindi il film lo vogliono fare lo stesso?" chiese Ambler.

"E che ne so?" brontolò Doris.

Meg continuò a guardare fuori dalla vetrina, attraverso le lettere s ed e capovolte. Dopo un bel po' disse: "Guarda, Wex, ho capito il tuo discorso, ma considera alcune variabili. È praticamente in piano, non devi fare nessuna salita. E per il disboscamento? Solo un quarto dell'appezzamento è costituito da alberi. Non hai neppure bisogno di toccarli, a meno che tu non voglia fare la discarica lì vicino".

"Non ho detto che non mi interessa la faccenda, ma che non voglio la suddivisione per acri. Se facessi a modo mio, vorrei mezzo acro."

Meg aggrottò le sopracciglia. Domandò irritata: "Allora perché non ne prendi solo un pezzettino? Bruci gli alberi e spiani la zona".

Entrambi si resero conto che, per tutto il tempo della contrattazione, avevano continuato a sbirciare fuori dalla vetrina. Si girarono e ripresero a fissarsi.

Ambler si alzò.

Meg si incupì. Si domandò se l'avesse offeso.

Lui aggiunse: "Ci devo pensare".

"C'è un altro imprenditore interessato", disse Doris.

"Chi?"

"Ralph Weinberg."

"Ah", borbottò Ambler. "E voi fareste affari con un... con uno come lui?"

"I suoi soldi sono buoni come quelli degli altri."

Ambler rimase un istante in silenzio. "Non posso decidere ora. Mi spiace."

# Sotto terra

## BIG MOUNTAIN STUDIOS

*DISSOLVENZA IN APERTURA*
*SCENA 1: ESTERNO GIORNO, CIMITERO DI BOLT'S CROSSING,*
*STATO DI NEW YORK*
*SCORRONO I TITOLI, mentre si vedono DIVERSE INQUADRA-*
*TURE del cimitero. Lastre di granito scheggiate e rovescia-*
*te a terra dal vento e dalla pioggia. Erba anemica che non*
*trae nutrimento dalle vite precedenti seppellite sotto di*
*lei...*

Pellam trangugiò il bourbon e si chinò sulla macchina per scrivere.

Era passato dalle pompe funebri per pagare la spedizione della bara a Los Angeles, ma a quello aveva già provveduto la generosità di Alan Lefkowitz. Era rimasto qualche minuto solo con Marty, in silenzio. Senza riuscire a pensare assolutamente a niente. In una minuscola cappella vicino alla sala mortuaria aveva trovato una Bibbia. Aveva dedicato tre o quattro minuti a cercare un versetto che gli piacesse; non aveva trovato nulla di appropriato. Rimessa a posto la Bibbia, aveva sfiorato la superficie liscia e dura della bara e aveva fatto ritorno al camper.

Fuori c'era vento e il Winnebago dondolava lentamente; a Pellam ricordò una nave, anche se aveva navigato soltanto una volta o due nella sua vita. Dalle profondità del suo stomaco salirono rumori inquietanti: non aveva digerito molto bene il pranzo al Cedar Tap a base di prosciutto e salsa di frutta.

Tornò alla macchina per scrivere, una piccola portatile tedesca. Cominciò a battere sui tasti.

*... il cimitero si trova su un altipiano circondato da due pen-*
*dii, uno dei quali parte dal punto più alto della pineta. L'al-*
*tro scende verso il fiume. Di lì arrivi direttamente in paese,*
*dove si scorgono un vecchio cannone arrugginito, panchine*
*dipinte, negozi dalle tende scolorite e pieni di vecchie cian-*
*frusaglie che non compra nessuno e attrezzi di cui nessuno*
*ha bisogno. Il paese ha resistito alle avversità, ma ha fatto*
*una cosa notevole: ha assorbito la fatica e ora la sta bru-*
*ciando trasformandola nel combustibile che alimenta mille*
*sogni.*

INQUADRATURA DI:

*Un'ASTA DI BANDIERA che risuona come una campana,*
*battuta dalla corda agitata dal vento; odore di concime.*

*Un rumoroso CAMION 4x4, con la marmitta gorgogliante,*
*guidato da un GIOVANE che sorride a una RAGAZZINA. Il ra-*
*gazzo è il classico abitante di Cleary: baldanzoso, solido e*
*rassicurante se sei dei suoi. SEGUIAMO il camion fino a:*

CAMPO LUNGO: *Una moto viene verso di noi con a bordo*
*un uomo sui trent'anni che la guida lentamente. Ha qualco-*
*sa di minaccioso nell'aspetto. Lui...*

La portiera dell'auto lo fece sobbalzare. Aveva notato i
fari attraverso le tende ma, preso dallo scrivere, non si era
accorto che non avevano proseguito per poi sparire dietro
la curva.

"Ehi, Pellam, sei lì dentro? Ho visto le luci accese." Era
una voce di donna.

Lui aprì la porta ed entrò Janine. "Ero di passaggio."
Fece un sorriso e posò sul tavolo una borsa della spesa.
Si guardò intorno. "Sai a che cosa mi fa pensare? A un
aereo."

Che cos'era quell'odore? Era arrivato lì dentro con lei e
a Pellam ricordò il fieno appena tagliato. Diede uno
sguardo fuori, poi chiuse la porta a chiave.

"Visto che lusso?" disse. "A Hollywood li chiamano *honeywagons*."

"Perché?"

"Esistono diverse teorie. In nessuna delle quali mi va di avventurarmi."

"Senti, ho saputo del tuo amico. Mi dispiace davvero."

"Grazie."

"Che cosa è successo?"

Pellam pensava che il dolore, come la gioia, andasse espresso con semplicità. "Incidente d'auto."

"Che cosa triste. È terribile."

Lui si chiese se stesse per piangere, come dava a intendere la sua espressione. Sperò vivamente di no.

Janine disse: "Che cosa ti dicevo l'altra volta di Cleary? Ogni settimana sul *Leader* si legge di incidenti d'auto. E ho saputo che anche *tu* ne hai avuto uno, vero?" Lo scrutò e fece un cenno rivolto alla sua coscia.

(*Spaventosi questi pettegolezzi di paese... Quanto si diffondono in fretta. E sono dannatamente precisi.*) "Sì. Proprio la coscia. Hai solo sbagliato gamba."

Ogni sfumatura di dolore se n'era andata dalla voce di lei. Pellam gradiva il suo cordoglio, ma avrebbe preferito una dimostrazione più sincera.

"Dopo, se vuoi, posso farti un massaggio. Ho studiato rolfing."

"Magari più tardi. Quella zona è piuttosto delicata."

Janine esaminò il camper con cura. I suoi occhi si fermarono sull'unico elemento decorativo: un poster del New York Film Festival, con il *Napoleone* di Abel Gance. Sembrava che qualcosa la stupisse. Forse la pulizia. Pellam teneva il camper tirato a lustro.

"Ho saputo che non faranno più il film qui."

"Vero."

"Ma tu resti?"

"Già. Mi hanno licenziato."

"No! Perché?"

"Hollywood è Hollywood."

"Che colpo." Ma non sembrava così colpita. Gli sfiorò il braccio. "Mi dispiace per il film, ma sono contenta che rimani."

Pellam non rispose.

Lei rimase in attesa per alcuni interminabili minuti, poi disse: "Non soffri di claustrofobia?"

"Non è piccolo, per una persona sola."

"Ti disturbo?" Mentre lo diceva, Janine si sedette nella minuscola zona pranzo. Sembrava il cubicolo di una tavola calda. "Ti ho portato un dolce."

"Un dolce?"

"Ricordo che ti piacciono i dolci. Hai presente la torta che hai preso da Marge's? Quando mi hai abbordata? Lunedì?" A ogni domanda inarcava le sopracciglia.

"Sì, ricordo." *Abbordata?* "Quella torta era proprio disgustosa."

"Avrei dovuto avvisarti. I miei dolci non sono così terribili."

Janine aprì la borsa. C'era un pacchettino incartato con cura nella stagnola. Pellam sentì di nuovo odore di fieno. E di cioccolato. Poi comparvero un thermos, due tazze e un barattolo di miele.

"È tè. Tè alle erbe. Alle bacche di rosa canina e limone. È molto rilassante." Infine Janine aprì la stagnola. "Ed ecco i *brownies*."

"Ah, i *brownies*!" Pellam li guardò da vicino. Poi fece un sorriso. "Sono quei...? Mi sto sbagliando, vero?"

"Sono un po' amari, per via del peyote. Ma ne vale la pena. Amico, posso dirti che... non è forte come l'hashish, ma almeno non ti farà tossire. Hai un piatto?"

Lui cercò nell'armadio. "Di plastica."

"Vergogna. Non pensi all'ambiente? Prima o poi la natura ti si rivolterà contro." Janine tagliò i *brownies*, aveva pensato pure al coltello. Pellam ne assaggiò uno. Era amaro e gli lasciò tra i denti pezzi di erba bagnata. Il tè era schifoso, ma serviva a lavare via l'erba.

"Miele?" La donna aveva in mano il barattolo.

"No." Pellam sorseggiò il tè. *Una broda di erbacce.* Lanciò uno sguardo alla bottiglia di whisky, ma immaginò che per lei quel liquore fosse una violenza alle piante. "Davvero squisito", disse.

Janine aveva già finito il suo pezzo di *brownie*. Terminò quello avanzato da Pellam. Poi guardò ciò che lui stava scrivendo. "Posso?"

Lui annuì. Janine si avvicinò e lesse attentamente. Dopo qualche minuto rise di sorpresa. "È fantastico. Sembra una poesia. È così che le scrivete, le sceneggiature?"

"Io le scrivo così."

"Non pensavo fossi uno scrittore."

"Scrivo sceneggiature che nessuno legge, proprio come..." Si fermò. Stava per dire, *proprio come tu fai vedere case a gente che non le compra.* Buona battuta, stava solo sbagliando donna. "... proprio come succede ad altri scrittori."

"Ti capisco. Ma non ti hanno licenziato?"

Lui alzò le spalle senza rispondere.

Janine lesse ancora qualche pezzo. "Cavoli! È poesia pura."

"Il film è bello, ma potrebbe essere molto meglio. E poi le tariffe della Writers' Guild of America per la revisione delle sceneggiature sono oscene."

"Sai a chi mi fai pensare, per come scrivi?"

*A Renoir? Fellini? Lynch? Forse George Stevens?*

Pellam domandò: "A chi?"

"A Kahlil Gibran."

*Cosa?* Tentò di sorridere.

Lei lo guardò con gli occhi spalancati. "Davvero."

"Ah, grazie."

"Le descrizioni sono meravigliose."

Lui fece: "Credo che in un film anche l'ambiente sia protagonista. È come prendere Denzel Washington al posto di Wesley Snipes: la pellicola sarebbe completamente diversa. La stessa cosa vale per l'ambiente".

*Kahlil Gibran?*

"E tu scrivi così bene, anche se sei soltanto un *location scout*?"

"Soltanto?"

"Hai capito cosa intendo."

Pellam aveva capito che cosa intendeva. "Mi piace viaggiare. Detesto le occasioni formali. E detesto la California. Non porto cravatte..."

"Sembra che tu stia recitando il catechismo."

*In nomine Zanuck et Goldwyn et spiritus Warner.*

"Quel film ha qualche messaggio?" chiese Janine.

"Verrà lanciata come una storia di passioni e tradimento. In realtà, è soprattutto una storia d'amore, credo..."

Lei gli rivolse un'occhiata furtiva, leccandosi il miele dalle dita arrossate. "Dici?"

"L'amore è una cosa buffa da descrivere." Pellam prese un altro pezzo di *brownie*. Non sentiva nessun ronzio e nessun omino che gli ficcava cotone nel cervello. Purtroppo.

Janine si era messa a esaminare l'interno del camper. Aprì numerosi cassetti, facendo cenni di approvazione. Poi toccò a un armadietto. Dentro vi trovò un paio di quaderni per gli appunti. Ne prese uno.

Pellam si alzò rapido e glielo tolse dalle mani, gentilmente ma con fermezza.

"Oops, scusa! Sto facendo la ficcanaso, eh?"

Lui sorrise e mise via i quaderni.

Janine rimase a fissarlo per un istante. "Mi sei terribilmente familiare. C'è qualcosa di te... È possibile che abbia letto di te da qualche parte?"

"Di me?"

"Forse in una vita precedente."

Questa non era la prima volta che la sentiva. Come la storia delle anime gemelle. Qualche volta se ne venivano fuori a bruciapelo con: "Posso venire con te?" Altre volte non dicevano nulla, ma lo trapassavano con sguardo famelico.

Disse: "Intendi vite passate, eh? Magari tu eri una pioniera e io un cowboy". Le raccontò la storia di Wild Bill Hickok.

"Diamine, Pellam, è terribile. Eri un pistolero."

"Il suo nome, devo sempre precisarlo, era James Butler Hickok. Non William." Batté le palpebre e guardò il *brownie*. Sembrava che stesse fluttuando. Ne staccò un grosso pezzo e lo ingoiò. "Comunque, era un mio parente, voglio dire, un antenato."

Gli occhi di Janine brillavano d'entusiasmo. Sgusciò ancheggiando dalla ristretta zona pranzo. Dove poteva andare? Il camper non offriva molte possibilità. Chiese: "Era quello del *Wild West Show*? Con Annie Oakley?"

"No, no, no. Quello era *Buffalo* Bill. William Cody. Wild Bill invece era un pistolero. Uno dal grilletto facile, e tutto il resto. Proprio come nei film. Buffalo Bill lo chiamò per un po' a partecipare allo spettacolo, ma lui non era un grande intrattenitore. Era bravo a sparare alla gente. Nient'altro. Può darsi che in un'altra vita tu abbia conosciuto Wild Bill."

"Oh, ma le vite precedenti non coincidono con quelle dei tuoi antenati. Pensa, magari eri una squaw il cui marito è stato ucciso da Wild Bill e sei tornata per..."

"Lui non uccideva gli indiani. Era un pistolero, poi è diventato un *marshal* federale."

"Allora la moglie di un ladro di bestiame a cui lui ha sparato." Janine scomparve nel retro del camper. "Qui è davvero comodo", disse con voce soffocata. Pellam sentì accendersi la luce accanto al letto. "E intimo, non trovi?"

"Può darsi." Si mosse barcollando verso di lei. "Può darsi che io fossi l'amante della moglie del ladro di bestiame." Aggrottò le sopracciglia. "Tutta 'sta storia delle vite passate si sta facendo complicata, non ti pare?"

Janine si era distesa pigramente. Pellam si sorprese a osservarle il seno. Lei incrociò il suo sguardo e lui buttò là: "Bella spilla. È una tua creazione?" Indicò una luna piena, d'argento, che raffigurava un volto femminile, riservato.

Lei si piegò in avanti, la tolse e gliela diede. Pellam cercò di metterla a fuoco. "È una delle più richieste", fece Janine, poi si incupì.

"Che cos'hai?"

"Be', io ti ho portato i *brownies* con il tè e tu non mi hai neppure detto di mettermi comoda."

Lui spense la luce accanto al letto. Raggi di luna penetrarono attraverso gli scuri e presto l'interno si riempì di una luce fredda, luminosa quanto quella della lampada. "Scusa. Che cosa posso fare per farmi perdonare?"

"Per cominciare, aiutami a sfilare gli stivali."

Janine allungò la gamba e con la mano sinistra lui le afferrò il polpaccio fasciato nella stoffa. Poi arrivò fino al tacco. Guardò in basso.

Erano stivali da cowboy.

# 7

"Quanti ne vuoi?" chiese Billy al ragazzo.

E Bobby rispose: "Ne vuole quattro".

"Ripetimi il tuo nome", fece Billy.

"Ned. E ne voglio quattro, sicuro."

Il *pancake* fece un'acrobazia in aria come l'osso di *2001: Odissea nello spazio*, quello che si trasformava in una navicella spaziale.

Quando fu pronto, dopo che Bobby si era destreggiato con un piatto di plastica per correggerne la traiettoria, si aggiunse alla comune colazione di un teenager: frittelle, salsiccia, uova e toast imburrato.

"Grande", fece il ragazzo, gli occhi che gli andavano su e giù a replicare la traiettoria del *pancake*. Billy fece un cenno d'assenso rivolto al fratello e disse: "Nessuno fa saltare le frittelle come Bobby".

Un altro salto. Alla fine a Ned toccarono cinque *pancakes*.

Bobby, intimidito e lusingato, non parlò. Si pulì le mani nel grembiule della Kiwanis.

Billy e Bobby erano gemelli. Erano della stessa corporatura del ragazzo, alti intorno al metro e ottanta e sugli ottanta chili, non troppo muscolosi. Avevano trentacinque anni. Portavano capelli scuri pettinati allo stesso modo, in stile Carnaby: un lungo ciuffo che copriva le orecchie con un'onda sottile. Usavano come shampoo del detergente al catrame e spesso puzzavano di medicinale. Oggi indossavano un paio di pantaloni sportivi marroni. Bobby portava una camicia bianca con le maniche arrotolate perché si era offerto di cucinare. Billy, che dava una mano dove ce n'era bisogno, indossava una maglietta beige a maniche corte, con una catena disegnata sopra.

"Che ore sono?" chiese al ragazzo, che aveva al polso un orologio enorme e luccicante. Sicuramente un regalo di compleanno, pensò Billy.

"Quasi le nove."

"Tra poco è l'ora della pausa", fece Bobby. Si guardò intorno nell'oratorio della Prima Chiesa Presbiteriana di Cleary, in caso ci fosse ancora qualcuno che volesse la colazione, quindi si diresse verso un tavolino coperto da una tovaglia di carta. "Siediti con noi."

"Okay."

Bobby preparò per sé e per il fratello due piatti di *pancakes* con salsiccia e ci aggiunse della margarina. Prese per sé altre due salsicce e versò sciroppo d'acero su entrambi i piatti. Dei due fratelli, Bobby era il più robusto. Andò a chiamare Earl, il direttore della Cleary Bank & Trust e presidente della Kiwanis, per dirgli che era ora mangiare. L'uomo arrivò, gli strinse le mani umide e si congratulò con entrambi per l'ottimo lavoro. "Dimmi il tuo segreto, Robert."

Bobby strizzò l'occhio e rispose: "Niente di che, soltanto che si gonfiano quando le lancio in aria".

"Vengono proprio buone, signor Gibson", disse Ned a Earl.

Billy fece: "Bobby *guginare friddelle* meglio di zia Gemima, *badrone*".

Scoppiarono tutti a ridere; i gemelli si sedettero accanto al ragazzo.

Ai due piaceva dedicarsi al volontariato. Allenavano la Little League e collaboravano regolarmente con il Cleary Boys' Club e con i Future Farmers of America. Ma la loro attività preferita era andare ad aiutare al Kiwanis Pancake Breakfast e alla grigliata estiva dei Jay-Cees, oltre che all'Associazione Genitori e Insegnanti anche se non erano sposati né avevano figli. Niente andava a braccetto come cucina e volontariato.

Ned era uno di quei teenager che parlavano facilmente con gli adulti, soprattutto quelli come i gemelli, che seguivano lo sport e che a volte raccontavano barzellette sui polacchi, sulle mestruazioni o sulle tette. Il monologo del ragazzo era partito e, dal momento in cui Billy e Bobby avevano iniziato a seguirlo, non smetteva più.

"Oh, amico, era davvero enorme. Sid a volte è un po' fuori ma lo conoscete, altre volte è okay, ed era tipo al volante quando ha visto la nube..."

"La nube?" domandò Billy, ingoiando un grosso boccone di *pancake*.

"Sì, lui mi fa 'Era tutto nero'. E io ho pensato che era un raccontapalle, amico, sul serio. Poi io gli faccio 'Scusa, dico, scusa, ma la benzina quando brucia non fa del fumo nero'. Ma poi ho pensato che erano le gomme. Avete sentito di quella discarica illegale giù nel Jersey? Dove milioni di pneumatici hanno preso fuoco e nessuno riusciva più a spegnerli. Tipo che hanno dovuto usare la schiuma e un sacco di autopompe, ma l'incendio è durato per, non so, tipo un mese o due."

"Non lo sapevo", fece Bobby. Si rabbuiò. "Tu hai sentito qualcosa?"

"Non lo sapevo neanch'io", rispose Billy.

"Sono andato al parco. Stan era lì, e non voleva che andassimo troppo vicino. Voglio dire, tipo il cadavere e tutto il resto non c'erano più, ma la macchina... avreste dovuto vederla. Era completamente esplosa. Pazzesco!"

Bobby disse: "Non ho saputo niente della macchina, che cosa è successo?"

"Il tipo si stava facendo di coca, o di crack. Amico, è partito come un razzo," spiegò Ned.

Bobby alzò le spalle e terminò i suoi *pancakes*. Poi ne prese un'altra metà dal piatto del fratello e borbottò: "Non lo so". E aggiunse: "Che cos'è successo a quel tipo al volante?"

Ned rispose: "Carbonizzato. Come questa salsiccia". Ridacchiò e vi piantò dentro una forchetta di plastica. La ingoiò in un boccone e masticò lentamente.

"Era quello della compagnia cinematografica, giusto?"

"Già, ho idea che con questa storia si siano inculati l'opportunità di girare un film a Cleary. Però l'altro è ancora qui. Il suo amico", disse Ned.

Billy dichiarò: "Mi piacerebbe comparire in un film".

"Sì, tipo voi due insieme! Non credo di aver mai visto due gemelli in un film." Ned ripulì lo sciroppo con le dita e se le leccò lentamente. "Dev'essere divertente fare un film. Soltanto, sapete che cosa mi darebbe fastidio?" Si era accigliato.

"Non ne ho idea."

"Be', pensate un po'... In una scena d'amore, uno deve baciare tipo Sharon Stone o Kim Basinger o qualcun'altra e gli viene duro, ve lo immaginate?"

Bobby rispose: "Me lo immagino".

"Sarebbe troppo imbarazzante, amici. Ho provato a pensarci, non so, magari poi rifanno la scena, ma ci scommetto che mi verrebbe duro un'altra volta. Ragazzi, ci pensate, proprio davanti a tutti! Cristo, ne morirei."

I gemelli si guardarono negli occhi. Non sembrava che nessuno dei due sarebbe morto in una situazione del genere.

Billy affermò: "Credo che sarebbe divertente se facessero un film ambientato qui. Esci e vai al multisala del centro commerciale e ti vedi la Main Street sullo schermo".

Ned aggiunse: "Oh, sapete che cosa sarebbe forte? Che quando si baciano sullo schermo, sapete, la ragazza è costretta a baciarti lo stesso, anche se pensa che sei uno sfigato. Lo dice la sceneggiatura, quindi non devo far altro che abbracciarla e il regista dice 'Ciak si gira...'"

"'Azione'", suggerì Bobby.

"Sì, giusto, 'azione' e io la bacio in bocca all'istante, bang, così! E lei deve lasciarmi fare, deve far vedere che le piace."

"Ma poi ti viene duro", disse Billy, "e ti imbarazzi tutto." Poi aggiunse: "Ne è rimasto qualcosa?"

"Di che?" Ned succhiava la forchetta.

"Della macchina."

"Solo le parti in metallo. Si sono accartocciate e bruciate tutte quante, ma..."

"Oh!" Bobby guardò il fratello e annuì.

"E adesso dov'è finita quella macchina?" domandò Billy.

Ned spiegò: "Io e Jimmy vorremmo andare a darci un'occhiata. È al garage di Sillman. Erano gli unici disposti a noleggiargliela".

Bobby chiese: "C'è ancora qualcosa di funzionante?"

"Funzionante? È completamente distrutta, amico. Della parte posteriore non è rimasto più nulla. Forse si è salvato il motore."

Bobby guardò il fratello. "Magari potremmo andare a darci un'occhiata."

"Perché no?"

Bobby notò che il ragazzo aveva il piatto vuoto. "Ehi, ne vuoi ancora?"

"Siete chiusi", fece Ned.

"Diamine, per te la cucina la apriamo lo stesso."

"Be', allora non voglio altre uova, solo due o tre *pancakes* e delle salsicce."

"Arrivano", fece Bobby, togliendo a Billy le parole di bocca.


Wexell Ambler abitava sulla Barlow Mountain Road, appena a sud di Cleary. Il cortile digradava in un basso pendio, verso quello che le carte locali definivano "lago", anche se in realtà era uno stagno.

Un secolo prima Samuel Bingham, il magnate delle assicurazioni Hartford, voleva stupire sua moglie che compiva quarant'anni donandole qualcosa che ancora lei non avesse, impresa quasi impossibile. Aveva notato una zona più bassa all'interno dei suoi settanta acri di terreno e gli era venuta un'idea. Aveva ordinato di estirpare trecento alberi di mele e fatto costruire una diga su un torrentello che attraversava la proprietà. Il risultato era stato un laghetto di una decina di acri, poco profondo e pieno di erbacce, ora circondato da case come quella che possedeva Ambler, ovvero abitazioni del valore di mezzo milione di dollari, tra case in stile coloniale e ville più moderne, su lotti di due acri. Ambler viveva in quella più antica, risalente al 1746. Sua moglie aveva decorato la proprietà con eleganza e semplicità. Azalee, tsuga, rododendri, bossi. Aveva deciso di fare a meno di tulipani e piante annue; sosteneva che i cervi potevano benissimo procurarsi il cibo da soli.

In piedi sul bordo del laghetto, Ambler agitò la canna da pesca avanti e indietro tentando di far cadere la mosca che usava come esca nella rete di plastica gialla che fluttuava una decina di metri più in là. Ogni volta che lanciava la canna flessibile ci andava vicino, ma il vento irregolare la spostava da una parte all'altra. Nonostante avesse cacciato da sempre e praticato la pesca comune, da un anno si dedicava alla pesca con la mosca e la trovava terribilmente complessa e irritante. La canna era molto più capricciosa di quelle classiche. Perseverò ancora, paziente, scrutando furtivo la rete che, attraverso le lenti gialle degli occhiali da sole, appariva bianca.

I passi arrivarono lentamente alle sue spalle. Dapprima pensò che fosse sua moglie, ma poi notò che erano volutamente pesanti: maschili, decise. Qualcuno stava camminando facendo di proposito rumore per annunciare il suo arrivo.

Ambler si voltò e guardò il giovanotto. "Mark."

"Buondì, Wex."

Mark indossava un paio di jeans, una giacca scozzese, un panciotto blu e un paio di stivali. Non aveva ancora trent'anni, era robusto e aveva un sorriso leale sulle labbra sottili, incorniciate da un paio di baffi castani. Portava i capelli a spazzola con una scriminatura nel mezzo. Se avesse indossato un completo sintetico, sarebbe potuto benissimo essere un manager modello della K-Mart. Il ragazzo non sembrava ciò che era in realtà: uno che risolveva i problemi. Ad Ambler non piaceva gran che; d'altro canto, da quando l'aveva assunto nella sua impresa di costruzione, non aveva più avuto grane con la manodopera.

Mark stava masticando del tabacco; Ambler sperò che lo sputasse a terra con maleducazione per poterlo riprendere. Ma lui si limitò a tenerlo in bocca come i lanciatori di baseball dei New York Yankees, osservando tranquillamente la superficie del lago. "Preso nulla?"

Domanda retorica. Era risaputo che le uniche creature che popolavano quel lago erano snapper, bisce e minuscoli pesciolini.

"No."

"Ho chiesto in giro. Sembra che sia vero."

"Resterà?"

"Sì."

"E perché? Hai idea?"

"Sta facendo domande sul suo amico."

"Dannazione."

"Non hai niente di cui preoccuparti, Wex."

"Sei sicuro che nessuno ti abbia visto?"

"Sì. Ne sono sicuro."

"Quanto?"

Mark era molto paziente. È curioso quanto le persone pazienti possano diventare pericolose. "Nessuno mi ha visto."

"Quando ho sentito che l'auto bruciava, ho pensato che la roba si sarebbe carbonizzata."

"L'ho avvolta nella carta stagnola. E l'ho messa nel cruscotto. Questo deve aver aiutato."

"Aiutato? Che cosa vuoi dire?"

"Non intendo *aiutato* in senso positivo. Voglio dire, deve aver impedito che venisse bruciata. C'erano dell'hashish e delle fiale di crack."

Come se non volesse sentire i particolari, Ambler si affrettò a chiedere: "Quando hai chiamato lo sceriffo, nessuno ha rintracciato la telefonata? Magari potrebbero controllare la voce".

"Tom non ha quell'attrezzatura, Wex. Lo sai. In ogni caso, era andato a farsi tagliare i capelli. Ho lasciato detto a Gladys, che non conosce la mia voce."

"Non avrei dovuto dire a Moorhouse di far arare il terreno lì intorno." Ambler pensò ad altro. "E le impronte?"

Mark lavorava per Ambler e non si sarebbe permesso di sbuffare. Ma tacque per un attimo, limitandosi a osservare la striscia multicolore di alberi lungo lo stagno.

Ambler disse: "Scusami. Sono sicuro che ci hai pensato. È solo che sono ancora scombussolato dal fatto che lui è rimasto in paese".

La mosca fu trasportata al largo dal vento e si impigliò in un canneto. "Dannazione!" esclamò Ambler. Estrasse il suo complicato coltello da pesca. Stava per tagliare il filo, poi pensò che poteva essere rimasta impigliata in un'oca selvatica. Wex non portava stivali alti da pesca. Guardò verso casa, poi cominciò a farsi strada in mezzo alla sporcizia per liberare la lenza. Attorno alle sue gambe si levarono bolle di acqua torbida.

Mark propose: "Vuoi che faccia io?"

"No", grugnì Ambler.

Camminò barcollando tra l'erbaccia, liberò la mosca, poi tornò lentamente a riva.

"Ho capito il tipo."

"Chi?"

"L'uomo della compagnia cinematografica. Non se ne andrà finché non trova delle spiegazioni", sospirò Ambler.

"Lo conosci?"

"Conosco *il tipo*", disse spazientito.

Il giovane guardò oltre il lago, dove stava per atterrare uno stormo di anatre. Era uno sguardo avido, come se desiderasse osservarle attraverso il mirino di un fucile a canna lunga. "Vuoi che lo tenga d'occhio?"

"Già."

Passò qualche secondo. Un cigno le raggiunse. Ambler pensò che, per quanto fossero degli animali eleganti, erano stronzi quanto tutti gli altri.

"Devo fare qualcos'altro?" Mark lo guardò, in attesa.

Ambler si inginocchiò e si mise a svolgere la lenza aggrovigliata.

"È qui che noleggiate auto?" domandò Pellam a un biondo con un naso rosso e ricurvo. Indossava una tuta da lavoro ed era in piedi sotto una Montecarlo sollevata da un ponte.

L'autorimessa consisteva in due aree per le macchine e in un piccolo ufficio. C'era puzza di grasso, di benzina e di caffè bruciato. Gli occhi di Pellam cominciarono a lacrimare.

"Sissignore." Il tipo biondo stava cambiando l'olio ma non aveva macchie di grasso da nessuna parte, a eccezione dei polpastrelli.

"Non è male, riuscire a non sporcarsi."

"Be', non mi sto ammazzando di lavoro."

Pellam sbadigliò. Era stanco. I letti del camper erano piccoli, e Janine era piuttosto grossa. Per di più, faceva l'amore con passionalità. L'aveva snervato a forza di ripetere senza sosta quanto gli piaceva e com'era bravo. Non credeva davvero che le donne fossero capaci di così tanti orgasmi nel giro di un'ora. Almeno, non nella cuccetta di un Winnebago. Durante la notte Pellam si era svegliato una volta e l'aveva vista piangere. Le aveva chiesto che cosa avesse. Lei gli aveva risposto che non poteva capire. Allora lui aveva immaginato che Janine si aspettasse altre domande da parte sua, ma poi si era addormentato. Al suo risveglio, l'aveva vista rovistare in frigo e preparare per colazione una grande omelette, che lei aveva mangiato senza appetito e lui aveva mandato giù per educazione.

"Sei tu Sillman?" chiese all'uomo dell'autorimessa.

"No, signore. Io sono solo un dipendente."

"E Sillman c'è?"

"Sissignore, ma ora è in Florida."

Pellam raggiunse lo spiazzo e cercò di nuovo il rottame. Non era certo di volerlo vedere. Vide molte carcasse di auto, ma nessuna bruciata.

"Se ho capito bene, l'hai noleggiata tu la macchina che ha preso fuoco. Quella dell'altro giorno."

"Oh, sì. È stato terribile, vero?"

"Sai che fine ha fatto, la macchina?"

"Era qui fino a ieri. Nel retro. Poi l'ho venduta."

"Venduta?"

"Esatto. Come rottame."

"Nessuno della compagnia di assicurazioni ti ha detto di non farlo?"

"A me?"

"Insomma, non l'hanno detto a nessuno?"

"Non so, signore. Nessuno mi ha detto nulla. Ho saputo che il signor Sillman si è accordato con la famiglia del ragazzo. Ha sborsato parecchio denaro. Mi hanno detto centomila dollari."

Per essere un paese in cui nessuno aveva fretta, alcune cose si risolvevano davvero velocemente a Cleary.

Pellam domandò: "Sai chi l'ha comprata?"

"No."

"E chi può saperlo?"

"Sillman. È lui che l'ha venduta."

"Avevo capito che era in Florida."

"A Clearwater."

"Ma mi avevi detto che..."

"È partito a mezzogiorno."

"E questo è tutto quello che sai?"

"Questo è tutto."

"E quando torna Sillman?"

"Sillman sarà di ritorno il mese prossimo."

"È una domanda stupida, ma per caso sai dove posso rintracciarlo?"

"Clearwater è grande."

"Okay, era stupida. Sillman tornerà tra un mese, giusto? Fa sempre delle ferie così lunghe?"

"Spesso sì."

Pellam commentò: "Gli affari di questa officina devono andare molto bene se una persona può farsi un mese di vacanza".

"La cosa la stupisce, signore? Comunque, lei ha davvero un bel camper. Vuole fare il pieno?"

"Non oggi."


Pellam passò accanto ai tre uomini che giocavano a poker seduti nel retro dell'Hudson Inn. C'era odore di whisky e di birra. "Posso sedermi?" chiese.

Vagamente diffidente, la compagnia. Poi Pellam offrì un giro di Bud, quindi un altro, e l'atmosfera si distese. Fred era il più socievole. Vicino ai settanta, aveva un viso lucido e rosso. Non era stato un contadino, come si sarebbe detto a prima vista, ma aveva lavorato tutta la vita nelle ferrovie ed era in pensione dall'Amtrak da dieci anni. Pete, sui quarantacinque, gestiva un'agenzia di assicurazioni da casa sua, un chilometro e mezzo fuori dal paese. Prima che dessero le carte, si soffermava su ogni frase di Pellam, gli dava ragione di continuo con ampi gesti del capo. Diceva: "Aspetta!" e lo costringeva a ripetere, per essere sicuro di aver capito quello che voleva dire. All'inizio Pellam lo trovò divertente, alla fine l'avrebbe volentieri preso a botte. Nick aveva ventun anni e tutto ciò che riguardava Cleary lo scazzava immensamente. Strabuzzava gli occhi esclamando: "Meerda!" con un ghigno sarcastico; non era cattivo, nonostante la sua espressione facesse pensare il contrario. Era stato nella squadra di football del liceo, ma ormai era troppo grasso per giocare.

Fred raccontò agli altri che Pellam discendeva dal famoso pistolero "Wild Bill Hickok".

L'interessato chiuse gli occhi per un istante. "Dove diavolo l'hai sentita?"

Fred alzò le spalle. Gli occhi di Pete si spalancarono ancora di più, poi esclamò: "Porca miseria!"

Nick fece: "Cinque".

Janine, ovvio. Doveva essere stata Janine. "Vedo", disse Pellam. "E rilancio di cinque."

Pete continuò candido: "Ehi, quel film l'ho visto. Con chi era? Jimmy Stewart? Non mi ricordo. Wild Bill era uno dei migliori tiratori del West. Era il classico pistolero. Aveva sparato a... a chi? Non riesco a ricordarlo, ma... era fenomenale. Vedo i tuoi dieci. Gli hanno sparato alla schiena... Oh, scusami, Pellam". Guardò in basso e arrossì.

"Cristo, Pete, quell'uomo non l'ho mai conosciuto."

"Be', sai che cosa voglio dire."

Fred intervenne: "Vedo i tuoi dieci. Colpito alle spalle. Ehi, Pellam, è per questo che ti sei seduto di fronte alla porta?"

Lui rise e rispose: "No". Il motivo era che così poteva guardare dall'altra parte della strada, direttamente dentro l'agenzia immobiliare Dutchess County, dov'era seduta

Meg Torrens, la cui camicetta bianca si intravedeva a malapena nella penombra dell'ufficio.

"Colpito alle spalle? Amico, che bastardi", commentò Nick, aggiungendo altre fiches. "Ti chiamo."

Giocarono per quasi un'ora. Pellam perse cinquanta dollari e la maggior parte finì nelle tasche di Fred.

Pete continuava a fissarlo, irritante, quando Fred disse: "Ah, Pellam, tu sì che sai giocare a poker. Hai già fatto la mano del morto?" Si rivolse a Nick. "Sai che cos'è?"

"Che cos'è? Una mano così incredibile da spazzare via tutti quanti, tipo la scala reale all'asso?"

"Ce l'aveva Wild Bill quando gli spararono. Un full. Di assi e di otto. Non ti è mai successo, Pellam?" Fred ammucchiò tutte le sue fiches.

"Non che mi ricordi."

Nick si alzò per andare in bagno. Pellam chiese a Fred e a Pete: "Una domanda. Se uno ha un rottame di auto, a chi la può vendere da queste parti?"

"Proprio un rottame?"

"Di buono ci sono solo le lamiere."

I due si guardarono. Pete disse: "Ci sono un paio di posti. Io andrei da Stan Grodsky, sulla Route 9".

Fred ribatté: "È un polacco, quello ti rapina".

Pete arrossì nuovamente. "Mi ha chiesto chi compra rottami. Stan li compra."

Fred ripeté, rivolto a Pellam: "Quello ti rapina".

"Una volta da lui ho fatto un buon affare," obiettò Pete.

"Se lo dici tu."

"Lo dico io. Mi ha dato cento sacchi di Sakreet a tre dollari l'uno."

"Quelli pesavano venti chili, non trenta, e quanto era solido il fondo?" volle sapere Fred.

"Non gran che."

Fred gli rise in faccia.

Mentre Pellam si appuntava il nome, Fred storse la bocca. "Ti rapinerà. Ce n'è ancora un paio. Vai all'Army & Navy di Bill Schecker, sulla 106, cinque chilometri a nord di qui."

Pete stava riflettendo a pieno ritmo. "Oh, c'è anche la R&W. Sempre sulla Route 9. La 9, non la 92."

"Grazie, signori."

Tornò Nick. Il tavolo era diventato una foresta scintillante di bottiglie marroni. Il barista ne portò via alcune e il gioco riprese. Pellam scrutò le carte che uscivano dalle mani grassocce di Nick.

Giocarono per altri venti minuti. Poi Pellam notò dei movimenti giù in strada. Non poteva giurarci, ma nella luce incerta del tramonto gli sembrò di intravedere una graziosa bionda con una camicetta bianca, il viso con troppo fondotinta e i collant color carne che metteva il lucchetto alla porta di un'agenzia immobiliare di paese. Allora chiuse con tre fanti e si alzò.

Tutti al tavolo lo guardarono.

"Ho perso."

Fred disse: "È dura perdere soldi".

Nick si incupì. Era troppo presto per lasciare. Erano solo le sei e mezzo. Pellam stava infrangendo il protocollo del giocatore. "Se va bene a te."

"Forse torno domani."

Pete fece: "Vieni pure ogni tanto. Quando vuoi. Ci tengo a sapere il tuo parere su quello di cui abbiamo parlato prima. Lo sai".

"Non mancherò. Arrivederci, signori."

Quando raggiunse il marciapiede, Meg aveva finito di chiudere il portone e si stava dirigendo alla macchina.

Pellam sentì una presenza accanto a sé. Sobbalzò. Qualcuno l'aveva preso per il braccio.

Janine lo baciò sul collo. "Sono Cecil B." Gli schiacciò il bicipite contro il seno. "Ho appena chiuso il negozio e volevo fare un salto al tuo camper. Come stai, tesoro?"

"Bene", rispose lui sforzandosi di non guardare verso la sagoma di Meg che si allontanava. "In realtà direi... accettabile."

Janine gli strizzò la coscia (quella giusta, più in alto del livido) e disse: "Non sembra dolorante come la notte scorsa". Sorrise maliziosa. "Amore, stavo pensando che non hai ancora visto casa mia. Vieni a trovarmi e ti offro la cena. Posso persino cucinarti una... bleah... una bistecca, se ti va."

"Calma un attimo. Devo mandare del materiale allo studio. Dovrò lavorare tutta la notte."

"Domani ho un gruppo di autocoscienza e dopodomani un intervento sulle donne in crisi... Forse potrei... Oh, viene il mio ex. Mi porta a vedere la moto nuova." Janine si tirò indietro e lo guardò in faccia. "Ehi, non sarai geloso, per caso?"

"Neanche un po'."

"Bravo." Lo fissò dritto negli occhi, poi si protese all'improvviso verso di lui e lo baciò sulla bocca, a labbra aperte. Pellam indietreggiò per un istante, sorpreso, quindi le restituì il bacio.

Janine continuò: "Sabato c'è la sagra della mela e io metterò una bancarella. Che ne dici di domenica?"

"D'accordo. Perfetto."

Dov'era Meg? L'aveva persa. Maledizione, perché si era messa un giubbotto nero? Non riusciva a vederla. Si rivolse di nuovo a Janine, che gli stava dicendo: "È meglio che non ti fai venire i crampi, eccetto alla mano che usi per scrivere". Gli diede un buffetto non troppo delicato sul mento e lui batté le palpebre. Janine puntualizzò: "E niente pacchi. Alla mamma non piacciono i pacchi".

"Va bene, cara." Pellam sorrise, impietrito dal sarcasmo.

La Toyota stava per partire. Udì il gorgoglio della marmitta e vide l'auto grigia uscire dal parcheggio. Disse: "Be', purtroppo è meglio che vada a lavorare un po'. Allora, okay per domenica?"

"Sì. Chiudo il negozio alle quattro. Che ne dici se dopo passo dal camper? Andiamo a casa mia insieme. Ti va?"

"Ottima idea."

Baciò Janine sulla guancia e fuggì. Mentre si allontanavano in direzioni opposte, la Toyota partì a tutta velocità. Pellam vide i fanali posteriori curvare velocemente, poi scomparve.

"Dannazione!"

Rallentò e si diresse verso il camper.

Pensò agli sfasciacarrozze.

Oltrepassò il quartiere deserto e svoltò nella via di periferia in cui aveva parcheggiato il Winnebago. Pensò che aveva voglia di mangiare qualcosa.

Pensò a...

Quasi finì dentro la macchina di Meg Torrens, la piccola Toyota grigia ferma in folle contro il marciapiede.

Quando mise le mani sul tettuccio e si chinò verso il finestrino, lei stringeva il volante con entrambe le mani, lo sguardo fisso. Gli disse: "È da solo".

"No. Siamo in due."

"Pensavo che avesse un appuntamento."

"Un appuntamento?"

"Non stava passeggiando con..." Meg considerò la cosa e il suo lato malizioso prevalse. "Con Miss '69?"

"Affari", fece lui.

"Ah, affari."

Pellam chiese: "Le va di bere qualcosa?"

Era sicuro che avrebbe rifiutato, ma era curioso di sapere che cosa si sarebbe inventata. Una donna aveva mille modi di dire di no a un uomo, e non tutti erano da considerarsi dei rifiuti.

"Non posso. Esco con le ragazze. Giochiamo a bridge."

"Che ne dice del poker? Possiamo andare all'Hudson Inn."

Lei rise. Trascorse un momento. "Volevo dirle che ho saputo del suo amico e che mi dispiace."

"Grazie."

"Volevo anche scusarmi." Lui sollevò un sopracciglio e lei continuò: "Per l'altro giorno. In ospedale".

"Non si preoccupi. Ero un po' strano", disse Pellam. "Detesto gli ospedali. Mi mettono di cattivo umore."

"No..." Meg teneva gli occhi sul tachimetro. "Sono stata dura."

Una macchina col motore truccato rallentò allo stop, la marmitta scoppiettante, poi ripartì.

Lei aggiunse: "Volevo dirle un'altra cosa".

Lui sorrise. "Un'altra?"

Meg deglutì e tentò di mettere una barriera ai suoi sen-

123

timenti. "Se stasera non ha nessun impegno, le va di mangiare qualcosa insieme?"

"Cucina come guida?"

Lei batté le palpebre, voleva rispondergli con una battuta. Pellam la vide combattuta. Meg scelse di non rilanciare. "Facciamo intorno alle otto? Da queste parti è considerato perversamente tardi. Praticamente l'ora di andare a dormire."

Lui ridacchiò e rinunciò all'occasione di demolire Cleary. "Porto del vino."

"No, non è il caso."

"Non mi dà disturbo."

Meg gli spiegò dove abitava e disse: "Allora ci vediamo", fece un sorrisetto e si avviò. Pellam indietreggiò e lei fece inversione all'incrocio, sollevando della ghiaia. Mentre parlavano aveva tenuto la marcia inserita e il piede sulla frizione, come se si tenesse pronta a una rapida fuga.

Meg si voltò, fece un cenno di saluto con la mano e scomparve nel buio.

# 8

Meg stava aggiungendo aneto fresco alla crema di panna acida quando lo sentì muoversi lentamente al piano di sopra.

A Keith Torrens piaceva cambiarsi per cena.

Era di sopra con i vestiti posati sul letto, un'abitudine che aveva preso da una puntata di *Masterpiece Theater*. Gli altri abitanti di Cleary, quando dicevano che si cambiavano per cena, lo facevano per scherzo ai compleanni o come battuta. Ma a Torrens queste formalità venivano naturali. Meg ne era affascinata. A volte suo marito era lunatico e silenzioso. Ma era uno scienziato. Era un tipo brillante. Aveva una mentalità diversa dagli altri.

A Meg piacevano gli uomini svegli.

Quelli formali.

E di successo.

E Torrens era così. Non aveva mai conosciuto nessuno tanto dedito al lavoro quanto lui. Aveva sempre desiderato una ditta tutta sua. Keith il sognatore. Era ossessionato dal desiderio di diventare un imprenditore, pur avendo un ruolo di responsabilità nel reparto Ricerca e Sviluppo della Sandberg Pharmaceutical, fuori Poughkeepsie. Un incarico tutt'altro che trascurabile, gli aveva ripetuto Meg le dozzine di volte in cui lui aveva minacciato di dimettersi senza preavviso. All'inizio Keith non sapeva come organizzarsi. In un primo tempo aveva considerato la possibilità di passare a una società di consulenza, con il rischio però di restare una mezza figura. Poi aveva pensato di aprire un laboratorio di ricerca per conto terzi, ma quella era roba per secchioni e universitari e, peggio ancora, non gli forniva la liquidità che bramava, almeno quanto il prestigio di avere il proprio nome sulla porta di una società.

Poi un giorno, due anni prima, era tornato a casa e aveva dichiarato di volersi licenziare dalla Sandberg per aprire una piccola ditta. "Se rimando ancora, finisce che non lo faccio più." Così avevano fatto il grande passo, con un mutuo di centoottantacinquemila dollari, un figlio che di lì a un decennio era destinato al prestigioso Massachussetts Institute of Technology e una moglie che negli anni buoni tirava su dodicimila dollari di provvigioni.

In un turbine di settimane da ottanta ore lavorative, Keith, un socio e il loro avvocato avevano stipulato con la Sandberg un contratto di non competizione e aperto la nuova società.

Quello che infastidiva Meg era che il marito non l'aveva fatta entrare. Non che lei volesse avere a che fare con gli aspetti più tecnici, tipo tirare su la fabbrica, occuparsi della parte amministrativa o del reclutamento degli impiegati: sapeva di non essere abile in quelle cose. Tuttavia era certa di essere abile come broker e c'era rimasta male quando Keith si era rivolto a un altro. Perché le era pure toccato prendere un messaggio per Keith da quel bastardo di concorrente. Un altro broker!

"Tesoro", aveva detto al marito, "questo è il mio lavoro. Perché non ti sei rivolto a me?"

E lui l'aveva guardata stupito e poi sconsolato. Meg aveva compreso che non gli era neppure passato per la mente di consultarla. Aveva ammesso che non ci aveva pensato e aveva chiesto scusa, mogio, come un bambino che si era dimenticato della Festa della Mamma. Grondava pentimento. Lei l'aveva perdonato con un sorriso. Era brillante, d'accordo, ma a volte non ci arrivava. Che cosa strana. Com'era possibile?

Sam piombò in cucina. "Mamma, sai perché i dinosauri si sono estinti? Un asteroide è precipitato sulla Terra e il suo gas velenoso li ha uccisi tutti." Annusò la zuppa e fece: "Yuck". Scomparve.

Era successo veramente? Come poteva essere che tutti gli animali di un intero pianeta morissero di colpo? L'evoluzione aveva dovuto ricominciare daccapo? Forse la civiltà sarebbe stata milioni di anni più avanzata se non fosse stato per un unico asteroide...

Meg riempì la zuppiera e sistemò i cracker nel piatto a forma di petali di fiore. Terminò di apparecchiare la tavola e fece un giro al piano di sotto.

Era stata lei a decorare la casa, con una tappezzeria firmata Laura Ashley dai minuscoli fiorellini spruzzati di blu. Un bordo dipinto di rosso borgogna intorno alle pareti, sotto le modanature. Tappeti intrecciati. Parecchi oggetti di antiquariato erano stati comprati nella stessa

127

occasione, durante un'asta nel Vermont. Alcuni erano in stile country, dipinti e anticati, e molti in stile vittoriano. Meg era stata così impaziente di averli subito a casa che non se li era fatti spedire tutti, ma aveva legato una dozzina di quelli più piccoli sul tettuccio della Toyota, tanto da farla sembrare un caravan di zingari. Fiori secchi, ghirlande, vasi e centrini ovunque. Alle pareti del salotto c'erano fotografie seppiate dell'Ottocento. Le aveva acquistate da un antiquario del paese e montate su vecchie cornici. A volte Meg diceva agli ospiti che erano suoi antenati e inventava complicate storie al riguardo.

Abbassò la luce delle applique e si guardò intorno: l'atmosfera si era fatta decisamente romantica. Rifletté. Forse era un po' sopra le righe. Riaccese tutte le luci e corse su per le scale.

Keith era seduto sul letto che lucidava i mocassini. (Una volta alla settimana puliva le scarpe con una grossa spazzola circolare attaccata a un motorino elettrico da 0,25 cavalli che aveva montato al muro della cantina. Ogni domenica sera le travi tremavano come se ci fosse un terremoto.) Si guardò le scarpe lustre come un tagliatore di diamanti di fronte a un gioiello.

Finché Meg non iniziò a svestirsi. Quando la vide, Keith drizzò uno dei lucidissimi mocassini e ridacchiò.

"Ehi, ragazzo", fece Meg, "tra venti minuti arriva un ospite. Toglitelo dalla testa."

Lui si mise le scarpe, la baciò castamente e lasciò la stanza.

Lei mise i vestiti nella cesta della roba da lavare e si infilò la vestaglia.

*Posso...*

Entrò in bagno.

*Non posso...*

Sui capelli una cuffia con i gabbiani, regalo di Natale di Sam. Entrò in doccia; sotto l'acqua pungente si chiese quali fossero i "non posso" della serata.

Era diventato un giochetto intimo che faceva con Keith, dopo che lei gli aveva parlato di un film che aveva visto nell'ora di educazione sessuale al liceo. "Posso o non posso?" era il tormentone del filmato, che metteva in guardia dalle malattie sessuali usando eufemismi così arditi che nessuno riusciva a capire davvero quali fossero questi "non posso".

Meg decise che quella sera esistevano dei "non posso": non posso parlare del film, né della morte del suo amico, né di Hollywood...

Si domandò perché l'avesse invitato.

Uscita dalla doccia, udì il suono rassicurante della tivù: suo marito stava dando una scorsa ai canali al piano di sotto.

Tirò fuori una maglia nera d'angora con una stella di perline sul seno destro e pantaloni neri di seta. Poi si sedette davanti alla specchiera. Si spalmò il fondotinta e iniziò a spargere l'ombretto blu. La sua mano si fermò.

*Che cos'ho addosso che mi fa sembrare "di Cleary"?*

*Sono qui da cinque anni, signor Pellam. Non da dieci. Bzzzzt.*

Tornò in bagno e si tolse il fondotinta con il latte detergente. Sfilò da dietro il gabinetto uno degli ultimi numeri di *Vogue* e prese a sfogliarlo.

"Ehilà", fece John Pellam.

Pensare che la gente di Hollywood credesse alla fedeltà alla propria moglie era un'idea così strana che avrebbe potuto essere un titolo del *National Enquirer*, pensò Meg dentro di sé. Ma la debole stretta di mano dell'uomo e il suo casto bacio sulla guancia le dissero che esisteva un'eccezione.

Gli occhi di lui fecero un esame accurato del suo volto e a Meg quasi venne da ridere, mentre cercava di capire che cosa avesse di diverso. Concluse che fosse per via della treccia che si era fatta.

Keith la esaminò allo stesso modo e: "Hai una maglia nuova, tesoro. Ti sta divinamente". Gliel'aveva regalata lui stesso due Natali prima.

Pellam indossava un paio di jeans neri, una camicia grigia senza cravatta, abbottonata fino al collo, e una giacca sportiva nera. Sorrideva calmo, guardandosi intorno mentre parlava con Keith.

Meg sentì il marito che diceva: "Sembra che si sia ripreso piuttosto bene dopo essere finito addosso a mia moglie, perdoni l'espressione. Dovrebbero fare un'ordinanza in paese, in modo che quando guida Meg tutti gli altri si mettano un casco".

"D'accordo, amico", intervenne lei, "dobbiamo parlare di come si è ridotto il parafango? O la carrozzeria?"

"Hai ragione, a volte parlo a ruota libera", fece lui.

"È arrivato qui senza problemi?" si informò Meg.

Keith guardava fuori. "Oh, ha un Winnebago?" Uscì sul porticato.

Pellam si rivolse a Meg. "Le ho portato un regalo." Le porse un sacchetto piccolo e piatto. "Ah, sì", e aggiunse una bottiglia incartata.

Meg guardò il sacchetto. "Che cos'è?"

Pellam alzò le spalle.

Lei lo aprì e scoppiò a ridere. "Tesoro!" chiamò il marito. Pellam sghignazzò. La donna stringeva in mano un adesivo per il paraurti:

IL TEMPO È POCO, I PEDONI SONO TROPPI

Keith rise a crepapelle. "Questa è buona, davvero buona." Poi aggiunse: "Prego, le mostro la casa".

Meg alzò gli occhi verso la scala. Un visetto guardava attraverso le colonnine della balaustra. "Avanti, Sam! Vieni giù."

Il ragazzino scese avvolto in un pigiama azzurro. "Piacere." Porse la mano a Pellam, che sorrise per la formalità e la stretta vigorosa. Si aspettava sempre di incontrare ragazzini grassottelli e infantili, e si era stupito vedendone uno come Sam, che sembrava un adulto in miniatura.

Intervenne Meg. "Le presento mio figlio, Sam. Sam, il signor Pellam."

Keith disse: "Andiamo su. Sam, stasera puoi andare a dormire più tardi, così puoi far vedere la tua camera al signor Pellam".

"Evviva!" esultò il ragazzino.

Scomparirono oltre le scale.

Meg andò in cucina e riempì di vino tre bicchieri. Sorseggiò il suo, guardando il Winnebago.

Dieci minuti più tardi si sentivano gli scricchiolii dei passi che scendevano le scale. La meta successiva era il camper. Sam, ora in giubbotto e ciabatte, era pronto a correre fuori, seguito dal padre e da Pellam, che si fermarono solo per prendere il loro bicchiere di vino.

"Mamma, ho fatto vedere al signor Pellam il computer, il mio antifurto e il metal detector."

Pellam domandò: "È vero che l'ha fatto lui?"

"Con l'aiuto di papà", rispose Sam.

"Non ho fatto gran che", si schernì Keith.

Si diressero tutti alla porta. Keith disse alla moglie: "Facciamo un giro sul Winnebago".

"È pronta la cena", fece presente lei.

"Tesoro", la interruppe lui con calma, "si tratta di un Winnebago."

Mentre attraversavano il portico, Sam domandò: "Ehi, signor Pellam, le piacciono le bombe?"

"Ci ho lavorato per un po'."

"Come?"

"Al cinema."

Meg rise.

Sam continuò, senza fiato per l'entusiasmo. "Magari una volta posso farle vedere le bombe a effetto ridotto che usano i militari durante le esercitazioni. Sono da quello sfasciacarrozze. Non sono sporche. Mamma non me le vuole comprare, ma sono sfiziose. Posso sedermi al posto del guidatore?"

"Puoi anche suonare il clacson", fece Pellam.

"Grande."


Meg, Keith e Pellam pasteggiarono a ossobuco, patate dolci, insalata di fagioli e broccoli. Come aveva fatto Meg a cucinare tutto quel ben di Dio nelle due ore successive al loro incontro? Sam era a letto, Keith serviva a tavola e Pellam non smetteva di guardarsi intorno, come se non fosse mai stato prima in una casa.

Keith si sistemò la cravatta e alzò il bicchiere: "Alla mia splendida moglie e alla sua ottima cena".

La conversazione divagava dai politici di Washington all'inquinamento di Los Angeles. Pellam domandò a Keith che lavoro facesse.

"Ho una piccola società che produce farmaci da banco. Sciroppo per la tosse, aspirina, cose così."

Meg commentò: "Keith fa concorrenza alla Bristol-Myers. È una battaglia dura, ma poco per volta la sta spuntando".

"È dura per i piccoli imprenditori", spiegò Keith. "Ma io amo le sfide. Questo è il bello quando ci si mette in affari. La competitività."

"Non hai azionisti?"

"Ah-ah. Bisogna, con gli obblighi che ci sono adesso. Le spese più grosse, dopo gli stipendi, sono quelle assicurative."

"Hai un socio?"

Silenzio. Meg si rigirò sulla sedia. Pellam aveva fatto una domanda tabù.

"Si chiamava Dale Meyerhoff", rispose Keith. "Un tipo davvero in gamba. Lavoravamo insieme per una ditta farmaceutica vicino a Poughkeepsie. È morto."

"Mi dispiace. Come mai?"

"Incidente d'auto", intervenne Meg.

Keith continuò: "È successo l'anno scorso. Un vero choc".

Pellam comprese l'imbarazzo: erano a disagio per lui, dispiaciuti che la storia dell'incidente gli ricordasse quello di Marty. "Così a te tocca fare il cuoco e anche il lavapiatti?"

"Dale, il mio socio, si occupava degli aspetti finanziari. Io sono innanzitutto un chimico. Ho dovuto imparare da solo quasi tutta la parte economica."

"Un chimico? Lo studio per cui lavoravo una volta ha girato un film che parlava di un chimico."

"Fantastico!" commentò Keith. "In genere si vedono solo film con poliziotti, killer e investigatori privati."

"Non credo fosse proprio un chimico come lo intendiamo oggi. Il film si intitolava *L'alchimista del Surrey*. L'abbiamo girato in Inghilterra. Qui non è stato molto distribuito."

"Storie di maghi e di streghe."

"A dire il vero, gli alchimisti erano ritenuti gli scienziati dell'epoca. La trasformazione del piombo in oro era la base. I veri alchimisti praticavano la *spagyria*."

Meg controllava i piatti; quando vide che Pellam stava finendo la sua porzione, gli porse il vassoio. Keith era completamente preso dalla storia, come un ragazzino, e aveva smesso di mangiare. "La *spagyria*?"

Pellam spiegò: "Consiste nell'estrarre dagli oggetti, in particolare dalle piante, le loro proprietà di base. Quello che fa un alchimista è scoprire l'essenza delle cose, e si ritiene che questa essenza abbia poteri che vanno al di là della composizione chimica della materia".

"Queste cose non le insegnano al Massachussets Institute of Technology", scherzò Keith. "Di che cosa parla il film?"

"Alla fine del Settecento, in Inghilterra, viveva un giovane di nome James Price. Come molti ricchi si dilettava di scienza. Ma forse era un po' più di un dilettante, dato che fu nominato membro della Royal Society. Attrezzò un laboratorio a casa sua, nel Surrey, in campagna. Lavorò in segreto e poi convocò gli amici e i colleghi scienziati. Li portò nel suo laboratorio dove aveva preparato una dimostrazione, utilizzando i tre elementi alla base dell'alchimia: mercurio, nitrato e zolfo..."

Keith rise. "Ehi, sai che cosa sono?"

Meg lo interruppe. "Lascialo finire."

Pellam fece: "Cosa?"

"È la formula per fare i proiettili. Nitrato e zolfo sono contenuti nella polvere da sparo e il mercurio nell'innesco."

Pellam rise. "Se solo l'avessi saputo! Sarebbe stata una metafora perfetta per il film. Comunque, Price custodiva anche altri ingredienti, segreti, in scatole chiuse. Radunò questa gente e fece una figura trionfale. Anche se aveva un pessimo aspetto: era pallido e malato, esausto. Mescolò una polvere bianca con i tre ingredienti base e li trasformò in un lingotto d'argento. Fece lo stesso con una polvere rossa e ottenne l'oro. I metalli furono esaminati da un orefice che li ritenne autentici."

"Allora vendette la formula a un programma via cavo in seconda serata e guadagnò una fortuna", commentò Meg.

Keith la zittì.

Pellam continuò: "Ma ecco la parte interessante. Price continuò con l'alchimia e fece un sacco di soldi, però dopo pochi mesi la sua salute peggiorò. La Society insistette perché eseguisse un altro esperimento e lui acconsentì. Tre membri della Royal Society si presentarono una mattina al suo laboratorio. Lui li fece entrare, preparò le sostanze chimiche e..." Fece una pausa drammatica. "E bevve una tazza di veleno. Morì senza rivelare quali fossero le polveri."

Keith si dondolava sulla sedia. "Che cos'era, una beffa? Ed era il caso di uccidersi?"

"Il finale è rimasto in sospeso. È difficile fare film basati su storie vere. Ti tocca addolcire la realtà."

All'improvviso Keith scrutò Pellam. "Sai che il tuo aspetto mi è familiare?"

Pellam lo guardò. "Ebbene sì, mi hai scoperto. Sono il tipo che si è presentato qui un'ora fa."

"Sei mai stato famoso?"

"Keith..." lo redarguì la moglie.

Pellam rispose, serio: "Secondo mia madre, sì".

Meg rise.

Keith scosse la testa. "Mi verrà in mente." Lo esaminò di nuovo con attenzione, poi sembrò dimenticarsene. Cominciò a parlare di una nuova linea di prodotti. Era il genere di discorsi che potevano appassionare soltanto un uomo d'affari. Pellam faceva cenni col capo e stringeva i denti per non sbadigliare. Era contento che Keith non fosse uno fissato di cinema e non volesse sapere nessun gossip hollywoodiano. D'altro canto, però, era ancora più noioso.

Ascoltò a malapena qualche parola del discorso, finché non si accorse che Keith stava nominando gente del luogo, tra cui una certa "Miss Woodstock" che conosceva il segno zodiacale, e molti particolari intimi, di tutti gli abitanti di Cleary.

Meg sfoggiò un sorrisetto malizioso e cercò di incrociare lo sguardo di Pellam. Lui capì a che cosa si riferiva e continuò a guardare Keith finché lei non scomparve in cucina.

Al che Keith gli domandò: "Hai parlato con l'assicuratore? Per l'incidente?"

"Non ancora. Meg mi ha dato il suo nominativo. Il dottore ha detto che mi preparerà la parcella in un paio di giorni. Sta aspettando dal laboratorio la tariffa delle radiografie."

"Se dovessi avere dei problemi, fammi sapere, d'accordo?"

"Ti ringrazio."

"Quanto tempo pensi di fermarti?"

"Non so ancora. Io..."

Tornò Meg. "Il caffè è quasi pronto." Si sedette. "Raccontaci, sei sposato?" chiese a Pellam.

Gliel'aveva già detto. In clinica. Perché glielo chiedeva di nuovo? Forse per Keith, per fargli vedere che non lo sapeva. O forse se n'era dimenticata.

"No", rispose. "Ho divorziato qualche anno fa."

"Giusto. Me l'avevi già detto."

*D'accordo. Meg non ha una buona memoria. Non è la fine del mondo.*

"Da un po' di tempo frequento una ragazza. Niente di troppo serio. Si chiama Trudie."

*Maledizione! Mi sono dimenticato di chiamarla. Devo farlo domani. A qualunque costo.*

Il trillo di un timer, dalla cucina. Mentre Meg si alzava, Pellam notò un'altra volta la spilla che aveva sul vestito. Pensò a quella di Janine. E al suo seno. Lei portava una luna, Meg un sole.

"Ecco il dolce", annunciò lei di ritorno dalla cucina con un vassoio.

Keith disse: "Meg è una maga con i dolci".

Lei posò il vassoio.

"*Brownies!*" esclamò Pellam.

"Ti piacciono?" chiese lei.

"Non posso farne a meno."

La macchina beige uscì dall'autostrada e accostò in un parcheggio asfaltato che si stava lentamente trasformando in una distesa di ghiaia nerastra.

Sleepy Hollow Motor Lodge.

"Ci siamo", disse Billy.

I gemelli scesero dall'auto e Bobby spinse un grosso borsone dal sedile posteriore. "Sono Heineken", annunciò, orgoglioso di aver comprato della birra d'importazione nella patria della Gennie Ale.

Respirarono a pieni polmoni e Bobby disse: "Adoro l'inverno".

Billy guardò l'orologio. "È tardi."

Bobby gli andò dietro e aprì la porta che dava su una brutta stanza quadrata, troppo calda e troppo illuminata. Billy lo seguì all'interno.

"Qui cuociamo a puntino", brontolò respirando a malapena. Aprì una finestra.

A nessuno dei due piaceva molto quell'albergo. Era economico, appiccicaticcio, di plastica pura. Ricordava Brooklyn, dov'erano nati, e Yonkers, dove avevano vissuto fino al liceo, quando il padre era stato licenziato dalla pasticceria Stella d'Oro e si era trasferito a Dutchess

County. Aveva rilevato quello che lui chiamava "un negozio di antiquariato" che però, per la gioia dei gemelli, si era rivelato un'attività di robivecchi.

Si erano diplomati; Bobby per il rotto della cuffia, nonostante fosse il capitano della squadra di tiro al bersaglio dell'istituto, mentre Billy se l'era cavata con la sufficienza. Quando il padre era morto, i gemelli avevano ereditato la casa di famiglia e l'attività di robivecchi, che avevano ribattezzato a proprio nome. Si erano ripromessi di sposare soltanto altre due gemelle, anche se Dutchess County non offriva molto al riguardo. Così la loro vita sociale si riduceva a frequentare ragazze di campagna a cui non dispiacessero gemelli che odoravano di catrame e insistevano per uscire in quattro.

I due avevano anche altri impegni di lavoro che li portavano a New York ogni quindici giorni; erano sempre contenti di andarsene da casa. Abitavano nel primo tratto di terreno su cui Wex Ambler aveva costruito a Cleary. Avevano una bella casa, grande e piena di oggetti a cui tenevano: dipinti a olio a tinte scure con nature morte di conigli o uccelli, stampe con pesci che saltavano fuori dall'acqua, statue in legno di orsi e cavalli, una raccolta di macchinine Franklin Mint, due identici sedili in pelle reclinabili inclinati in direzione del televisore stereofonico Toshiba da 31 pollici. Dalla sua parte, Billy aveva a portata di mano un forno a microonde, ottimo per riscaldare i *nachos* e il *chili* durante *Jeopardy* o *The Tonight Show*.

Una casa ideale per due uomini che vivono da soli.

Tutto l'opposto di quello squallido albergo. Cosa che dichiarò anche Billy, mentre era intento a inseguire una cimice nel bagno.

Suo fratello alzò le spalle. "Non abbiamo molta scelta. Non possiamo farlo a casa."

"Non significa che mi piaccia stare qui."

Bobby annuì; si sedettero sul letto e stapparono due birre. Billy accese la tivù, lamentandosi che mancava il telecomando. Dopo cinque minuti bussarono alla porta. Billy andò ad aprire.

Il ragazzo che aveva mangiato i *pancakes* a colazione era lì, con indosso un paio di jeans, una maglietta e un giubbotto da football.

"Ned. Ehi, figliolo, che fai di bello? Entra."

"Ehi, ragazzi, come butta?"

"Ancora niente", rise Bobby, battendo Billy per un millisecondo.

"Che caldo fa!"

"Già, non male. Tempo burlone."

"Gran bel posto qui. Uno schianto!" I gemelli si guardarono mentre Ned osservava il tappeto marrone e arancio, il divisorio di plastica e le stampe floreali appese alle pareti, neanche fosse la sala da ballo di un albergo sulla Fifth Avenue.

Stapparono altre birre e si sintonizzarono su una replica del *Bill Cosby Show*.

"Qui fa lo stupido. Fa solo il cretino con la telecamera e conta i soldi. Mi piaceva di più in *Partita a due*, quella serie in cui faceva l'agente segreto. Quello sì che era recitare."

"Non l'ho mai vista", fece il ragazzo.

"Lo davano prima che tu nascessi. C'erano quei due tipi della CIA. Il bianco era Robert Cummings..."

"Robert Culp", lo corresse Billy.

"Robert Culp e Bill Cosby. Ragazzi, era un gran bel telefilm. Facevano karate, con le palle."

"Sì, ma in questa serie c'è anche Lisa Bonet", sottolineò Bobby.

Billy fece: "Ehi, Ned, non ti verrebbe duro a baciare Lisa Bonet?"

"Mi viene duro solo a *guardarla*."

"Deve avere addosso il fuoco dell'inferno", disse Billy. Si tolse la camicia e la usò per asciugarsi il sudore dalla fronte. Sotto portava una maglietta senza maniche. "Ehi, Ned, tu che sei forte... prova a spegnere il riscaldamento."

Il ragazzo si tolse il giubbotto bianco e rosso e lo posò sul letto. Lottò con la manopola del termosifone per cinque minuti buoni finché non divenne paonazzo per lo sforzo.

"Cazzo, è bloccato."

"Vabbe', lascia stare", disse Bobby. "Vorrà dire che suderemo." Si sbottonò la camicia all'altezza dell'ombelico e la agitò per rinfrescarsi.

I gemelli portarono nella stanza due sedie. Ned fece per sedersi sul pavimento, ma Billy dichiarò: "No, a te il posto d'onore". Fece un cenno verso il letto e Ned si lasciò cadere sul materasso spugnoso. Bobby gli porse un'altra birra. Guardarono la tivù per mezz'ora.

Bobby chiese: "Ehi, vuoi provare una cosa?"

Ned rispose: "Forse. Non so".

Bobby estrasse dalla tasca una busta di carta marrone. La fece crepitare. "Sorpresa."

"Che roba è?"

"Zuccherini." Aprì l'involto e mostrò il contenuto al ragazzo.

141

"Che diavolo è?"

Il pacchetto conteneva due dozzine di minuscoli cristalli, tipo caramelle dure.

"Sono dolci", rispose Bobby.

Billy scosse leggermente la busta facendone cadere tre o quattro nel palmo del ragazzo. Ned le annusò.

"Non hanno molto odore."

"Già."

"Ci mangiamo le caramelle?"

"Sì, perché no?"

Billy e Bobby ne presero una. Ned avvicinò la mano alle labbra, e i gemelli gli bloccarono contemporaneamente il polso. "Ah-ah. Una per volta."

"Eh?"

"Solo una."

Il ragazzo rimise un cristallo nella busta. Si portò l'altro alla bocca e lo succhiò lentamente.

"È dolce. È..." Smise di parlare. Dilatò gli occhi, poi li abbassò all'improvviso. "Amico", sussurrò. "È una vera figata, amico." Scosse energicamente le orecchie, come se fossero ostruite, con un ghigno assente sul volto. "Che roba è?" Le sue parole si trasformarono in una risatina. "Forte!"

Loro sapevano che cosa stava succedendo, come la soffice ovatta si stava espandendo nelle fessure del suo cervello, il calore, la sensazione che partiva dai polpastrelli e fluiva sottopelle, come una donna che si sdraia lentamente, molto lentamente, sul tuo corpo, e si scioglie in un liquido tiepido.

E fluisce e si scioglie...

"Sei felice?" chiese Bobby.

Il ragazzo ridacchiò. "Amico." Spalancò la bocca e inspirò con bramosia, come se stesse assaggiando l'aria.

Billy colse l'occhiata del fratello e si fecero un cenno. Bobby chiuse la busta e la fece scivolare nella tasca dei jeans del ragazzo, indugiando a lungo con la mano.

# 9

Il terzo della lista.

Rimaneva l'R&W Trading Post sulla Route 9 suggeritogli dai giocatori di poker.

Pellam parcheggiò il camper nella piazzola e si incamminò sul margine ghiaioso della strada, disseminato di lattine di Bud accartocciate e confezioni in cellophane del fast food.

Occasionalmente comparivano auto e pick-up, ne percepiva il sibilo al passaggio.

Il Trading Post si trovava oltre una palizzata grigia e malconcia, decorata da alcuni degli oggetti messi in vendita: un'insegna arrugginita della Mobil, una banderuola della Dan Patch in movimento, la ruota rotta di un carro, una vecchia botte di whisky, un'antica carriola, una dozzina di mozzi di ruote, un aratro, il meccanismo interno e bisunto di una macchina da cucire a pedale. Se quelli esposti erano i pezzi migliori di R&W non era molto curioso di scoprire gli altri oltre la palizzata.

Ma la cosa non lo interessava gran che. La sua attenzione era stata calamitata da ciò che aveva notato sul fondo, dove il cancello legato con una catena si spalancava sui segreti del Trading Post.

La macchina dell'autonoleggio.

Pellam si fermò vicino a una piccola baracca davanti alla recinzione. Pendeva pericolosamente a sinistra, come la torre di Pisa. Sul vetro una scritta scolorita indicava in quali ore lo spaccio era aperto; anche in quel momento doveva esserlo, ma quando bussò non rispose nessuno. Allora si diresse verso la carcassa dell'automobile.

Il rottame era spaventoso, come lo sono tutti quelli di incidenti d'auto, e mostrava i segni dell'incendio. Il davanti era ancora abbastanza integro, ma nella parte posteriore la vernice si era gonfiata o scrostata. C'era plastica nera e fusa ovunque.

Pellam notò che il serbatoio della benzina era saltato in aria, forse proprio così platealmente come nel climax dei telefilm e in una dozzina di pellicole per cui aveva lavorato. Il metallo si era accartocciato come carta stagnola. Dentro non restava più nulla dei sedili, a parte le molle e uno o due ciuffi di imbottitura, simili a capelli bruciati.

Poi li trovò.

All'inizio non ne era certo. C'erano così tanti buchi nella carcassa, zone dove il metallo era bruciato, ammaccature e tagli triangolari prodotti dalle schegge del serbatoio che erano schizzate fuori come proiettili. Eppure, quando si accovacciò per esaminare con più attenzione la lamiera, notò due buchi perfettamente circolari, proprio le dimensioni di un proiettile calibro 30 o 303.

Questo non escludeva che potessero essere stati dei cacciatori o dei ragazzini a sparare a posteriori sul rottame. Lui stesso aveva passato indimenticabili pomeriggi a giocare a Bonnie e Clyde scaricando la Colt calibro 45 di suo padre contro la carcassa di un pick-up Chevy del 1954.

"Serve aiuto?"

Pellam si rialzò lentamente e si voltò.

L'uomo era un trentenne panciuto con indosso una tuta da lavoro e un cappello da cowboy. Aveva una faccia a forma di luna piena con uno strano ciuffo.

"Salve", lo salutò Pellam.

"Salve a te", rispose quello, ridacchiando. Si pulì le mani unte di grasso in un fazzoletto di carta, senza risultato.

"Lavori qui?"

"Sì. La R di 'R&W' sta per Robert. Bobby per gli amici."

"Vendi un sacco di cose interessanti, Bobby."

"Già. Una volta vendevamo roba di seconda mano dell'esercito o della marina, ma oggi non è più la stessa cosa."

"Sul serio?"

"Non si fanno più gli affari di una volta. Mio padre, che lavorava qui prima di noi, aveva comprato dell'ottima roba dall'esercito... Bussole, pezzi di ricambio di Jeep, pneumatici, divise. Era la seconda guerra mondiale, sai. Si procurò baionette, Garand, M-1. Tutti pezzi originali, voglio dire. Parlo di creosoto e carta oleata." Gli occhi dell'uomo vagarono sulle lamiere dell'auto. "Ho pneumatici migliori, se ti interessa."

"No, stavo solo guardando."

"L'ho acquistata da un'officina a Cleary. Per cento dollari. Sotto il cofano dovrebbe salvarsi ancora qualcosa, poi la rivenderò a qualcuno come rottame. Potrei tirar su anche trecento dollari... Ma se non vuoi un'auto, che cosa cercavi?"

"Davo solo un'occhiata."

"Non sembri uno del posto", osservò Bobby. "Sai, forse per l'accento..."

"Sono nato a Simmons."

"Ho un cugino che abita da quelle parti." Si diresse verso la baracca. "Se hai bisogno, fammi un fischio. Io non segno mai i prezzi, troppo lavoro, ma se vedi qualcosa che ti interessa, ne parliamo. Tengo conto di tutte le offerte sensate."

"D'accordo."

"Se fai i prezzi troppo alti, non venderai mai niente. Devi svendere, se vuoi guadagnare."

"Ottima filosofia."


Stavolta, ecco lo sceriffo in persona.

Pellam non aveva ancora messo piede sulla Main Street che l'uomo era già al suo fianco. Odorava di Old Spice, o di un altro dopobarba dozzinale.

A differenza dei vicesceriffi, era alto e magro come uno stecco. E non portava occhiali da sole stile *Nick Mano Fredda*.

"Tutto bene oggi, signore?"

Ancora, *signore*.

Sfoggiava quell'indescrivibile sorriso tipico delle forze

dell'ordine. Simile a quello dei seguaci del reverendo Moon. Neanche l'avessero imparato a un corso speciale al college: *Come incentivare il rispetto delle regole nei paesi: aspetto ed espressione*.

Pellam rispose: "Non male, e lei?"

"Si tira avanti. Periodo movimentato, questo. È folle come tutta questa gente venga a vedere foglie colorate. Non li capisco. A volte penso che dovremmo aprire un'agenzia di viaggi che organizzi dei tour a Manhattan per ammirare i semafori e il cemento."

Pellam rise.

"Mi chiamo Tom Sherman."

Si strinsero la mano.

"Immagino che lei sappia chi sono", disse Pellam.

"Sì, signore. La conosco."

"È tornato in città? Avevo capito che fosse via."

"Affari personali. Come si sente, signore, dopo il suo lieve incidente?"

"Indolenzito, ecco tutto."

"Ci tenevo a farle sapere che noi eviteremo di perseguire la signora Torrens. A meno che lei..."

Pellam scosse il capo.

"No, non ho da fare alcun reclamo. Si è accollata le spese mediche. Non ci tengo a guadagnare dei soldi da questa faccenda."

"Be', questo le fa onore, signore. Non capita spesso. Ho letto su *Time* che esiste gente pronta a fare causa per qualunque sciocchezza. Ho visto una donna in tivù, mi pare a *60 minutes*, ma non ricordo. Comunque, aveva aperto un pacchetto di cereali e dentro c'era un topo morto, così fece causa alla ditta e si intascò, non so, tipo mezzo milione di dollari. Non aveva mangiato il topo o cose così. L'aveva solo visto. Dichiarò che se lo sognava la notte. Era o no una cialtrona?"

"Ah-ah... Sceriffo, le vorrei parlare di una questione."

"Quale?"

"Ho visto l'auto del mio amico."

"Il suo amico? Ah, sì. Quella che è esplosa."

"Aveva due fori di proiettile."

"Fori di *proiettile*?" Il suo volto non mosse un muscolo. "Ho i miei dubbi, signore."

"Vado a caccia da quando ho dodici anni", aggiunse Pellam.

"Abbiamo esaminato la macchina con molta cura e non abbiamo trovato tracce di niente del genere."

"Erano due", insistette Pellam, "all'altezza del serbatoio."

Lo sceriffo non batté ciglio.

"Oh, intende nella parte posteriore. Quei fori distanti un metro o poco più?"

Dopo un attimo di pausa, Pellam rispose: "Potrebbe essere".

Lo sceriffo annuì. "I pompieri."

"Cosa?"

"Quando sono arrivati, la macchina stava ancora bruciando e il cofano era chiuso. Hanno usato una specie di bacchetta. Non so spiegarle esattamente, un'asta enorme per far saltare il portabagagli. Hanno lavorato con un'auto in fiamme. L'hanno aperta meglio che potevano. Erano ben attrezzati. La usano spesso, per estrarre la gente dalle lamiere. La chiamano 'lo squalo della vita'."

"Ah."

"Dove ha visto quella macchina, signore?"

"Da uno sfasciacarrozze fuori città."

Lo sceriffo si guardò la punta delle scarpe, lustre come uno specchio. "Ah, la cercavo anche per dirle questo: non credo sia una buona idea comportarsi come lei sta facendo qui."

"In che senso?"

"Sa, ho l'impressione che non le piaccia il fatto che il suo amico si sia ucciso per colpa della droga e che stia cercando di dimostrare che le cose sono andate diversamente."

"Le indagini sono state molto frettolose."

"Scusi?"

"Il rapporto del coroner, le sue indagini. È successo tutto così in fretta."

"Forse lei è abituato a veder lavorare i poliziotti di città. Qui a Cleary non capitano mille omicidi l'anno, signore. Quando avviene un crimine, o un incidente, noi ce ne occupiamo in modo tempestivo."

"Ottima cosa. Ma non credo che il mio amico stesse facendo uso di droga."

"Signor Pellam, qui non c'è la scientifica come nei telefilm, sa. Ma nel cruscotto c'era un pacchetto di stagnola che conteneva hashish. Ora, io..."

"Ma..."

"Mi faccia finire, signore. Io ho fatto il Vietnam. In quell'occasione ho anche fumato qualche volta. E, aggiungo, non ho niente contro la gente del cinema, né contro di lei o contro il suo amico. Però abbiamo trovato la droga, l'accendino e l'erba che bruciava."

"Non ho mai sentito di una macchina che esplode perché qualcuno ci fuma vicino."

"Be', pensi a quell'attore negro che qualche anno fa sniffava coca in pieno giorno."

"Marty non sniffava coca in pieno giorno in un parco pubblico."

Lo sceriffo sfoggiò di nuovo il suo sorriso. "E quando avrebbe potuto farlo?"

Pellam si fece avanti. Colse un fremito negli occhi di Sherman.

"Ascolti, lasci che le esponga i fatti e poi mi dice, d'accordo? Il mio amico è morto in un modo piuttosto strano. Nel luogo dell'incidente hanno rivoltato la terra con un bulldozer, l'auto è stata venduta a uno sfasciacarrozze un paio di giorni dopo e l'uomo che gliel'ha noleggiata è partito per la Florida tre ore dopo averla venduta."

"È andato a Clearwater. Fred Sillman ci va tutti gli anni."

"A essere sincero non me ne frega niente di che cosa faccia Sillman nel suo tempo libero. Il mio amico non è morto nel modo in cui pensano tutti. E se lei non intende scoprire che cos'è successo, lo farò io. Chiaro?"

"Noi abbiamo fatto il nostro lavoro, signore. Abbiamo scoperto alcune cose non troppo belle sul conto del suo amico. Mi dispiace per lui e mi dispiace per il suo lavoro, ma restando qui non potrà modificare la situazione in nessun modo."

"Mi sta dicendo che devo lasciare il paese?"

"Naturalmente no. Lei è libero di girare e di visitarlo. Diamine, può persino comprare casa qui... So che conosce piuttosto bene un'agente immobiliare del luogo. Quello che voglio dirle è che lei non ha nessuna autorità per fare il poliziotto, e se comincia a importunare la gente sarò costretto a intervenire."

"Terrò conto dei suoi suggerimenti." Pellam tentò di imitare quel sorriso. Non gli riuscì molto bene. Ebbe miglior fortuna con un: "Buona giornata, signore".


Wexell Ambler stava andando a trovare la sua amante.

Guidava fluidamente la sua Cadillac sull'autostrada, già pregustava di sdraiarsi con lei dentro la Jacuzzi nella grande stanza vetrata della sua casa a Claverack, Stato di New York. Da quella stanza si poteva ammirare il panorama delle Catskill Mountains, che d'autunno sembravano l'opera straordinaria di un pittore. Ambler pregustava i dolci cocktail al whisky e la cucina della donna.

Pregustava anche il momento in cui avrebbero fatto lentamente l'amore nella Jacuzzi o nell'immenso letto Shaker che le aveva regalato quando lei aveva detto di apprezzarne la linea essenziale. Era una donna particolare. Spesso Ambler confrontava la moglie e l'amante e tentava di capire quali punti avessero in comune, e quali fossero le differenze.

Erano entrambe attraenti, ben vestite e capaci di fare conversazione al country club. Sua moglie era più intelligente, ma anche più inquadrata. Non possedeva brio, né senso dell'umorismo. Non gliene faceva passare una. L'amante l'aveva cambiato; da lei non sapeva mai cosa aspettarsi. Forse questo lo faceva sentire più giovane, perché anche una delle prime donne di cui si era innamorato era imprevedibile.

In ogni caso, in quel momento Ambler non aveva tempo di pensarci troppo. Proprio mentre stava salendo a bordo della sua Seville, la moglie era corsa alla porta e gli aveva fatto un cenno con la mano. Gli aveva gridato che uno degli impiegati lo stava cercando. "È Mark."

Lui le aveva detto che l'avrebbe chiamato dall'automobile. Era stato un istinto di protezione, anche se si era reso conto di avere mescolato le cose. Non esisteva nessun affare che non avrebbe discusso davanti a sua moglie, anche se non *con* sua moglie. Comunque, Ambler stava andando dall'amante ed era meglio che la conversazione si svolgesse nella privacy della sua auto. Era uscito dal vialetto rivolgendo un ultimo cenno affettuoso alla moglie.

Wex era un uomo religioso, apparteneva al comitato esecutivo della Prima Chiesa Presbiteriana. Sapeva che il concetto calvinistico di predestinazione non lo assolveva dallo scegliere la retta via, quella della moralità, ma nonostante ciò la sua religione gli aveva instillato una certa debolezza nei confronti degli imperativi morali che non condivideva. Aveva la tendenza a seguire la via verso cui si sentiva istintivamente attratto.

Quindi, sebbene fosse consapevole che quel comportamento era immorale, provava una forte dipendenza nei confronti di quella donna e poteva concludere, più o meno a ragione, di non avere il controllo dei propri istinti.

Nonostante ciò, aveva circoscritto con cura la sua infedeltà. Per dirne una, non aveva mai pensato alla parola "inganno", che dava all'intera faccenda una connotazione perversa. E aveva sempre pensato a lei come "amante", piuttosto che "fidanzata" o "donna che vedeva di nascosto". Per Wex Ambler, la dignità aveva la sua importanza. Non aveva mai rischiato di danneggiare la moglie solo per soddisfare i propri istinti e aveva fatto di tutto per tenere la storia segreta.

L'unico problema, di cui non aveva tenuto conto, era che si era innamorato di lei.

Ambler aveva cinquantadue anni e non era così vecchio da scordarsi che l'amore rende stupidi. E, nella sua filosofia come nella sua professione, la stupidità era il peccato numero uno. Aveva tentato di difendersi dall'amore ma, a dispetto della religione, del denaro e del potere, l'amore era l'aspetto della sua vita a cui dava libero sfogo.

L'aveva catturato e la cosa non gli dispiaceva affatto.

Sotto insistenza di Ambler, i loro incontri si erano fatti sempre più frequenti. Per lui adesso contava solo stare nelle braccia di lei, mentre lei sembrava si stesse allontanando.

Esisteva forse qualcosa di più stupido di un uomo di mezza età che si innamora? Ma chi se ne fregava della sua stupidità!

Ambler respirò l'odore di foglie secche e l'aria tiepida che usciva dall'impianto di riscaldamento della Cadillac e desiderò di essere già arrivato a destinazione.

Il telefono ronzò. Quel rumore lo infastidiva ogni volta: gli ricordava il suono d'allarme dei macchinari ospedalieri quando un paziente entra in arresto cardiaco. Afferrò il ricevitore. "Sì."

"Ho parlato con Tom."

"Sì."

"Il tipo ha deciso di fare il detective."

Ambler si concentrò sulla guida. Le strade erano strette e tortuose, circondate da fattorie e maneggi. Quand'era distratto, aveva la tendenza a finire contro il ciglio della strada. "In che senso?"

Ci fu una pausa, e sentì Mark che sputava. Si chiese se fosse nella sua camera da letto. Un uomo della sua età che mastica tabacco. Forse gli avrebbe annerito i baffi.

Mark continuò: "Ha fatto un sacco di domande sul suo amico. È andato da R&W".

"Da chi?"

"Dallo sfasciacarrozze. A vedere i rottami dell'automobile."

Ambler sentì la Cadillac che sbandava mentre il pneumatico anteriore destro fuoriusciva brutalmente dall'asfalto.

"Dannazione!"

Costrinse l'auto a rientrare in carreggiata. La Cadillac oltrepassò di nuovo la linea gialla finché lui non la raddrizzò definitivamente.

Mark chiese: "Che cosa dobbiamo fare? Pensavo che forse potremmo offrirgli del denaro. Sai, lo compriamo e lui se ne va".

"Crederà che io abbia a che fare con l'incidente."

"Non è detto." Ambler tacque e Mark aggiunse: "Però può essere".

"Ho un'idea, ma non voglio parlarne per telefono. Vieni a trovarmi", disse Wex.

"Adesso?"

"Sarò occupato per un po'. Ti chiamo io." Riattaccò e

per il resto del viaggio tentò di liberarsi dell'ansia che la notizia gli aveva generato. Si sentì più sollevato soltanto quando svoltò nel vialetto alberato e vide l'auto di lei, parcheggiata storta sulla curva accanto al capanno. Allora scese dalla Cadillac, leggero e pieno di desiderio, come un diciassettenne al suo primo appuntamento.

# 10

Il Corpo Volontario dei Pompieri di Cleary aveva una lunga storia di imprese valorose e una galleria fotografica che le documentava: dozzine di foto sbiadite di pompe manuali, veicoli trainati da cavalli, addirittura di vigili con secchi d'acqua tappezzavano le pareti del minuscolo ufficio. Neanche nel loro staff ci fosse stato un fotografo della scuola di Matthew Brady, pronto a immortalare i più grandi incendi, compreso quello spettacolare del 1912. I pompieri sembravano in posa e Pellam si domandò se avessero ricreato la scena o se gli uomini avessero semplicemente interrotto il lavoro per rivolgere i loro baffi a manubrio verso la macchina.

"Buondì", disse l'uomo alla scrivania, dondolandosi su una sedia metallica. Aveva sui trent'anni e indossava una t-shirt nera sul fisico muscoloso, un paio di jeans e un cappellino dei New York Jets.

"Come va?"

"Non male."

Silenzio.

Pellam notò fuori dalla finestra un'autopompa Seagrave, grossa e fiammante. "Avete un'ottima attrezzatura, qui."

"Posso dire che l'amministrazione non ci fa mancare nulla."

"Siete tutti volontari, vero?"

"Sì. Viene stipendiata soltanto una persona, pronta a ricevere chiamate ventiquattr'ore su ventiquattro."

"Deve stancarsi parecchio."

L'uomo colse la battuta e replicò: "Ma guadagna anche un sacco con gli straordinari".

Pellam disse: "Sono quello della compagnia cinematografica".

"Lo so."

"Le spiace se le faccio qualche domanda?"

"No, signore."

"Lei era in servizio quando la macchina è esplosa? Quella nel parco?"

"La macchina del suo amico?"

"Esatto."

"Sì, signore, c'ero anch'io. C'eravamo tutti."

"Mi può raccontare com'è andata?"

"Intende dire, perché è successo?"

"Tutto quello che sa."

"È tutto riportato nella relazione del coroner."

"Questa non è una domanda ufficiale o cose del genere. Sono solo curioso. Eravamo buoni amici."

"Sì, signore, capisco." Il pompiere fissò il soffitto lindo e dipinto di rosso. "Ricordo che quando siamo arrivati sul posto la parte posteriore dell'auto era in fiamme. Qualcuno era passato in macchina da quelle parti e aveva dato l'allarme."

"Sa dirmi chi?"

"No. Penso che la chiamata venisse da un telefono pubblico. Ed era anonima."

"Quando siete arrivati, che cos'è successo?"

"Non c'erano idranti, ovvio, così abbiamo dovuto usare il serbatoio sul camion per soffocare le fiamme e raggiungere il suo amico. Poi metà del gruppo ha cominciato a spegnere l'erba secca con gli estintori. E questo è tutto. Abbiamo estratto il corpo dalle lamiere e abbiamo domato l'incendio. Il suo amico è morto un attimo dopo."

"Era esploso il serbatoio del carburante?"

"Sì, signore."

"Avete aperto il bagagliaio?"

"Sì, l'abbiamo forzato."

"In che modo?"

"Di solito estraiamo il cilindro della serratura e sblocchiamo il meccanismo dall'interno. Ma l'acciaio era stato spinto di fuori, quindi abbiamo dovuto prenderlo a picconate fino a quando siamo riusciti ad aprirlo."

"Perché avete aperto il bagagliaio?"

"Ce l'ha detto lo sceriffo. Voleva vedere che cosa conteneva. Inoltre a volte ci sono dentro latte di riserva di olio o di carburante che bruciano per ore prima che riusciamo a spegnerle."

"Avete trovato niente di interessante?"

"Scusi?"

"Mi ha detto che lo sceriffo voleva guardare dentro."

"Non so. Io mi stavo occupando del cofano."

"Avete questi picconi a portata di mano?"

La domanda lo mise a disagio, ma si fece cauto: "Sono

montati sull'autopompa, signore. Sa, non permettiamo che i civili se li portino a casa".

Pellam annuì. Guardò il veicolo attraverso una finestra bisunta. I picconi sembravano pesanti e poco appuntiti. Non dovevano produrre buchi delle stesse dimensioni di quelli che aveva visto sull'auto. "Di che cosa sono fatti?"

"Di acciaio, è ovvio."

"Un'ultima domanda. Perché la zona è stata passata al bulldozer?"

"Ordine dello sceriffo. L'ha chiamato qualcuno del consiglio comunale e gli ha detto di farlo. Non so il motivo."

Pellam lo ringraziò, poi disse: "Non me lo chiede?"

"Chiederle cosa, signore?"

"Se vogliamo girare un film in questo posto."

E l'uomo rispose: "Non mi importa gran che, signore. Lavoro nel campo del mangime e delle sementi, non del cinema".


A mezzogiorno Meg Torrens uscì dall'agenzia immobiliare Dutchess County, dopo aver regolato le lancette del TORNO SUBITO sull'una e un quarto. Diede un'occhiata alla piazza. Il camper era parcheggiato di fronte. Guardò su e giù per la strada, poi la attraversò e girò intorno al veicolo (vernice rossiccia e marrone, paraurti ammaccato, macchie di fango e parabrezza scheggiato).

Che diavolo ci faceva lei lì?

*Sto andando a fare un po' di shopping durante la pausa pranzo, niente di più.*

*E quando è stata l'ultima volta, mia cara, che hai fatto acquisti in quei negozi di oggetti antichi? Tre o quattro anni fa, non è vero?*

Meg immaginò di essere in uno di quei camper, sul luogo delle riprese. Immaginò come doveva essere recitare in un film. Quello di modella era un semplice lavoro, e basta. E la trattavano come un cane. Fare un film doveva essere diverso.

Accarezzò la superficie metallica del veicolo.

Poi si mise a tracolla la borsetta di cuoio e passeggiò su e giù per la strada. Per qualche motivo notò cose a cui non aveva mai fatto caso prima, passandoci davanti per anni. Una pietra angolare recava la data del settembre 1929, forse si riferiva alla Grande Depressione? Sul marciapiede una botte in legno dipinto era decorata col numero 58 scritto in caratteri rossi. Un palazzo aveva in cima una banderuola a forma di balena, pur trovandosi a duecento chilometri di distanza dal mare. Un negozio era abbellito da una splendida finestra istoriata di forma circolare.

Stava curiosando nella vetrina di Steptoe Antiques quando udì dei passi leggeri. Una voce la chiamò: "Vorrei il bis di quei *brownies*".

Lei si girò e inizialmente recitò la parte di quella che era stata colta di sorpresa, poi: "Avresti dovuto pensarci quand'era il momento, cowboy".

Pellam le si avvicinò per vedere che cosa stava guardando. "Come vanno le lezioni di scuola guida?"

"Quasi come le tue di fotografia." Meg indicò un tappetino sbrindellato appeso alla parete della vetrina. "Lo vedi? Sembra che sul cartellino del prezzo ci sia scritto sessanta. Invece è seicento. E te lo vendono per seicento, pure."

"Cosa dovrebbe esserci, lì sopra? Un cane?"

Meg lo guardò più da vicino. "Forse. O un gatto. Non so."

"La cena era davvero buona. Sono stato bene."

Lei sollevò un sopracciglio: "Anch'*io*." Aveva scelto il pronome con cura.

"La tua casa è splendida. È da più di un anno che non faccio un pasto in una casa, una vera intendo."

"Stai scherzando?" ribatté Meg, anche se la cosa non la sorprendeva. "Sam non ha fatto altro che parlare di te. Farai bene a mantenere la promessa."

"Le bombe a effetto ridotto. Non me ne sono dimenticato."

Passarono davanti a un'altra agenzia immobiliare. Lui diede un'occhiata ai listini. "Non assomigliano ai prezzi di Brentwood."

La voce di Meg scese di mezza ottava. "Ho delle meravigliose proprietà, signor Pellam. Con possibilità di finanziamento..."

Entrambi risero.

Qualcuno li stava osservando. Le macchine rallentavano al passaggio. Lei pensò: *Andate al diavolo.* In realtà si sentiva scoperta, come quella volta in vacanza in Florida in cui indossava un bikini nuovo che faceva vedere molto più del previsto. Non appena se n'era resa conto, si era messa a braccia conserte.

"Credo sia meglio che me ne vada", disse.

Pellam le sfiorò un braccio. Lei rabbrividì, poi fece un passo indietro. "Vorrei farti una domanda. In confidenza", mormorò lui.

Meg annuì con un movimento lento, la sua mente che cominciava a viaggiare.

"Ci sono delle ragioni per cui qualcuno non vuole che venga girato un film a Cleary?"

"Noi siamo contrari alle droghe."

"Pardon?"

"Gira voce che il paese potrebbe essere influenzato negativamente."

"D'accordo, ammettiamo che sia così. Sarò più chiaro. Ci sono delle ragioni per cui qualcuno, per evitare che qui venisse girato un film, era anche disposto a uccidere il mio amico?"

Meg si girò verso di lui, la bocca spalancata dallo stupore. Poi si ricordò del suo broncio. Allora la chiuse e sporse lentamente in avanti il labbro inferiore. "Stai scherzando, vero?" Tornò a guardare la vetrina. "Questa è davvero una stupidaggine. Sicuro che non stai scherzando?"

"Quello che ti dico lo tieni per te?"

"Certo."

"Okay. Marty aveva *davvero* della roba. Ma solo dell'erba. E la teneva nel camper. Assieme alle cartine per rolare..."

"Che cosa sono?"

"Le cartine? Quelle per fare le sigarette..."

"Ah."

"Non è andata come sostengono loro."

Meg scosse la testa, guardinga, come se Pellam fosse un avvocato pronto ad annotare le sue reazioni.

"Ho trovato il rottame dell'auto."

"Davvero?"

"Ed era attraversato da due fori di proiettile."

"Fori di proiettile?"

"Credo di sì. Ma non posso provarlo. Vorrei parlare con Keith. Magari può fare dei test. Puoi chiedergli se gli va di dare un'occhiata?"

"Perché non ne parli con Tom? Lui non ha indagato..." Poi annuì. "Credi che anche lui sia coinvolto in qualche modo? Lo sceriffo?"

"Vorrei soltanto..." Pellam scelse una frase poco compromettente "... non fare troppa pubblicità."

Lei aprì il borsellino e gli porse uno dei biglietti da visita di Keith. "Chiamalo. Gli sei simpatico." Notò sulla piazza una coppia che li osservava. La donna si protese verso l'uomo e cominciò a bisbigliare. Meg si sentì di nuovo a disagio.

La vita di paese...

*Abito qui da cinque anni, Pellam. Ma sembrano dieci.*

"Pranziamo insieme?" chiese Pellam.

Lei esitò. Stava valutando. Alla fine rispose: "Uh, penso di no".

"Perché no?"

"Perché siamo a Cleary."

Posso. Non posso.

"Capito", annuì lui.

"Buona fortuna, Pellam." Si diresse verso il bar.

"Uhm, ancora una cosa. Io volevo soltanto pranzare con te. Niente di più, niente di meno."

Meg alzò le mani e le lasciò cadere debolmente lungo fianchi. "Puoi essere l'uomo con le intenzioni più onorevoli di questo mondo, ma Cleary resta sempre Cleary."

"Una cosa che non cambia, immagino."

"Non in questa vita", ribatté lei, ed entrò nel bar. La porta in legno si chiuse con uno schiocco.


La M&T Pharmaceutical era un prefabbricato cubico e grigiastro a un unico piano. Intorno c'era un parcheggio in ghiaia con trenta o quaranta auto, molte vecchie Ford Torino e Chevrolet Nova, e altre più nuove, di importazione giapponese. Pellam notò anche parecchi pick-up, molti dei quali col lunotto imbrattato dalle tracce del muso di segugi da caccia.

Accanto all'ingresso principale c'erano i parcheggi riservati, per primo quello del signor Torrens. Vicino c'era uno spazio vuoto con una scritta cancellata: doveva essere il posto per il socio di Keith. A New York o a Los Angeles, pensò Pellam, quel parcheggio non sarebbe durato cinque minuti dopo il suo funerale.

Era tardo pomeriggio, l'imbrunire, e non appena Pellam parcheggiò il camper, occupando due posti dell'area visitatori, si accese una luce fluorescente al centro dello spiazzo: l'insegna luminosa della società, con una M e una T ondulate.

Una giovane receptionist dai capelli raccolti in uno chignon cotonato gli sorrise, spingendo il chewing-gum da una parte.

"Buon giorno, Darla", fece Pellam, leggendo il suo nome sul ciondolo dorato che portava al collo.

"Posso esserle d'aiuto, signore?"

"Sono John Pellam e dovrei parlare con Keith Torrens."

"Sì, signore. Si accomodi."

Lui si sedette e sfogliò alcuni vecchi numeri del *Chemi-*

*cal Week* e di OTC *Roundup*, tutti privi di immagini interessanti. Tre minuti dopo, un sorridente Keith Torrens si dirigeva verso la reception.

"John." Si strinsero la mano. "Che piacere."

"Scusa se ti disturbo."

"Vieni, ti faccio fare un giro veloce."

Di solito le fabbriche deprimevano Pellam; era per via dell'irreggimentazione, il fatto che erano le macchine a dettare dove le persone dovevano stare e che cosa dovevano fare. Forse perché temeva che, se tutto fosse andato storto, sarebbe finito in qualche catena di montaggio a fabbricare lavatrici per il resto dell'esistenza.

La M&T, invece, fu una sorpresa. Era pulita e luminosa, con piastrelle luccicanti e senza macchie. Gli operai indossavano giacche, scarpe e pantaloni bianchi, e cuffie blu trasparenti simili a quelle da doccia. Sembrava di essere in una cucina. Molti erano chini sui nastri trasportatori, controllavano macchinari, impacchettavano scatole, lavoravano al computer. Gli impianti erano color bianco e acciaio.

"Bella fabbrica."

Keith disse: "La mia ditta è piccola. Per poter competere con la Pfizers e la Bristol-Myers-Squibbs dev'essere efficiente. Questa è la parola chiave".

Scatoloni marroncini venivano sollevati fino al soffitto da piccoli montacarichi e si muovevano sopra le loro teste lungo un nastro trasportatore finché non sparivano nell'area spedizioni.

Keith era eccitato mentre gli mostrava la sua creazione. Parlava velocemente, tanto che Pellam riusciva a cogliere soltanto alcune frasi, anche a causa del frastuono di dozzine di macchinari differenti; nonostante ciò, sorrideva e annuiva con entusiasmo.

Finirono il giro e giunsero sulla porta dell'ufficio di Keith. "È un'attività piccola, ma ne siamo orgogliosi."

"La prossima volta che mi viene la febbre, comprerò il tuo sciroppo per la tosse", disse Pellam.

"Ti darò tanti di quei campioni che ti basteranno per due anni." Sparì in un corridoio.

Cinque minuti dopo, quando la tasca del giubbotto di Pellam fu piena di pasticche per la gola, sciroppi per la tosse e spray nasali, entrarono nell'ufficio di Keith. Era una stanza ampia e poco arredata, rivestita con pannelli a poco prezzo. Pellam immaginò che Keith investisse molto del suo denaro in quella fabbrica. Chiuse la porta e gli disse: "Vorrei chiederti un piacere".

"Meg mi ha accennato che avevi qualcosa da dirmi."

"Ti sarei grato se rimanesse tra noi."

"Certo."

"Riguarda il mio amico. Quello che è stato ucciso."

"L'incidente d'auto."

"Non sono sicuro che si tratti di un incidente."

"Davvero?"

"Ho trovato il rottame dell'auto e nella parte posteriore ho notato quelli che potevano sembrare due fori di proiettile. Lo sceriffo ha detto che sono stati fatti dai pompieri, ma ne dubito."

"Fori di proiettile." Keith si incupì. "Credi che lo abbiano ucciso?"

Pellam alzò le spalle. "Mi chiedevo se ci fosse qualcuno che potesse esaminare un foro e stabilire con certezza se sia opera di un proiettile. Qualcuno come te..."

"Probabilmente sì. Come sono fatti quei fori?"

"Quelli che ho visto erano circa calibro 30."

"Sono cartucce per cacciare i cervi, quindi dovrebbero essere rivestite di rame."

"Certo, può essere."

Keith alzò lo sguardo al soffitto. "Dici che i proiettili non sono più nell'auto?"

"Presumiamo che qualcuno non volesse che venissero trovati e che questo qualcuno sia andato alla macchina e li abbia visti."

"Nel caso", fece Keith lentamente, "si fosse trattato di proiettili esclusivamente di piombo, con tutta probabilità ogni residuo è andato bruciato. Sai, il piombo fonde a basse temperature. Forse si potrebbero rilevare delle tracce con uno spettrometro di massa, ma io non posseggo quell'attrezzatura e, comunque, in quella zona tracce di piombo potrebbero provenire dall'olio o dalle rondelle. Ma con il rame è un'altra storia. Ha un punto di fusione molto elevato. E penetra nelle lamiere di un'automobile. Sì, credo che ne sia uscito abbastanza da quei fori da lasciare delle tracce."

"E adesso, l'altra domanda..."

"Sarei felice di farlo."

"Non volevo chiederti questo. Puoi spiegarmi che cosa devo cercare?"

"Certo, dopo quattro anni di chimica inorganica. Perché non ci dedichiamo subito una mezz'ora? Posso prendere dei campioni con la lima e in un attimo li abbiamo qui in laboratorio. Li esaminiamo con il gas-cromatografo e lo spettrometro di massa. Dov'è la macchina?"

"Da un piccolo sfasciacarrozze sulla Route 9."

"Da R&W?"

"Sì, proprio quello."

Keith era perplesso. "Pensavo che fosse stata seque-strata o cose del genere."

"Hai capito perché sono curioso di sapere che cosa è successo?"


Il camper e la Cougar di Keith si fermarono nel parcheg-gio della R&W, gran parte del quale era occupato da con-torte tubature di rame. Billy le contemplava con orgoglio paterno, le mani sugli ampi fianchi. Indossava una salo-pette da lavoro e un berretto di cotone a righe bianche e blu, simile a quello di un ferroviere.

Keith scese dall'auto. "Ehi", lo salutò.

"Ehi, signor Torrens. Come va?"

"Niente male. E il lavoro?"

"Guardi qua."

Pellam vide l'intrico di tubi. "Non male il nuovo arri-vo."

"Proprio vero."

Il gemello protese la mano. "Come va, signore?"

"Niente male."

I tre fissarono tutti quei metri cubi di tubo. Annuendo, come fossero davanti a un vero tesoro.

Pellam guardò nella direzione in cui si trovava l'auto carbonizzata, al di là della palizzata, una zona illuminata da lampadine a incandescenza. "Quello che ti dicevo l'al-tro giorno..."

"Prego?"

"Ti parlavo della..."

Billy era perplesso: "Non credo proprio. No".

Pellam gli lanciò un'occhiata. "Parlavamo di quella macchina laggiù. Quel rottame."

Billy si tolse il cappellino e un ciuffo unto gli ricadde sulla fronte. "Non mi ricordo."

Pellam sbuffò infilandosi la mano in tasca. Trovò una banconota e fece per tirarla fuori.

L'uomo fece: "Bobby".

Keith rise. "Billy e Bobby sono gemelli. Forse hai parlato con suo fratello."

Intervenne Billy: "Comunque fai pure".

E prese il biglietto da venti.

"Ti spiace se diamo uno sguardo alla macchina?"

"Se devi comprarne una", ridacchiò Billy, "posso proporti di meglio. Ma, prego." Tornò a occuparsi delle tubature.

Keith e Pellam si diressero verso l'auto bruciata.

Pellam bisbigliò: "Due gemelli?"

"Se la tua compagnia fa film horror, può averli a buon mercato."

"Non facciamo film dell'orrore."

Raggiunsero il rottame. Pellam si fermò di colpo.

"Andato." Si rabbuiò.

Keith batté le palpebre e si avvicinò. Qualcuno aveva usato una fiamma ad acetilene per staccare il portabagagli e il paraurti posteriore.

Pellam gridò: "Scusa!"

Billy si staccò dai tubi. "Sì, signore?" Veniva lentamente verso il rottame.

"Cosa è successo qui al metallo? E la parte dietro?" chiese Pellam.

"Prego?" fece Billy.

"Guarda qui", disse Keith.

"Merda, sono andati", constatò Billy.

"Ho colto nel segno", dichiarò Pellam.

"Merda." Il gemello si mise una mano sul fianco e si guardò intorno, come se cercasse una monetina caduta a terra.

"È Bobby che ha iniziato a lavorarci?" indagò Keith.

"No, lui non è il tipo da fare questi lavori di fatica. Dannazione. Chi può essere venuto a rubare metà di un'auto bruciata?"

Pellam e Keith tornarono ai loro veicoli.

"Mi spiace, sembra di lottare contro i mulini a vento."

Keith osservò: "In effetti è buffo. Tu vedi la macchina, poi te ne vai e quando torni manca proprio la parte che ti interessa".

"Già, è davvero buffo."


Billy era davanti al cumulo di rottami, che salutava con la mano Keith Torrens e l'uomo del cinema. Prese il telefono e digitò il numero di casa. Rispose Bobby. Doveva aver capito che si trattava di Billy, perché sollevò la cornetta e fece: "Cosa c'è adesso?"

"Ehi, indovina chi ho appena visto!"

"Vediamo, il fantasma di Elvis che cantava *Love me tender*."

"No", rispose Billy, "ancora meglio."

# 11

"Tutto bene?"

L'amante di Ambler non rispose.

Dopo un po', lui le afferrò con forza le natiche affondando le unghie, insolitamente lunghe per un uomo, nella carne. La donna gemette. Lui allentò la presa.

"Ti fa male?" domandò. "Ti fa..."

"Oh, Wex..."

"... male?"

Lei gemette un'altra volta e premette la fronte contro il suo collo pulsante.

Quando avevano cominciato a frequentarsi, era stato imbarazzante.

I problemi non erano pochi.

Primo, nessuno dei due aveva mai avuto una relazione clandestina e non sapevano come comportarsi. Sicuramente doveva esserci un protocollo speciale: come ti dai gli appuntamenti? Puoi ancora chiamarli *appuntamenti*? Devi andare a fare la spesa in supermercati diversi per non incontrare l'altro quando sei assieme al legittimo consorte?

Secondo, entrava in funzione una strana specie di gelosia. D'accordo, entrambi erano sposati, quindi era ovvio che condividessero la stanza da bagno e il letto con i rispettivi coniugi. Però, quando era arrivato il momento di fare sesso, Ambler, disinibito ma inesperto, si era reso conto di aver sperimentato la maggior parte delle tecniche con la moglie. Il modo in cui si baciavano, le posizioni sì e quelle no, il modo di accarezzarla e di toccarla, tutto era stato testato. Così, i giochetti che di solito piacevano alla sua amante non erano altro che un'ammissione di ciò che faceva con la moglie. Ed era vero anche l'opposto. Quello che la sua amante aveva imparato da e con il marito dava forma a quello che lei e Ambler facevano insieme.

Terzo, nessuno dei due aveva più venticinque anni. Ambler da giovane aveva lavorato come magazziniere e ciò aveva rallentato le inevitabili conseguenze della vita sedentaria e dell'aumento di peso. Ma non c'era dubbio che i muscoli stavano cedendo il passo all'adipe e che l'erezione che prima durava un'ora iniziava a perdere colpi dopo quindici o venti minuti; e che lui non era poi così in forma nei due giorni dopo che avevano fatto l'amore. Ambler aveva capelli radi anche se, per una specie di compensazione, non troppo grigi, e gli era venuto un doppio mento che aveva preso l'abitudine di ricacciare indietro tutte le volte che passava davanti allo specchio ovale della sala da pranzo. Abitudine che gli era passata immediatamente dopo esser stato ripreso dalla moglie. Stranamente, però, era venuto fuori che l'amante, più giovane di lui di dieci anni e passa, era ancora più attenta a se stessa di lui. Il suo corpo poteva tranquillamente passare per quello di una trentenne, eppure lei insisteva perché nell'intimità le luci fossero spente.

A parte questi dettagli, avevano sviluppato in fretta una comoda routine. Le regole erano cambiate leggermente: Ambler si era fatto meno sottomesso. Sentiva di dover soddisfare il desiderio di un'altra persona ed era diventato aggressivo. La sua amante, che prima di iniziare la relazione l'aveva colpito per il carattere ostinato e monolitico, aveva accettato il ruolo da sottomessa, e presto entrambi si erano trovati a far l'amore in modo soddisfacente come non capitava da anni.

Quel giorno, nel buio della stanza dal penetrante odore di legno, Ambler la inchiodò al letto di rovere massiccio: spinse non tanto con eccitazione, quanto con cattiveria. Non riusciva a spiegarsi il perché. Negli affari e in altri aspetti della vita aveva la reputazione di una persona spietata, ma non avrebbe mai creduto di riuscire a diventarlo con chi amava. Non appena sentì avvicinarsi l'orgasmo, desiderò sentirla soffrire. Voleva che lei ammettesse la sua sofferenza e che, nello stesso tempo, gli dicesse di non fermarsi.

"Ti fa male, tesoro?"

"Sì", sussurrò lei con le labbra contro la sua pelle, a un centimetro dal suo orecchio.

Ansimò due volte di seguito, poi sussurrò qualcosa che Ambler non riuscì a capire e aggiunse: "Non fermarti. Ti prego, non fermarti. Mi piace".

Le sue proteste erano intriganti. Lui si perse nel suo profumo e nel sudore.

"Ti piace..."

"Non fermarti..."

"... il dolore?"

"Oh, Wex..."

Dopo si sdraiarono vicini. A differenza di quando faceva l'amore con sua moglie, spesso Ambler e la sua amante riprendevano subito a parlare, non appena avevano preso fiato.

Questa volta, però, lui le baciò la fronte e le sussurrò "tesoro", poi rimasero sdraiati coi loro pensieri per cinque minuti, sonnecchiando.

"Ho saputo che è ancora qui", fece Ambler.

Dopo un istante, lei chiese: "Chi?"

"Quello della compagnia cinematografica."

"Me l'hanno detto."

"Che cosa pensi che voglia?"

"Prendere tempo dopo l'incidente, immagino."

"Non è che alla fine vorranno girare qui quel film?"

"Perché lui non ti piace?"

*Secondo te perché non mi piace?* Ambler tenne il commento per sé. Si limitò a dire: "Guarda che cosa è capitato. Con la droga e tutto il resto".

"Non è stata colpa sua."

"È gente del cinema."

"Sono come tutti gli altri", replicò lei.

"Sembra che tu li conosca."

"Qualcuno lo conosco."

"Sei contenta che lui rimanga, vero?"

"Wex, perché me lo chiedi?"

"Le droghe e..."

Lei disse: "Ti sei fatto carico della moralità del paese e hai terrorizzato tutti quanti facendo credere loro che sarebbero stati divorati vivi da questo mondo crudele".

Ambler si innervosì. Rifletté. No, era impossibile che le
potesse sapere che la droga l'aveva messa Mark. Se avess
avuto dei sospetti, non sarebbe stata lì con lui. Rispose
"Mi stimi più di quanto in realtà io meriti".

"Tutti ti temono."

"Se davvero potessi spaventare l'intera Cleary..." Dopo
una pausa, chiese: "Gli hai parlato di lavoro?"

"No."

"Sul serio?"

"Ci ho riflettuto. Ho pensato di..."

Lui la derise. "... di essere una nuova Lana Turner."

"Sono sprecata, qui. La mia vita è sprecata. Dovrei..."

"Dovresti cosa?" chiese lui sull'orlo della disperazione

"Niente."

"Non è vero che la tua vita è sprecata."

"Mi sembra di andare alla deriva."

"Come puoi dire una cosa del genere? Hai dato un sen
so alla mia vita."

Le sue parole precipitarono nel vuoto. Lei gli pizzicò la
spalla, e lui fu felice di essere al buio. Era arrossito dal
l'imbarazzo.

Le domandò: "Hai mai pensato di trasferirti a Los An
geles?"

Lei esitò. "Sì, ci ho pensato."

"E te ne andresti, senza dirmi nulla?"

"Non attribuirmi cose che non ho detto. Ho diverse op
portunità."

"Alcune che mi riguardano, altre no."

"Wex." La voce di lei si fece tagliente. Ambler pensò d
non averla mai sentita parlare con quel tono. Si chiese s
stessero per avere la loro prima discussione. Non erano l

premesse migliori per quello che aveva intenzione di chiederle.

La donna continuò: "Non rovinare le cose".

"C'è qualcosa che non va?"

"No, niente. Che vuoi dire?"

Ad Ambler vennero in mente le discussioni con la moglie. Poco prima di innamorarsi dell'altra. Ritrattò. "Mi sembravi, non saprei..."

"Stavamo solo discutendo. Non prenderla sul personale", lo ammonì lei.

"L'unica che vuole litigare qui sei tu."

"Non è vero."

Dopo un po', lei si irrigidì e si allontanò da lui. Era questione di millimetri, ma bastarono perché Ambler decidesse di non seguire l'istinto e le sfiorasse castamente la gamba, chiedendo perdono per chissà quali crimini.

La giornata non stava andando come aveva progettato. Per niente. Desiderò che non avessero fatto l'amore. Come al solito, ciò comportava degli obblighi tra uomo e donna. Era sempre stato così.

Un brivido di rabbia e di dolore lo percorse.

Restarono un lungo momento in silenzio. Ambler fu combattuto per un po', poi si asciugò le mani sudate nel lenzuolo e disse: "Posso farti una domanda?"

Lei non rispose. Che cosa poteva dirgli? *No, non puoi?*

Ambler chiese: "Adesso da quant'è che ci vediamo? Sei mesi?"

Lei rispose con voce neutra: "Più o meno".

"Pensavo... non sono molto bravo a..." Gli venne in

mente che non era stato molto bravo neppure a chiederlo la prima volta.

Lei si ammorbidì. Wex sapeva che aveva un debole per gli uomini cavallereschi e valorosi. "Che cosa stai cercando di dirmi, Wex?"

Alla fine il temibile ostacolo era superato.

Lui svuotò la mente e disse in un soffio: "Penso che dovremmo sposarci". Voleva dirlo con leggerezza. Con spirito. Come fanno le coppie di mezza età nelle sit-com. Battute colme di brio e repliche altrettanto briose. Non riuscì a dire nient'altro.

Lei non parlava. Si era addormentata?

Possibile che non ci avesse mai pensato prima? Oppure lui era stato così inopportuno da essere giudicato male? Sentì il cuore battere forte.

Lei gli sfiorò il braccio con la mano. "Avevamo detto che non ne avremmo mai parlato."

"Questo prima che…" Cercò inutilmente qualche momento cardine che avesse segnato la loro relazione: la venticinquesima volta in cui avevano fatto sesso? La dodicesima cena a lume di candela?

La donna si sedette e allungò la mano verso il comodino. Accese la luce. Era bassa, come aveva insistito che fosse. Ambler sapeva che lei odiava le luci sfavillanti.

Meg Torrens si coprì le spalle con la trapunta e mormorò: "Oh, Wex".

Il suo nome, pronunciato con quel sorriso adorabile e gentile, conteneva un "no"; che risuonò così chiaro, nemmeno lei l'avesse gridato.

# Sotto terra

BIG MOUNTAIN STUDIOS

*SCENA 58 – ESTERNO STRADA PER BOLT'S CROSSING, ACCANTO AL BOSCO*

*PRIMO PIANO: VOLTO DI JANICE*

*Ha meno anni di quanti il vento gliene ha incisi sulla pelle. Porta in viso la bellezza ingombrante di una donna sulla quarantina. Una figlia dei fiori. È stata a Woodstock. Ha pianto e si è sballata a Woodstock. I lunghi capelli incorniciano il suo volto, dividendolo in settori scuri. Lei li tira da una parte. Il vento li scompiglia.*

*RACCORDO SU:*

*MEZZO PIANO SU SHEP. L'uomo è appoggiato alla sua moto. Per le luci si dovrebbe usare una gelatina magenta che faccia risaltare le cromature e armonizzi con il sole che sta tramontando alle loro spalle. Lui è combattuto: le ha detto che sta partendo e vuole andare via, ma nello stesso tempo è alla ricerca disperata di qualcosa di lei che lo trattenga lì. Si tratta di pietà? O di qualcosa di reciproco e di più genuino? Non sa dire.*

Pellam sedette nel retro del camper e tornò a Bolt's Crossing, il paese della sceneggiatura. Era lì che desiderava trovarsi in quel momento.

A Bolt's Crossing non esistevano carcasse maleodoranti di automobili, punteggiate da ciuffi di imbottitura strappata e gettate come un giocattolo rotto.

A Bolt's Crossing, quelli distesi nella camera mortuaria non erano morti affatto e in quattro flashback vagavano pieni di desiderio, allegri e baldanzosi.

A Bolt's Crossing, quelli come Marty non morivano mai.

*RACCORDO SU:*

*MEZZO PIANO, ATTACCO tra Janice e Shep*

JANICE

*Immaginavo che avrei potuto incontrarti qui.*

SHEP

*(Evitando di guardarla negli occhi) Ho avuto dei problemi ai freni. Anche se li avevo controllati prima di partire.*

JANICE

*Ho pensato a quello che mi hai detto. Era la notte scorsa? A quello che hai detto su di me.*

SHEP

*Ero folle. Ero ubriaco. Ero...*

JANICE

*Avevi ragione. Io non faccio altro che interrogarmi sul passato. Se non sto attenta, rimarrò senza un avvenire.*

Pellam tirò via il foglio, il piacevole ronzio del rullo nelle orecchie. Scrisse in cima INSERTO 58 e lo fece scivolare nello script, a cui aveva tolto la rilegatura. Ora era soltanto una pila di un centinaio di fogli di carta spiegazzata, colmi della sua scrittura e intervallati da aggiunte come quella.

Vi mise sopra una mano, poi lo prese e sfogliò velocemente le pagine, sentendo sul viso un'arietta leggera.

Raggiunse la parte anteriore del camper e si sedette al posto del guidatore. Fuori non vide il suggestivo tramonto cinematografico di Bolt's Crossing ma una piatta strada di campagna che portava a Cleary.

Mise in moto il Winnebago. Guidò verso il paese, si fermò e uscì fuori nel sole luminoso. Mentre raggiungeva la Main Street, con gli occhi socchiusi per il riverbero, vide una cartoleria che faceva fotocopie. Consegnò la sceneggiatura, chiedendo di farne una copia. Il ragazzo cortese e brufoloso dietro il bancone gli disse che ci avrebbe messo una ventina di minuti. Pellam si offrì di pagare in anticipo, ma lui rifiutò: "No, signore, non c'è fretta. Vogliamo essere certi che il lavoro la soddisfi".

Lui esitò, poi acconsentì. Si ricordò che non era a Los Angeles o a New York e che non c'era motivo di diffidare della buona educazione.

Vagò per la strada inondata di sole alla ricerca di un caffè. Notò Marge's lungo la via ma non ebbe il coraggio di entrarvi. Meglio un posto dove non fosse così conosciuto. Non gli andava di essere adorato dalla cameriera, né di parlare di Marty, o di parti nei film, o di Hollywood.

Entrò in un drugstore con il bancone in formica grigia e sgabelli rossi in vinile cromato.

"Ehi, signor Pellam." Era uno dei commessi, un uomo di mezza età che Pellam non aveva mai visto.

Alla faccia dell'anonimato.

E dell'ostilità. Malgrado l'opinione ufficiale sulla gente del cinema e sulle droghe, la mezza dozzina di presenti gli lanciò occhiate dense di sottintesi che dicevano: *Non mi faccio avanti, ma se vuoi portarmi a Hollywood e farmi partecipare a una puntata di una sit-com a tua scelta, sono qui.*

Pellam si diresse verso il telefono pubblico e tentò di fare una chiamata con la carta di credito della compagnia. Era stata annullata. Sospirò e l'addebitò sulla sua carta di credito personale. L'assistente di produzione rispose dopo cinque minuti. Il tipo era di buon umore.

"Salve, *hombre*. Prega che Lefty non abbia fatto installare un sistema per rintracciare le chiamate. Non vorrei

181

che ti ritrovassi in questo istante con un missile che punta diritto alle tue palle."

"Non ha cambiato idea sul mio licenziamento, vero?"

"Be', *hombre*, sei andato davvero vicino a far fallire il film, ma ora penso che stia decollando. Lefty ha trattato con uno di quei ricconi e credo abbia funzionato. Shysters ha detto che ci sono stati problemi di forza maggiore e hanno pagato per altre due settimane."

"Avete trovato la location?"

"Non ancora, ma hanno mandato dei freelance in Pennsylvania. Lì il cambio stagione arriva in ritardo. Così hanno più tempo per girare."

Pellam commentò: "La Pennsylvania non c'entra niente".

"Ti passo Lefty. Dillo a lui."

"Mi sembri tranquillo."

"Ci ho fatto il callo."

"Dovrei fare una certa cosa e mi serve il tuo aiuto."

"No."

"Avanti."

"John, fammi capire... Stai cercando di farmi licenziare?"

"Tutti gli assistenti di produzione vengono licenziati. È un rito di iniziazione."

"Pellam... che cosa vuoi?"

"Ho revisionato lo script."

"Quale script?"

"*Sotto terra*."

"E perché?"

"Vorrei che facessi avere le modifiche a Bob. È sempre lui il regista?"

"Pellam, sei impazzito? Sì, lo sei. Senza dubbio. Questo spiega molte cose. Ti perdono. Non sai quello che fai."

"Non lo farai vedere a Lefkowitz. Solo al regista. *Répétez après moi.*"

"No."

"Rispondi alla mia domanda. Lefty ha licenziato Bob?"

"No e non può farlo. Bob è troppo addentro al progetto. I suoi problemi con le scadenze sono quasi peggiori del suo herpes."

"Perfetto. Lo spedisco per espresso."

"No, John."

"Lo mando a te."

"No, John."

"Tu lo fai avere a Bob e fai in modo che Lefty non lo veda."

"John..."

"Saluti."

"... no."

Prima di sedersi al bancone, Pellam vide un espositore con degli occhiali da sole. I suoi avevano fatto la stessa fine della sua prima Polaroid, grazie alla Toyota di Meg Torrens. Decise di acquistarne un altro paio. Notò un modello con le lenti a specchio a goccia, dieci dollari.

Sorrise. *Guarda un po'*. Sembravano quelli dei secondini in *Nick Mano Fredda*.

L'uomo di mezza età dietro il bancone chiese: "Le piacciono?"

"Paese che vai..." fece Pellam e li prese dalla mano del commesso. Li provò. "Che cosa sembro? Uno sceriffo di paese?"

"Già, potrebbe impiegarsi al volo nella stradale."

"Li prendo", e pagò.

"Vuole la custodia in similpelle?"

"D'accordo."

Si sedette al bancone. Il commesso non sembrava gran che interessato a far carriera a Hollywood e si limitò a parlargli di viaggi, di cui era appassionato. Raccontò della vacanza in Cile e in Perù che lui e sua moglie avevano fatto quell'anno.

"Non immagina l'aria che si respira. Sa, per l'altitudine. Cammini per due isolati... be' in realtà i loro non sono proprio degli isolati, comunque ha capito che cosa intendo... e poi sei obbligato a sdraiarti e fare un sonnellino. È massacrante. Voglio dire, pensavo di essere in forma. Spacco la legna senza problemi. Ma ero distrutto. Ed era pieno di vecchiette che andavano su e giù come se niente fosse, tutte indaffarate a venderti ceramiche, coperte grezze, gioielli. Sentivano aria di denaro e correvano da te. E scattavano! Dipende da come sei abituato." E concluse: "Tutto è relativo".

"Immagino di sì", fece Pellam, e lo ascoltò mentre parlava del Machu Pichu, poi guardò l'ora e disse: "Devo andare a ritirare una cosa".

"Siamo stati anche sull'Orinoco, ma non abbiamo visto un solo coccodrillo."

"La vita riserva molti dispiaceri." Pellam si alzò, infilandosi gli occhiali da vicesceriffo.

"Nessun dispiacere. Io e Sally ci torneremo a ottobre. Ne vedremo almeno uno. Giuro."

Pellam gli augurò buona fortuna.

## 12

Pellam parcheggiò il camper nel vialetto di casa Torrens (anzi, proprietà Torrens). Meg uscì sul portico, sorrise e scese i pochi gradini che portavano al vialetto, asciugandosi le mani nel grembiule bordato di pizzo: sembrava la casalinga di una sit-com anni Sessanta.

Una casalinga, però, con indosso un'attillata camicetta di seta blu con i primi due (o tre?) bottoni aperti.

*Guarda in su, ragazzo.*

*Cristo, ha il décolleté pieno di lentiggini.*

Lui ama le donne con le lentiggini.

"Che cosa ti porta qui, Pellam?"

"Sono venuto a prendere in prestito una cosa."

Meg batté le palpebre. Non sapeva se stare allo scherzo. "Vuoi una zangola per il burro?"

"No."

"Grasso d'orso per il tuo fucile ad avancarica?"

*Centro.*

Lui sorrise con indulgenza: "Per la verità", disse, "stai parlando con uno dei pochi, nello Stato di New York, che abbia sparato con uno Sharps calibro 54".

Meg ricambiò il sorriso: "Uno Sharps? Che diavolo dici, ragazzo. Quello è un fucile a retrocarica, non ad avancarica..."

*Centrato.*

Lei rise di gusto dinanzi alla sua faccia meravigliata. "Di solito quando parli di armi le donne cadono ai tuoi piedi?"

"Nessuno in questo dannato mondo, a parte me, sa più che cos'è lo Sharps."

"Non l'ho mai usato, ma mio padre ne aveva uno. Collezionava armi da fuoco. Di sopra ho uno Springfield."

"Un calibro 45-70?"

"Una carabina. Con anello da sella e tutto il resto."

"Diavolo di una donna! L'hai mai usata?"

"Che cosa te ne fai di un fucile se non lo usi? Però prova a far andar via l'odore della polvere da sparo dal tuo completino intimo di seta."

"Non ho questo problema."

"Qualche volta io e Sam siamo andati al poligono di tiro. Ma ovviamente è difficile trovare le munizioni."

"Proprio quello ti volevo chiedere in prestito."

"Munizioni?"

"No, tuo figlio."

"La spedizione delle bombe?"

"Già. Si può?"

"Immagino tu sappia quanto stia in pena una madre quando le portano via il figlio per due ore." Meg chiamò Sam, poi si rivolse di nuovo a Pellam. "Oh, prima che mi dimentichi... Sabato pomeriggio c'è la sagra della mela. Vuoi venire a vederla?"

"Perché no. Tu ci vai?"

"È una cosa di famiglia."

Che cosa voleva dire? *Tu ci vai, è una cosa di famiglia.* Pellam rimase in attesa di ulteriori messaggi, che non riceveette. Allora disse: "Va bene. Non vedo l'ora".

Arrivò Sam. "Ehi, signor Pellam, andiamo a vedere le bombe?"

"Puoi scommetterci, Sam."

"Evviva! Ci andiamo in camper?"

"È l'unico mezzo di cui dispongo."

"Mamma, posso?"

"D'accordo. Però torna alle sei per cena."

"Signor Pellam, là hanno le migliori. Quelle rosse e verdi e poi dei mortai che papà dice che ormai non contengono più polvere da sparo, e le bombe a mano..."

"Non gliene compri nessuna, in nessun caso."

Pellam rise. "Va bene, signora."

I due salirono sul camper.

"Ehi, Sam, sai che cosa sarebbe divertente?"

"Cosa, signor Pellam?"

"Perché non ti porti dietro il tuo metal detector?"

"Il mio metal detector?"

"Sai che faccio una collezione?" continuò Pellam. "E tutte le volte che capito in una nuova città, trovo dei pezzi nuovi."

"Io colleziono dinosauri. E figurine di baseball. E le figurine del wrestling, ma quello lo fanno tutti." Senza fare altre domande, Sam saltò giù dal Winnebago e corse in casa.

Quanta energia. Ma dove la prendevano?

Tornò dopo due minuti.

"Ti servono le pile?"

"No, c'è la batteria. Che cosa colleziona, signor Pellam, monete?"

"Bossoli di proiettili."

"Wow!"


Venne fuori che a Pellam le bombe piacevano almeno quanto a Sam.

Quella rivendita di rottami era molto più elegante della R&W. Trattava soprattutto ciò che il nome prometteva: *Residuati dell'esercito*, molti dei quali sembravano essere in ottime condizioni, a dispetto di quanto aveva detto Bobby (o Billy). Pezzi di fuoristrada, scatole di cartucce, latrine portatili, attrezzi, tende, torce. Tutti pezzi resistenti, funzionali, in colori mimetici. Molti oggetti servivano ormai solo da fermacarte: dispositivi di puntamento per aerei, vecchi altimetri ed elmetti di fanteria che non sarebbero serviti neppure come vasi da fiori.

Pellam si ricordò che il posto era tra quelli elencati dai giocatori di poker e che, quando era in cerca dell'auto, aveva chiesto anche lì. A differenza dell'R&W, questa rivendita rispettava gli orari di apertura e teneva in ordine i registri: il proprietario gli aveva detto subito che era da più di tre settimane che non acquistavano rottami di automobili.

Pellam si stupì di non aver notato le bombe la volta precedente. Erano splendide. Avevano forme e colori differenti. Alcune avevano le estremità appuntite come i missili, altre erano sferiche come le bombe degli aerei di altri tempi. Cristo, erano enormi. Bastava che ne esplodesse una... Batté cauto una mano su una bomba. Era vuota.

Sam fece: "Sono solo bombe da esercitazione. Non si preoccupi".

"Non ero preoccupato."

"Pensavo avesse paura che una esplodesse."

"Ah-ah."

Il ragazzino gli mostrò i mortai, le bombe a mano e le inquietanti baionette con tracce di sangue secco sui lati. Molti erano ancora avviluppati da uno strato viscoso di creosoto.

Contrariamente a quanto gli aveva raccomandato Meg, Pellam voleva comprare una bomba a Sam. Costavano solo cinquanta dollari. Poi ammise che in realtà ne voleva comprare una per sé. Una di quelle blu intenso. Voleva montarla davanti al Winnebago.

No, la verità era che voleva comprarne una e spedirla alla cortese attenzione di Alan Lefkowitz, c/o Big Mountain Studios, Santa Monica Boulevard, Century City, California.

Non importava. Le bombe non erano più in testa alla hit parade di Sam, il quale decise che era tempo di andare in cerca di bossoli. Montarono sul camper, uscirono dal paese e si fermarono dopo dieci minuti. Si incamminarono nei boschi, seguendo un sentiero ben tracciato. Il ragazzino portava una scatola a tracolla e impugnava un bastoncino di metallo con attaccato un dischetto; al collo aveva un paio di cuffie. Era una giornata tranquilla e non c'era nessun altro. Sam scrutava Pellam come se si aspettasse di sentire qualcosa di divertente.

"Pensa di trovare dei proiettili in questo posto?"

"Non si sa mai."

"Dei cacciatori?"

"Esatto."

"Lei va a caccia, signor Pellam?"

"Sì. Anche se è da un po' che non lo faccio. Io e mio padre ci andavamo spesso."

"Dove abita?"

Pellam lo guardò. "È morto qualche anno fa."

"Come nonno Wold."

"Wold? È il cognome di tua mamma?"

"Ah-ah. La mamma ha una carabina. Gliel'ha data il nonno. È una di quelle vecchie. Qualche volta io e lei siamo andati al fiume a sparare. Wow, fa un rumore terribile, davvero forte! Oh..." Sam si coprì la faccia con le mani. "Mi ha quasi steso."

Fece vedere come aveva sparato con il fucile e com'era finito a terra per il contraccolpo. Non si alzava più.

Pellam si chinò su di lui, preoccupato. "Ehi, tutto a posto? Stai bene?"

"Certo!" Balzò in piedi. "Papà non va a caccia spesso. A volte andiamo a pesca. Lei che animali caccia?"

"Fagiani, anatre, oche."

Sam chiese: "Le piace il football?"

"Una volta ci giocavo."

"Evviva, lo sapevo! Dove? A livello professionale, scommetto."

Pellam rise di gusto. "Professionale? No, dovrei pesare cinquanta chili di più. Al liceo."

"Era in attacco, vero?"

"No, in difesa. Lo preferivo. In attacco ti saltano addosso in quattro o cinque, in difesa solo uno o due per volta."

"E com'è fare un *touchdown*? E fare meta? Mi piace un

sacco, sa, quando fanno meta e poi lanciano la palla come se niente fosse. È così pulito. Cosa si prova a fare un *touchdown*?"

"Non mi è capitato molto spesso. Non ero così bravo."

"Invece sono sicuro di sì. Sono pronto a scommettere che ha salvato le sorti della squadra. Quando sarà stato? Un paio di anni fa?"

"Diciamo piuttosto venti."

Sam sbarrò gli occhi. "Santa miseria, lei è più grande della mamma. Non la facevo così vecchio."

Pellam rise. Si era dimenticato di come i ragazzini riuscissero a demolire le illusioni degli adulti.

"Ehi, signor Pellam, perché qualche volta non ci alleniamo? Mia mamma ci prova, ma si sa, lei è una ragazza e tutto il resto. Magari potremmo provarci noi due, lei potrebbe darmi dei consigli. Papà… Be', lui è molto occupato. Pensa solo al suo lavoro."

Pellam ne sapeva abbastanza da sorvolare l'argomento. Disse: "Vedremo".

"La mamma sarebbe contenta se lei rimanesse da queste parti per un po'. Ho capito che le è simpatico."

Anche qui Pellam sorvolò.

Arrivarono in cima a una collina che sovrastava lo spiazzo dove era morto Marty, duecento metri più in là. L'unico altro punto sopraelevato da cui si poteva avere una buona visuale dello spiazzo era a cinquecento metri da lì. Non impossibile, con un buon mirino, anche se il punto migliore era quello in cui stavano ora. In più quell'altura dava sul retro dello spiazzo, e se Marty aveva parcheggiato nel verso giusto, il dietro dell'auto con il serbatoio sarebbe stato un bersaglio perfetto.

Il vento, tuttavia, avrebbe complicato le cose e in una giornata torrida, com'era quella in cui era stato ucciso, la rifrazione dovuta all'aria calda dalla valle avrebbe offuscato la linea di tiro.

"Okay, Sam, mettiti al lavoro. Trovami quello che puoi."

Il ragazzo vagò avanti e indietro per dieci minuti, recuperando due lattine schiacciate di Coors e un quarto di dollaro. ("Tienilo tu, figliolo.") All'improvviso emise un grido e corse da Pellam con in mano la cartuccia allungata di un fucile calibro 22.

"No, è troppo piccola. Io cerco quelle con il cappuccio nel centro. Sai la differenza?"

"No, signore."

"Nel calibro 22, il percussore colpisce il bordo della cartuccia; nei proiettili di calibro più grosso, invece, l'innesco è nel centro."

"Chiaro."

"Vieni, ti faccio vedere."

Sam aggrottò le sopracciglia, poi spalancò gli occhi mentre Pellam apriva il giubbotto ed estraeva una pistola dalla cintola. Era una Colt del 1876 in acciaio con l'impugnatura in legno di sequoia e una canna lunga una ventina di centimetri.

"Cavoli", sussurrò il ragazzino.

Pellam teneva l'arma rivolta verso terra. "Comportati sempre come fosse carica, anche se sai che non lo è, e come se potesse fare fuoco in ogni istante. Quindi non puntarla mai contro qualcuno o qualcosa, a meno che tu non sia pronto a sparare."

"Wow, questa è una pistola da cowboy."

"È una Colt Peacemaker calibro 45." Pellam estrasse una cartuccia e gliela mostrò. "Quello lì è il cappuccio nel centro. Lo spillo sul percussore colpisce l'innesco che fa esplodere la polvere. Le vecchie armi come questa usavano polvere nera. Anche la carabina di tua madre."

"Mi fa provare a sparare, signor Pellam? Per favore."

"Ne parliamo prima con i tuoi genitori. Forse."

"Mi faccia sparare contro qualcosa."

"Non ora, Sam. Non è un giocattolo." Rimise la pistola nella cintura. "Guardiamo se troviamo le cartucce."

Il ragazzino passò il detector sul terreno con rinnovato entusiasmo. Pellam non gli prestava molta attenzione; stava osservando la zona scura di terra arata, dove Marty aveva patito una morte orribile. Non si accorse che Sam si era chinato, aveva raccolto qualcosa e lo stava raggiungendo di corsa.

"Guardi che cosa ho trovato, signor Pellam. Guardi!"

Gli fece scivolare in mano due cartucce. Erano calibro 30, anche se di una lunghezza insolita, più tozze del calibro 30-30 o del 30-06 e più grandi del Garrand. Non potevano provenire da una carabina tipo l'M1, perché un fucile a canna corta non sarebbe stato così accurato per un tiro da quella distanza.

"Hai fatto un buon lavoro, Sam." Pellam diede al ragazzino una pacca sulla spalla. "Sono proprio quelli che stavo cercando." Mise in tasca i bossoli.

"Un giorno mi farà vedere la sua collezione, signor Pellam?"

"Puoi scommetterci, Sam. Adesso è ora di tornare a casa."

"Oh..."

Scesero giù dall'altura, raccontandosi aneddoti di pesca.

Quella sera, mentre Sam era di sopra e Keith ancora al lavoro, Meg Torrens mangiò un sandwich al tacchino con una salsa fredda di mirtilli e bevve un bicchiere di vino bianco, leggendo i titoli e il primo paragrafo degli articoli del *Times*.

Udiva gli scatti e gli schiocchi della casa centenaria, il mugghio attutito della caldaia, con il termostato che, rassicurante, faceva andare avanti il macchinario e scorrere acqua calda lungo i tubi. Poi si sarebbe spenta e sarebbero seguiti momenti di silenzio totale e ovattato. Meg aveva appena finito di leggere le pagine di arte; posò il giornale e salì di sopra in camera del figlio.

"Ciao, mami."

Lei si avvicinò al computer di Sam. "Spiegamelo di nuovo. Fai il numero e poi che cosa dici?" Meg fissava lo schermo.

"Oh, mami", mormorò lui. Erano quasi le nove, aveva sonno. "È un modem. Nessuno dice niente. Devi solo prendere la linea. Quando senti il suono, sei connessa."

"Fammi vedere." Nella stanza da letto la radio-sveglia suonava un malinconico motivo country, un vecchio pezzo di Patsy Cline.

Sam si piegò sulla tastiera e digitò rapidamente. Meg e Keith spendevano trenta dollari al mese per avere accesso a un database di attualità, nel quale Sam aveva scoperto l'esistenza di un sottomenu sullo sport. Un mese i Torrens avevano speso più di ottanta dollari perché lui aveva deciso di stampare la cronologia di tutte le squadre di baseball a partire dal 1956.

Il ragazzino prese il telefono e compose il numero con aria seccata, anche se lei sapeva che l'idea di sfoggiare tanto sapere lo eccitava. Il telefono emise uno squittio. Lui lo puntò addosso alla madre come fosse un'arma laser: "Zap, zap, zap!" poi premette un pulsante su una scatoletta. Lo schermo del computer prese vita.

"Sei connessa, mami. Che cosa vuoi sapere?"

"Un nome. Voglio cercare il nome di un uomo."

Digitò alcune lettere. La risposta arrivò dopo cinque secondi. Meg fece scorrere il testo col cursore. "Come faccio a stamparlo?"

"O stampi dallo schermo o scarichi tutto il file."

*Dove le imparano tutte queste cose?*

"Dimmi solo dove devo premere."

"Qui." Sam schiacciò allegramente un tasto e la rumorosa stampante iniziò il suo appagante ronzio. A Meg ricordò il suono della Polaroid.

Bzzzzt.

Il rumore durò un bel po'. C'era parecchio da stampare.

## 13

Mele.

Migliaia di mele, centinaia di migliaia. Un milione.

Pellam non aveva mai visto così tante mele in vita sua. Torte di mele, frittelle, pasticci ripieni, confettura di mele. Ci si poteva tuffare dentro montagne di mele, mangiarle in una dozzina di maniere diverse, acquistarle secche e dipinte da appendere alle pareti di casa, berle sotto forma di sidro; comprarle intrecciate in ghirlande o come decorazioni natalizie. C'erano ragazze vestite da mela. Persino le facce dei ragazzi, con le guance rosse, sembravano mele.

Una donna tentò di convincerlo a iscriversi a una gara che consisteva nel lanciare un anello su un ripiano con inchiodate delle mele, per vincere una crostata.

"Odio le mele", rispose lui.

Il campo da football era gremito. C'erano più di mille persone che si muovevano disordinatamente tra gli stand, partecipavano ai giochi e curiosavano tra la chincaglieria in vendita: maglioni, scatolette in legno, orologi intagliati in legno riciclato, ceramiche, macramè. Janine aveva una bancarella di gioielli. Pellam si incamminò in quella direzione, attese finché lei non fu occupata con alcuni clienti e allora fece la sua apparizione d'obbligo. La donna trovò appena il tempo di dire: "Allora ci vediamo domani, ti ricordi?"

Lui annuì.

"Alle quattro. Non dimenticarti, tesoro." Gli strizzò l'occhio e gli mandò un bacio.

Metà dei presenti erano turisti, notò Pellam, l'altra metà locali. Nessuno, dai diciassette anni in su, sapeva esattamente perché si trovava lì. I turisti erano lieti di immergersi nell'atmosfera campestre degli indigeni ("Ah, la campagna, la campagna!") e acquistare vasi, gioielli, tappezzeria. I papà e le mamme di Cleary spettegolavano e mangiavano alla grande. I figli, ovviamente, erano gli unici che si divertivano sul serio, perché per loro non c'era niente di meglio che fare una scorpacciata di mele. Che altro desiderare di più?

Basta con le Polaroid. Pellam aveva lasciato la macchina fotografica sul camper. Ora non era nient'altro che un turista qualunque che osservava le foglie, le mele, le bancarelle, l'atmosfera.

La Toyota comparve cinque minuti dopo, entrando a gran velocità nel parcheggio e inchiodando allo stop sull'asfalto sassoso. Meg vide Pellam e gli fece un cenno di saluto. Keith non c'era, ma Sam sì. Il ragazzino agitò la mano con energia. Pellam si domandò se avesse accennato ai genitori della sua tendenza a collezionare armi letali.

Come la sera della cena, Meg appariva dieci anni più giovane rispetto alla signora con la faccia con troppo fondotinta che gli aveva fatto visita alla clinica. Non aveva più i capelli cotonati, ma la coda di cavallo. Portava un paio di jeans attillati, una camicia accollata con un disegno a rombi scuri e una giacca di camoscio.

Il ragazzino era accanto alla madre. "Buondì, signor Pellam", salutò educatamente.

"Ciao, Sam."

"Salve", disse Meg.

Lui rispose con un cenno.

Furono inglobati da un branco di turisti di Manhattan: gli uomini in polo e jeans firmati, le donne con pantaloni neri elasticizzati. Tutti esibivano polpacci e avambracci molto sviluppati, per la frequentazione assidua del New York Health and Racquet Club. Appena la mandria li superò, rimasero soli, a tre metri l'uno dall'altra.

"Allora sei venuto."

"Non me la sarei persa per nulla al mondo."

"Prendi", fece lei. "È un regalo." Gli lanciò una mela.

Lui la afferrò con la mano sinistra. "Detesto le mele", disse.

Sam ridacchiò. "Anch'io."


"Cleary resta sempre un piccolo paese?" domandò Pellam sorridendo.

Meg si incupì.

"Non sparleranno se facciamo un giro qui in mezzo, vero?" chiese lui.

Si aggiravano nella zona più esterna della sagra.

"Sparleranno comunque", replicò lei. "Facciano pure. Puah."

Sam correva intorno agli stand e quando passava lì accanto studiava Pellam con occhiate curiose e riverenti. Poi si allontanava nuovamente, per raggiungere i compagni di scuola, di volta in volta con fare circospetto, stupito o malizioso. Non stava fermo un istante.

"Sono vivaci, eh?" Pellam lo vide partire di corsa, all'improvviso.

Meg rispose: "Non c'è niente di così importante quanto il punto di vista dei bambini. Ti aiutano a capire te stesso. Qualcuno ha detto che i più onesti, i più falsi, i più crudeli e i più gentili di tutti sono i bambini". Rise. "Naturalmente quando parli dei tuoi figli, questa frase è vera solo per metà."

"A pensarci bene, sono veramente pochi i buoni film sui bambini," osservò Pellam. "Spesso sono sentimentali. O revisionisti: i registi cercano di ricostruire la loro infanzia su pellicola. Film da due soldi, secondo me. Mi piacerebbe vederne uno che parli dei sentimenti ambivalenti che prova un bambino. Quello sì sarebbe un buon soggetto."

"Perché non lo proponi al tuo studio?"

*Al mio ex studio*, pensò lui, e non rispose. Meg rincorse il figlio, per evitare che si arrampicasse su una palizzata. Pellam si ritrovò davanti a una bancarella di tiro a segno: si potevano vincere tacchini-giocattolo, tacchini di cioccolato e anche un tacchino, vero e surgelato, da sei chili e mezzo. Bisognava sparare a delle papere di gomma dipinte per sembrare tacchini con un vecchio fucile Sears calibro 22. Chiamò Sam.

"Che cosa preferisci, figliolo, uno di questi pupazzetti a forma di tacchino o uno di cioccolato?"

Il ragazzino guardò timidamente la madre, che disse:

"Di' al signor Pellam quale ti piace". Poi fece un sorriso buffo. "Questa non me la voglio perdere."

"Credo quello di cioccolato...?" Sam scrutò Pellam.

Meg intervenne: "Se lui lo vince, ti do il permesso di mangiarlo".

"Magari non tutto in una volta", aggiunse Pellam. "Sembra piuttosto grosso."

L'uomo della bancarella prese il dollaro di Pellam, che chiese: "Quanti ce ne vogliono per vincere uno di quei tacchini di cioccolato? Il più grande?"

L'uomo caricò il fucile. "Sei colpi su dieci."

"Okay." Pellam si protese in avanti, si appoggiò al bancone, che gli arrivava all'altezza del petto, e sparò quattro colpi. Nessuno raggiunse il bersaglio: si limitarono a sollevare polvere dai sacchetti di sabbia che attutivano l'impatto dei proiettili.

Sam rise e anche Meg.

Pellam si tirò su lentamente. "Credo di essere in vena." Accostò rapido il calcio del fucile alla guancia. Sparò sei colpi secchi, in un batter d'occhio, il più veloce possibile. Sei papere caddero giù dal ripiano.

"Santa merda", sussurrò l'uomo della bancarella. Poi arrossì. "Oh, mi perdoni, signora Torrens."

Pellam restituì il fucile e Sam prese il pupazzo di cioccolato, senza togliergli di dosso gli occhi, spalancati dalla sorpresa.

"Che ne dici, Sam?"

"Santa..." pronunciò adagio il ragazzino.

Meg lo riprese. "Sam."

"Grazie, signor Pellam. Davvero forte. Sul serio."

"Sam..." lo redarguì la madre.

Sam spiegò: "Mami dice che non parlo corretto".

"Lo so che cosa vuol dire 'forte'", rispose Pellam. Guardò il tacchino di cioccolato. "Spero che lo sia anche questo."

Sam tolse la stagnola e morse la testa dell'uccello. "Wow!" esclamò con la bocca piena di cioccolato, e corse via, voltandosi indietro ogni quattro o cinque passi. Un altro aneddoto stava per passare di bocca in bocca.

Ripresero a passeggiare. Meg osservò: "Credevo che ti intendessi solo di vecchi fucili ad avancarica".

"Vado in macchina sulla Los Angeles Freeway. Lì ti conviene essere bravo a sparare."

"Dove hai imparato?"

"Da mio padre."

"Dove sei cresciuto?"

"A Simmons."

Meg si voltò verso di lui. "No! Non dirmi quel paese nelle Catskill Mountains?"

"Proprio quello."

"Assomiglia molto a Cleary."

"È un po' più povero. E più sporco", fece Pellam. "E senza turisti: non ci sono alberi come i vostri."

Camminarono per un po' in silenzio, calpestando l'erba alta ai bordi del campo da football.

"Keith non è riuscito a venire?"

"Arriverà più tardi. È in azienda."

"È stato gentile da parte sua darmi una mano, l'altro giorno."

"Mi ha detto che qualcuno ha fatto sparire quello che stavate cercando."

"Già. Ci hanno battuti sul tempo."

Passeggiarono per qualche minuto, poi Meg disse: "Keith è cambiato. La morte del suo socio l'ha molto colpito. È tormentato. Non so come spiegare..."

"Davvero? Non me ne ero reso conto."

"Non credevo che ti avrebbe aiutato. Non ama fare cose che vanno al di là della sua, come dire, cerchia di interesse. Sono felice che lo abbia fatto."

Li stavano osservando: dozzine di facce si voltavano dall'altra parte, mentre i loro occhi li seguivano.

Dopo aver curiosato sulle bancarelle, Pellam chiese: "Perché te ne sei andata da Manhattan?"

"Keith aveva trovato lavoro da queste parti, presso una compagnia farmaceutica. Io in quel momento non stavo partecipando alle sfilate. Avevo un figlio piccolo. E avevo sempre desiderato una casa."

"Ti piace Cleary?"

Meg fece una risatina nervosa e distolse lo sguardo. "Non è facile rispondermi. Potrei vivere qui per altri venticinque anni ma non arriverei mai a conoscerla abbastanza. In questi paesi ci devi nascere. Hanno radici antiche. Se vieni da fuori, rimani un ospite. Puoi anche diventare popolare, puoi farti eleggere nel consiglio comunale, ma posti come Cleary non faranno mai parte di te. O ce l'hai nel DNA, o niente. Io non ce l'ho."

Poco lontano la gente batteva le mani. Era stata appena incoronata la nuova Miss Mela. Pellam vide un paio di ragazzini che li guardavano, tenendosi a debita distanza. Ormai correva voce che il *location scout* era capace di centrare l'occhio di una papera di gomma da venticinque metri.

"Ti stanno bene i capelli pettinati così", disse.

Meg si toccò la coda poi abbassò la mano. Distolse lo sguardo da Pellam e fissò qualcosa di indefinito all'orizzonte. Attraversarono lo zoo allestito per la sagra, una triste esposizione di mucche, capre, oche, papere e un pony. A un certo punto gli domandò: "È per questo che tu e tua moglie vi siete lasciati?"

"Uh, *per questo* cosa?"

"Scusa, stavo pensando che sei sempre in viaggio."

"C'erano molti motivi. Certo, il lavoro ha influito parecchio."

"Eri lontano da casa per sei, otto mesi..."

"Non viaggiavo così tanto, allora."

"A me piacerebbe viaggiare", sospirò lei. "Magari fare del cinema. Non per forza essere una star, ma interpretare dei personaggi. Mi piacerebbe persino il tuo lavoro."

*Persino* il tuo lavoro.

*Soltanto* un *location scout*.

"Non credo."

"Be', amo la mia casa. Non la vorrei abbandonare. Ma vedere tutti quei posti nuovi... È come andare in vacanza, però con uno scopo. Penso che sarebbe meraviglioso."

Le donne dicevano sempre così. La *mia* casa. Non la *nostra* casa. Pellam ricordò che lo diceva anche sua moglie. Ovviamente, alla fine, era andata proprio così. Profezie che si autoavverano.

"Mi piacerebbe che Sam venisse con me per una settimana o due, ogni tanto." Dopo un istante, aggiunse: "E anche Keith, naturalmente". Guardò Pellam che sembrava non essersi accorto del lapsus, se così si poteva chiamare.

Lui cambiò discorso. "Proprio non so dirti perché mi piace. Non è solo perché si vedono tante cose. È per il viaggio in se stesso... Cleary è un bel posto, ma io sono cresciuto a Simmons, un paese molto simile. Ho visto abbastanza foglie colorate, steccati bianchi e sagre della mela o roba del genere, da averne per tre vite. Ma dove sono adesso? Qui." Fece un cenno a Sam. I suoi ammiratori erano saliti a mezza dozzina. "Una volta a marzo", continuò, "sono rimasto a casa un mese. Poi mi ha contattato un produttore che mi ha ingaggiato per cercare *location* per un film sui sindacati. E io sono saltato sul camper diretto alle acciaierie di Gary, nell'Indiana. Un luogo triste, freddo, grigio. Si camminava nel fango. Ragazzi, quel posto era il più simile all'inferno di tutti quelli in cui sono capitato. Però ero così felice di essere stato contattato."

Lei arricciò il naso. "Andrei solo in posti divertenti. A Rio, a San Francisco, alle Hawaii..."

Pellam rise. "Non troveresti molto lavoro."

"No, ma mi divertirei da pazzi."

"Avranno della birra qui intorno?"

"Forse, ma non vuoi del sidro? È fresco."

"No, voglio una birra. Detesto le mele, ricordi?"

"Quindi immagino che una sagra del genere non abbia gran che da offrirti."

"Questo non l'ho detto."

Meg ignorò il suo sorriso intrigante e si diressero verso l'area di ristoro.


Mentre Pellam e sua madre passeggiavano nello zoo, Sam corse verso la bancarella del tiro con l'arco. Aveva pensato di tornare allo stand del tiro al tacchino e vincere qualcosa per il signor Pellam, poi vide che c'era in palio un pallone da football per chi fosse riuscito a colpire con arco e frecce dei cervi di cartone. Era proprio quello che voleva.

Pagò un dollaro per dieci frecce e l'uomo della bancarella gli porse un piccolo arco, semplice da tendere, non di quelli da caccia con la puleggia. Sam lo imbracciò e incoccò una freccia, come aveva fatto al campeggio. Si mise in posizione e tirò indietro la corda. I muscoli gli tremavano e le dita lasciarono andare la freccia prima che potesse prendere bene la mira. Colpì il cervo sul dorso.

"Ehi!" lo apostrofò qualcuno, ridendo. "L'hai preso proprio nel culo."

Sam si voltò. Era uno dei ragazzi delle superiori, uno di quelli grandi. Non sapeva il suo nome. Gli sorrideva, ma Sam si attenne alla regola generale che girava alla sua scuola, ovvero che a Cleary ogni studente delle superiori era un potenziale terrorista. Avrebbero potuto rubarti la merenda, legare insieme le tue Keds e lanciarle come *bolas* sui fili elettrici, coprirti di sputi e parolacce e a volte anche prenderti a pugni solo per il gusto di farlo.

Deglutì e lo ignorò. Si concentrò implacabile sul bersaglio, come gli aveva insegnato sua madre quando sparava: non prestare attenzione all'arco o alla freccia, ma solo al bersaglio. Tirò indietro la corda e lottò col dolore che si impossessava delle sue braccia sottili, mentre fissava il cervo. Infine, scoccò la freccia.

Thwack. Colpito al cuore.

"Cazzo, che bravo!" fece il ragazzo, scuotendo la testa.

Sam lo guardò con prudenza, e quando si accorse che non stava scherzando disse: "Grazie".

Ancora due colpi al cuore e uno alla pancia, poi la sua potenza diminuì. Le quattro frecce successive finirono nelle balle di fieno, mancando il cervo. L'ultima, di nuovo nella pancia.

"Okay, figliolo, hai vinto quello che vuoi a scelta dallo scaffale in fondo. Che cosa ti do?"

Sam esitò. Non voleva che il suo pallone da football cadesse nelle mani di quel ragazzo, che l'avrebbe afferrato al volo e si sarebbe messo a correre. Balbettò: "Uno di quei palloni".

"Va bene, scegli pure."

Sam prese quello di plastica verde e si allontanò in fretta.

Il ragazzo non fece cenno di avvicinarsi. Disse solo: "Quelli sì che erano dei bei tiri. Mi piacerebbe fare lo stesso".

Sam rise senza volerlo. Uno delle superiori che gli faceva i complimenti! "Non è difficile", disse. "È solo questione di pratica, sai."

"Come ti chiami?"

"Sam."

"Ned."

Ned gli porse la mano. Nessuno delle superiori aveva mai stretto la mano a uno delle elementari. Sam allungò la sua, esitante.

"Ehi, vuoi vedere una cosa?"

"Che cosa?" Sam non si sentiva più a disagio. In qualunque momento il ragazzo avrebbe potuto prendergli il

pallone e metterlo con la faccia a terra. Invece no, gli sorrideva e basta. Sembrava che volesse parlare.

"Una cosa figa."

"Perché no?" accettò Sam, guardando in direzione della madre e del signor Pellam che passeggiavano tranquilli.
Qualcosa nel loro modo di muoversi gli fece pensare ai genitori quando camminavano insieme.

Il ragazzo si addentrò in un fitto boschetto ai margini
del campo da football.

"Che cosa c'è lì?" chiese Sam.

"Vedrai."

Nel bosco, a meno di un chilometro, c'era una piccola
radura. Il ragazzo si mise seduto. Diede una pacca sul terreno accanto a lui. Si sedette anche Sam.

"Fammi vedere il pallone."

Sam glielo porse.

"Bene." Lo palleggiò tra le mani. "Sembra buono."

"È per il signor Pellam. L'uomo della compagnia cinematografica."

"Ah, sì. Ne ho sentito parlare. Grandioso, fare un film
qui." Il ragazzo gli restituì il pallone. "Avanti."

Un attimo di silenzio.

Ned disse: "Mi piace qui. È una gran figata".

Sam si guardò intorno e pensò che non vedeva altro se
non una brutta radura in un bosco qualunque. "Già, è
stupendo."

"Hai dieci dollari?" sussurrò Ned.

"No", rispose Sam, che in realtà nella tasca dei jeans
aveva undici dollari e qualche spicciolo.

"Quanto hai?"

"Un paio di dollari, non so. Perché?"

"Vuoi comprare delle caramelle?"

"Delle caramelle? Dieci dollari per delle caramelle?"

"È roba fighissima. Ti piacerà."

Sam replicò: "Be', non ho tutti quei soldi".

"Quando hai pagato il tipo del tiro al bersaglio mi è sembrato di vedere che avessi dieci dollari."

Sam distolse lo sguardo dal ragazzo più grande e strizzò il pallone. "Be', non erano miei ma di mia mamma."

Ned annuì. "Ti faccio fare un assaggio. Poi mi dici se vuoi comprarne una."

Aprì una busta gialla e fece cadere sul palmo della mano una dozzina di cubetti di cristallo. Li porse a Sam, che li guardò con sospetto. Ned rise della sua diffidenza e ne mangiò uno. "Dai, tira fuori le palle."

Sam alzò le spalle, afferrò tutte le caramelle, se le mise in bocca e le buttò giù.

"No!" gridò Ned terrorizzato. "Deficiente! Non dovevi mangiarle tutte! Costano dieci dollari *l'una*!"

"Non volevo..." Sam arretrò spaventato. La sua bocca si riempì di una dolcezza energica e ottundente. "Non lo sapevo! Non me l'avevi detto..." Avvertì subito un senso di stordimento, vertigini, vampate di calore. Sentiva un curioso retrogusto, simile a quello delle vitamine da masticare che prendeva la mattina.

Ned gli andò vicino, tentò di afferrarlo per il collo, ma il ragazzino si era rannicchiato goffamente. Caldo e vertigini gli attraversavano tutto il corpo.

"Sam!" Era la voce di sua madre e non era così lontana.

Poi qualcuno lo tirò su. Ned l'aveva afferrato per la maglietta. "Piccolo imbecille rincoglionito! Se lo racconti a qualcuno, aspetta che ti trovo. Ti prendo e ti faccio un culo grosso come una casa, mi hai capito?"

Sam pensò che avrebbe dovuto spaventarsi, ma stava così bene... Gli sembrava di precipitare in mezzo alle foglie, che si trasformarono all'improvviso nel suolo di Candyland, quel gioco che faceva da piccolo con la baby-sitter. Erba di cotone zuccherato, caramelle gommose al posto delle rocce. *Candyland.* Ehi, proprio come le caramelle che aveva appena mangiato! Al pensiero gli venne da ridere. Aprì la bocca, ma era troppo debole perché riuscisse a emettere alcun suono.

Sentì degli strani tonfi. Alzò gli occhi. Ned... Si chiamava così? Ned stava correndo a perdifiato nel bosco. A Sam sembrò che il ragazzo si trasformasse in albero. Guardò fisso in quel punto per un bel po'.

Provò ad alzarsi.

Fuochi d'artificio, stelle filanti nere e bengala esplosero davanti a lui. Sentì un forte ronzio nelle orecchie.

Calore e musica di sottofondo.

"Sam?" La voce della mamma, amplificata migliaia di volte e allo stesso tempo lontana, come se fosse prigioniera in una camera di decompressione dell'*Enterprise*. Poi cessò il divertimento. Era come se stesse per addormentarsi, solo che si trattava di una strana specie di sonno. Gli ricordava quella volta che gli avevano tolto le tonsille e si era svegliato con un dolore tremendo e una sete assurda, come se non bevesse da una vita. Quando aveva aperto gli occhi in ospedale si era sentito solo e aveva pianto per un'eternità, finché non aveva visto sua madre, addormentata, in fondo alla camera.

Era lei che voleva, adesso. "Mami..." Cercò di rimettersi in piedi e fece qualche passo. "Mami, aiutami!"

"Sam!"

Un'altra voce. Quella del signor Pellam. Gli venne in mente il pallone. Tornò indietro, giù verso l'esplosione nera, il calore, i fuochi d'artificio scoppiettanti e finì nella radura, dove si chinò per raccogliere la palla. Sam era sicuro di averla presa, ma quando allungò la mano, non gli restarono altro che foglie. Cadde a terra.

Non vedeva più nulla. Un'ondata di oscurità calò su di lui. Ma Sam non smise di tastare il terreno alla ricerca del pallone. Doveva trovarlo.

L'aveva vinto apposta per il signor Pellam.

# 14

Il volto di lei lo spaventò.

Non era solo perché si era messa a piangere e i suoi lineamenti erano stravolti, come quelli di una donna presa a botte dal marito. Era per il vagare delle pupille nei suoi occhi spenti.

Quello che Pellam colse nel volto di Meg era panico.

Si limitò a starle accanto, senza sapere che cosa dire, chiedendosi se dovesse metterle una mano sulla spalla in modo fraterno. Doveva prendersi cura di lei, ma non aveva idea sul da farsi.

Meg sedeva con le gambe aperte e le punte delle scarpe all'infuori. Il corpo era piegato in avanti, i gomiti appoggiati alle cosce, le mani che si fregavano ossessivamente una con l'altra come se le stesse lavando. A tratti alzava lo sguardo e Pellam avrebbe voluto guardarla nello stesso modo che aveva descritto in una sua sceneggiatura, "con affettuosa preoccupazione", ma si accorse di essere del tutto incapace a esternare ciò che provava.

Aspettarono venti minuti.

Poi arrivò Keith ed esattamente in quel momento Pellam sentì sciogliersi i muscoli delle spalle; si rese conto che era sempre rimasto in piedi, piegato in avanti, a denti stretti, come un tuffatore pronto a saltare. Osservò la coppia che si abbracciava. Keith gli fece un cenno, poi tornò dalla moglie che poggiò la testa sulla sua spalla.

"Che diavolo è successo?" Keith parlava attraverso i capelli di Meg, che gli coprivano il volto.

"L'abbiamo trovato", e lei riprese a singhiozzare.

Pellam disse: "Sam ha perso i sensi e non siamo riusciti a svegliarlo. È lì dentro con il dottore da quando siamo qui. Non ha detto ancora nulla".

"Oh, Keith. Era così pallido. È stato terribile, terribile."

Con una rabbia che sapevano non essere rivolta a loro, lui chiese: "Che cosa è successo? È caduto? Ha avuto un collasso?"

Meg si asciugò il viso. "L'abbiamo trovato e basta. Keith, è stato orribile. Era sdraiato per terra. Sembrava non avesse più i muscoli. Ho cercato di svegliarlo. Non ha aperto gli occhi." Fissò Pellam con uno sguardo da animale in gabbia, davanti a sé l'immagine del figlio, la sua pelle bianca che spiccava in mezzo alle foglie d'autunno. "Non ha aperto gli occhi."

Sembrava che Keith volesse picchiare qualcuno. Non pareva gli importasse se si trattava di un incidente oppure no, se la causa era un essere umano o un animale o qualche diavoleria nella circolazione sanguigna del ragazzo.

Meg premette la guancia sul petto del marito e non disse nulla. Poco alla volta smise di piangere.

Il medico che assomigliava a un veterinario spuntò in fondo al corridoio e lo percorse lentamente. Aveva un volto così espressivo da non lasciare dubbi sul responso. Pellam ricordava il modo in cui gli aveva dato la notizia della morte di Marty, e capì all'istante.

La tragedia era stata evitata.

Il volto paffuto del medico guardò per prima Meg negli occhi e dichiarò: "Sta bene".

Lei riprese a piangere, più adagio e con minor disperazione. "Posso vederlo?"

"Certo, Meg. Tra un attimo."

La rabbia di Keith svanì di colpo, quasi pensasse che l'odio prolungato potesse influenzare negativamente l'esito. "Che cosa gli è successo? Un collasso?"

"Keith", lo interruppe il medico educatamente, "Sam ha mai fatto uso di droghe?"

"Uso di droghe?" L'uomo scoppiò a ridere.

Meg fece smettere il marito e tornò a rivolgersi al dottore. "Sam ha dieci anni, come potrebbe..."

"Uso di droghe?"

"Che cosa ha avuto..." continuò lei.

"Un'overdose."

"No! Non Sam", esclamò Meg con voce tagliente.

"Oh, volete calmarvi, cazzo!" ringhiò Keith. "Siete impazziti?"

Il dottore proseguì: "Sembra si tratti di un oppiaceo. Eroina, forse".

Keith esplose. "Vuoi insinuare che Sam si è iniettato eroina? Cazzo, questa è la cosa più delirante..."

La moglie gli toccò il braccio.

Keith frenò la rabbia. "Mi dispiace. Volevo solo dire che ti stavi sbagliando."

"Keith", continuò il medico, "la cosa mi sconvolge quanto te." Estrasse dalla tasca una bustina di plastica.

Dentro c'erano delle minuscole schegge di cristallo. "Le aveva in bocca. Sono altamente solubili, quindi penso che ne abbia ingerite molte di più."

Tutti e tre fissarono il medico.

"La base è il destrosio, zucchero, ma è mescolato con qualcos'altro. Non so esattamente cosa. Un tipo di eroina sintetica. Più potente del Percodan. Non ho mai visto niente del genere."

"Qualcuno ha messo l'eroina nelle caramelle e le ha offerte a mio figlio?" mormorò Keith. Si rivolse a Meg, quasi in tono di accusa. "Con chi era Sam? Non hai visto nessuno, non l'hai tenuto d'occhio?"

Pellam si irrigidì. "Eravamo tutti e due con lui. Sam correva via ogni istante, ma noi..."

"Diamine, Keith, eravamo alla sagra della mela, non nel Bronx..."

L'uomo batté le palpebre. "Scusami, è solo che..."

Meg gli prese la mano.

Il dottore disse: "Ho chiamato Tom. Dovevo farlo. Qualunque cosa sia, è una sostanza stupefacente e devo fare denuncia".

"Non hai torto riguardo alla denuncia, cazzo", ringhiò Keith. "Ma non voglio un articolo sul *Leader*. Non mi va che si pensi che Sam sia un drogato."

"Ai giornali non arriverà nulla. Non so se una denuncia alla polizia possa diventare di dominio pubblico. Parlane con Tom. Questa è una faccenda seria, Keith. Non so, ma può darsi che lo sceriffo voglia chiamare qualcuno da Albany."

"Per favore, fammi vedere mio figlio", chiese Meg debolmente.

"D'accordo", rispose il medico. Guardò Pellam. "Come va, signore?" gli domandò con gentilezza ma senza reale interesse.

"Bene."

Il dottore mise un braccio intorno a Meg e la condusse in fondo al corridoio.

"Scusa", fece Keith a Pellam, e li seguì.

Pellam si sedette su una sedia di alluminio color arancio e sfogliò un *People* del mese precedente senza leggere una parola né vedere una foto.

Un'ora dopo, Sam usciva barcollante dalla camera. Meg gli teneva un braccio intorno alle spalle e Keith tentava di apparire allegro, recitando frasi tipo: "Stai andando alla grande, capitano", e "Sei più forte di papà".

Il ragazzino batteva le palpebre e lo guardava come se parlasse un'altra lingua. "Salve, signor Pellam", disse. Aveva il viso un po' più colorito, ma ancora smunto.

"Come ti senti, figliolo?"

"Ho la nausea."

"Tra un po' ti passerà."

"Non mi sento troppo bene. Dobbiamo sempre allenarci a football, si ricorda?"

"Certo." Aveva il viso più magro di quanto ricordasse e la pelle era di un pallore malato.

Meg, Sam e Pellam aspettarono insieme, in silenzio, mentre Keith faceva un assegno al medico e ritirava il foglio con le prescrizioni e i medicinali.

Si aprì la porta e lo sceriffo entrò nella clinica. "Meg, ho appena saputo."

"Tom", fece lei, annuendo.

Lo sceriffo guardò a lungo Pellam, freddamente, quindi si rivolse a Sam: "Come stai, giovanotto?"

"Abbastanza bene, signore."

"Bravo."

Il dottore li raggiunse, assieme a Keith. Meg raccontò del ritrovamento di Sam e il medico spiegò della droga.

"Che cos'è, l'hai scoperto?"

"Domani invierò i campioni e una provetta di sangue a un laboratorio d'analisi a Poughkeepsie. Ti farò avere una copia dei risultati. Credo sia un derivato dell'eroina."

Lo sceriffo trasalì. "Allora dovrò rivolgermi al NYBI."

"È il secondo caso di overdose", notò il medico. "C'è stato quel ragazzo, l'anno scorso."

Tom annuì. "Lui faceva le superiori. L'età si sta abbassando."

Guardò Sam, poi si rivolse a Keith: "Ti dispiace se gli parlo un attimo?"

"Hai voglia, tesoro?" mormorò Meg al figlio.

"Ah-ah."

"Va bene soltanto io, te e il ragazzino?" chiese Tom.

Pellam e Keith colsero il messaggio e uscirono.


Lo sceriffo si accovacciò accanto a un bambù giallastro che si protendeva invano verso la finestra stretta e unta dell'atrio, unica fonte di luce naturale della sala d'aspetto.

Meg si sforzava di restare calma e composta. Desiderava soltanto abbracciare suo figlio.

Lo sceriffo guardò il ragazzino negli occhi: "Che cosa è successo, Sam? Ti ricordi?"

"Ho trovato questa bustina. Dentro c'erano delle caramelle. Le ho mangiate."

"Le hai mangiate?"

"Sì, un bel po'. Immagino che non avrei dovuto. Mami sarà arrabbiata."

"No, tesoro, stai tranquillo", disse Meg.

Tom disse: "È solo preoccupata per te, ecco tutto. Quindi non sai da dove venisse quella bustina, vero?"

"No, signore."

"Sei sicuro che nessuno te l'abbia data?"

"No, signore. Voglio dire, sì. Nessuno me l'ha data. Ne sono sicuro."

"L'hai trovata e basta."

"Ah-ah."

"Sai dov'è finita quella bustina?"

"No."

"Sto per farti una domanda, Sammie, e vorrei che tu rispondessi sinceramente."

"Certo."

"Conosci il signor Pellam?"

"Certo."

"Te li ha dati lui quei dolci?"

Meg si irrigidì. Non ci aveva ancora pensato. Tentò di intervenire ma lo sceriffo le fece cenno di tacere.

"Vuole dire il dolce che ha vinto?"

"Come?"

"Lui ha vinto un tacchino di cioccolato e me lo ha regalato."

"Quando è successo?"

"Poco prima che mi sentissi male."

"Era un gioco", fece Meg. "Una bancarella alla fiera."

Lo sceriffo la ignorò: "Ti ha dato lui le caramelle nella busta?"

Sam scosse la testa: "No, signore".

"Quelle le hai trovate, giusto?"

Sam deglutì. "Sì, erano lì per terra. Le ho trovate."

"Va bene, Sammie. Adesso vai a casa a riposare."

"Così quell'uomo ha dato dei dolci al ragazzino", disse lo sceriffo.

Meg aggrottò le sopracciglia e insisté: "L'ha vinto alla bancarella del tiro al tacchino. Era del cioccolato. Non... quelle porcherie."

"Vedi, Sam dice di aver trovato la busta, ma sta mentendo. D'accordo, non proprio mentendo. Ma è confuso. Avanti, Meg, lo sai come sono fatti i bambini. Quello che voglio dirti è che è stato qualcuno a dargli quelle pillole e lui sa chi."

"Credi possa essere stato Pellam?"

"Quante coincidenze, non trovi? Il suo amico si droga e poi muore. Poi l'overdose di tuo figlio. Oggi Sam è rimasto solo con Pellam?"

In principio Meg non rispose. "No."

"Sono rimasti da soli in altre occasioni?"

Lei deglutì e scosse la testa. "Vorrei tornare da mio figlio."

"Certo, Meg."


Fuori, Pellam vide i due chiudere la porta e dirigersi verso l'auto di Keith. Meg abbracciava Sam. "Ti portiamo a casa, a letto."

"Non mi sento bene."

Pellam andò loro incontro, si piegò sulle ginocchia e toccò Sam sulle spalle: "Quando starai meglio, ragazzino, io e te andremo..."

Meg strinse la mano del figlio nella sua e praticamente lo spinse dentro la Cougar. Pellam rimase a fissarla. Lei non si voltò né disse una parola mentre saliva in macchina e la metteva in moto.

Keith salì sulla Cougar, tirò Sam accanto a sé e fece un cenno a Pellam. Dopo di che le auto uscirono assieme dal parcheggio, la Mercury rossa di Keith e la Toyota grigia di Meg.

Pellam restò a guardare le manovre per alcuni minuti, poi non rimase più nulla da vedere se non una nebbiolina sottile sull'asfalto. Solo in quel momento si rese conto che mentre lui fissava il posto vuoto dove prima c'era la macchina di Meg, dalla lucida auto di pattuglia lo sceriffo lo stava osservando.

Pellam gli passò davanti. "Sono venuto qui con la macchina di Meg dal luogo della sagra. Il mio camper è rimasto laggiù. Mi potrebbe dare uno strappo?"

"Spiacente, signore. Vado dalla parte opposta."

"Certo", fece Pellam. E seguì con lo sguardo l'auto bianca e nera che usciva platealmente dal parcheggio, sollevando una scia di ghiaia. "Grazie comunque, signore."

Bobby era seduto nella baracca dello sfasciacarrozze e leggeva il *National Geographic*. La rivista era macchiata in un angolo; chissà di cosa, si chiese: marmellata d'uva? Sangue? Sugo d'arrosto?

Da R&W i *National Geographic* non mancavano: pile e

pile di numeri, a riempirsi di muffa. Giallo e verde. Verde e giallo. Suo fratello non capiva perché Bobby continuasse a comprarne. C'era qualcosa in quella rivista che impediva alla gente di buttarla, quasi fosse un crimine contro il Paese. Così ne facevano dei mucchi e le portavano dal robivecchi o in posti come R&W e le vendevano, divise per annate o decenni. Non era rilevante il fatto che non guadagnassero gran che, l'importante era che una parte d'America venisse preservata.

Billy lo trovava stupido, anche se era in quelle pagine che aveva visto il primo paio di tette, e anche se Bobby riusciva sempre a catturare la sua attenzione quando raccontava delle tribù dell'Amazzonia.

Quel giorno stava leggendo di Portland, che gli parve un bel posto da visitare (anche se sul *National Geographic* qualunque posto sembra accogliente, pure l'Antartide). Chiuse la rivista e la gettò in cima al mucchio. Stavano davvero cominciando a *puzzare*. Doveva tirare fuori il Lysol spray. E doveva sbrigarsi, prima che Billy iniziasse a lamentarsi e gliele facesse buttare via.

Sentì sbattere la portiera dell'auto.

Capì all'istante che c'era qualcosa che non andava. Succede ai gemelli, quindi succedeva anche a lui e Billy. Una specie di telepatia. Quando il fratello aprì la porta ed entrò, si guardarono l'un l'altro dritti negli occhi, con espressione cupa.

"Allora?" disse Bobby.

"Siamo nella merda", rispose Billy.

"Cosa?"

"Il figlio di Torrens ha ingoiato alcune pillole. Ha rischiato l'overdose."

"Quel ragazzino biondo?" Bobby guardò meccanicamente verso il retro della baracca dove erano accumulate alcune scatole di pillole. "Come ha fatto a prenderle?" Poi capì. "Oh, cavolo... Ned? L'altro giorno."

"Il *tuo* amichetto."

Bobby replicò: "Il *nostro* amichetto. Non puoi dare la colpa a me, solo perché l'ho visto per primo. Perché le ha date in giro?"

"Innanzitutto, perché gliene hai lasciate così tante? Dannazione, a quel ragazzo gli faccio un culo così."

Bobby non riuscì a resistere. "Gli hai già..." esordì, ridacchiando.

Ma suo fratello non era in vena di scherzare. "Non è divertente."

Bobby annuì lentamente. "Il figlio di Torrens", mormorò. "Brutta storia."

"Sapranno che siamo stati noi?"

"Non pensi che l'avremmo saputo, ormai?"

"E se Ned ha detto qualcosa al ragazzino? Tipo dove le ha avute?"

"Potrebbe essere un casino."

"Sai, era meglio che il ragazzino se le mangiasse tutte, così sarebbe morto e basta."

"Quindi ne hanno ancora?"

"Sì. Alla clinica. Hanno deciso di spedirle da qualche parte per capire di cosa si tratta."

"Cristo, che disastro. Adesso che facciamo?"

Billy guardò il fratello come se avesse fatto la domanda più idiota del mondo. "Be', se ci concentriamo bene, magari qualcosa ci viene in mente."

Non dovette aspettare a lungo.

"Pronto?"

La moglie di Wex Ambler rispose al telefono.

Meg l'aveva già vista una volta all'uscita dalla Chiesa Presbiteriana su Maple Street, quella con i mattoni color seppia e le decorazioni bianche e brillanti. Ma non aveva ancora sentito la sua voce, prima di ora. Le sembrò più vecchia di quella di Ambler.

"C'è il signor Ambler, per cortesia?" Meg, che in vita sua non aveva mai battuto a macchina una lettera se non per sé o per Keith, finse di essere una segretaria.

"Solo un attimo, per favore. Chi devo dire?"

Meg si era preparata. "L'agenzia immobiliare Dutchess County."

"Un istante."

"Pronto?"

"Wex."

Un minuto dopo, sentì il suo amante dire con combattuta formalità: "Salve, Meg. Come stai? Che sorpresa". Ci fu una pausa alla fine della frase. Lei sapeva che ad Ambler piacevano le espressioni affettuose e che per lui sarebbe stato normale concludere con un *tesoro* o un *cara*. Date le circostanze, naturalmente, fu ben attento a evitarle.

Meg chiese: "Posso parlare?" poi si pentì subito della domanda idiota.

Ambler sorvolò. "Che cosa vuoi?"

"È successo un incidente. Qualcuno ha dato della droga a Sam."

Sentì una pausa.

"Sta bene?"

"Si riprenderà. Ma domani non posso venire."

"Certo. Capisco. Ma che cosa intendi? Che tipo di droga?"

"Eroina, pare."

"Sei sicura?" La voce inespressiva, come se non avesse sentito le sue parole.

"Così ha detto il medico."

"Dove diavolo l'ha presa?"

Meg esitò. "Non ne ho idea. Dice di averla trovata."

"Tutto bene, allora?"

"Sì, sì."

Lui parlò di nuovo, lentamente. "Mi spiace tanto. Avrei voluto essere lì."

"Sì, mi avrebbe fatto piacere."

La linea era disturbata. Forse Ambler stava parlando al cordless e si era spostato in qualche luogo nascosto, oppure era uscito. Infatti parlava più liberamente.

"Quando ti posso rivedere? Io..."

Poi si interruppe, sicuramente si era avvicinata sua moglie. Riprese: "Questi prezzi sono un po' troppo alti".

"Voglio parlarti", fece lei. "Devo dirti alcune cose."

Meg era contenta che Ambler non fosse solo e quindi non potesse farle la domanda alla quale non le andava di rispondere, soprattutto al telefono. Percepì una nota di frustrazione nella sua voce.

"Capisco. È una cosa reciproca. Facciamo dopodomani?"

"Forse."

"Ha riflettuto sulla mia proposta dell'altro giorno?"

"Non voglio parlarne adesso."

"Mi dispiace. È solo che... Allora ci vediamo dopodomani."

Meg si rese conto che stava rispondendo a propria volta come se Keith fosse nella stanza, anche se non c'era. "Queste potrebbero essere delle condizioni accettabili." Riattaccò.


"Come ti senti, capitano?" chiese Keith al figlio.

"Abbastanza bene, papi." Ma Sam aveva una voce flebile, avvolto nel suo accappatoio e nelle coperte del letto. Era straziante vederlo così fragile e indifeso.

La ventola del computer ronzava in sottofondo; la schermata era vuota, in attesa di istruzioni. Keith pensò di spegnerlo, ma non lo fece: immaginò che Sam l'avesse lasciato acceso perché il rumore lo rilassava.

Si sedette sul bordo del letto e rimboccò le coperte. "Come va lo stomaco?"

"Mi è piaciuto il gelato. Era buono."

Keith annuì e si ricordò di guardare il ragazzo negli occhi. Una volta Meg gli aveva fatto notare la sua tendenza a non guardare in faccia la gente. Lui le aveva spiegato che era la sua mente che viaggiava e non poteva farci nulla. Lei gli aveva risposto che non aveva scuse: quando hai un figlio, gli devi dedicare il centocinquanta per cento di te. Keith aveva ascoltato il consiglio e ora cercava di metterlo in pratica.

Avrebbe voluto dire molte cose. Per esempio che sapeva di non essere stato premuroso come avrebbe dovuto, che non amava gli sport come molti dei padri dei suoi amici e che aveva cominciato a rimandare le ferie. Per esempio che se quel giorno lui non avesse lavorato, forse quell'incidente non sarebbe successo. Ma si rese conto che discorsi del genere non avrebbero fatto altro che agitare il ragazzo, facendolo sentire peggio. Disse a se stesso che d'ora in avanti avrebbe rivolto al figlio le attenzioni che meritava. Non avrebbe aspettato che l'azienda si ampliasse, né l'anno nuovo o l'arrivo dell'inverno; avrebbe iniziato prima, molto prima.

"Mi dispiace per quello che è successo, papi."

"Lo so, Sam. Non è colpa tua."

"Sono stato uno stupido."

"Sam." Keith si chinò verso di lui.

Il ragazzino spalancò gli occhi. Non era abituato ad avere il padre così vicino.

"È davvero molto, molto importante che tu mi dica dove hai preso quelle pillole."

"Le caramelle?"

"Proprio quelle. So che non le hai trovate e basta."

Sam cominciò a piangere e a tremare.

Keith, addolorato, gli mise una mano sulla spalla e gliela strinse. "Stai tranquillo. Farò in modo che non ti succeda più nulla."

"Lui ha detto che mi avrebbe preso a botte."

"Non permetterò che nessuno ti picchi. Promesso. Dimmelo."

"Era un ragazzo delle superiori."

"Chi?"

"Non so il suo cognome. Si chiama Ned. Credo che sia uno dei più grandi."

"Com'è fatto?"

"È piuttosto alto e molto grosso. Come un giocatore di football... Oh, papi..." Sam si gettò nelle braccia del padre. Rimasero stretti per qualche minuto, poi l'uomo si alzò.

"Vuoi che ti lasci la luce accesa?"

"Ah-ah. Posso?"

Keith gli arruffò i capelli. "Vengo su più tardi a vedere come va."

"Okay, papi."

"Buona notte, figliolo."

# 15

L'incendio alla clinica non fu così terribile.

Non fu paragonabile al grande incendio del 1912. Venne utilizzata soltanto una delle autopompe di Cleary e i pompieri riuscirono a domare le fiamme con gli estintori. Per loro fu una grossa delusione, con tutte le ore passate a esercitarsi con le manichette. Cespugli e impianti stereo che prendevano fuoco... non gli toccava spegnere mai altro. Per di più alla clinica non ci fu neppure bisogno di abbattere la porta con l'ascia: come molti altri edifici di Cleary, quando l'infermiera notturna usciva a prendere un caffè – o, come in quel caso, le pile del walkman – la porta restava aperta.

Il disastro maggiore fu limitato all'ufficio. Andarono distrutte molte cartelle cliniche dei pazienti, tutta la posta in partenza e parecchie buste destinate al laboratorio d'analisi di Albany. Fu il getto d'acqua a causare i danni peggiori. Il capo dei pompieri, un uomo magro dal volto butterato che aveva aperto in paese una compagnia di assicurazioni e prendeva entrambi i lavori molto seriamente, entrò cauto nella stanza. Non ce n'era comunque bisogno, né ci vollero molto tempo o grandi capacità investigative per fare la scoperta. Mise l'oggetto in un sacco della spazzatura, dato che il Corpo dei Pompieri di Cleary non aveva in dotazione sacchi appositi, quindi raggiunse la sua auto e chiamò lo sceriffo via radio. Non riuscì a mettersi in contatto, così tornò dentro e usò il telefono della clinica, che, benché fosse in parte fuso, funzionava ancora.

In piedi davanti alla scrivania carbonizzata in attesa che Tom rispondesse, guardò quello che aveva trovato. Per qualche motivo il fuoco non aveva bruciato del tutto la bomba.

C'erano molti indizi. Per esempio, dall'etichetta si poteva stabilire che in precedenza la bottiglia aveva contenuto spumante Taylor New York State. Dall'odore si capiva che qualcuno l'aveva riempita di benzina. Il capo dei pompieri non aveva mai avuto a che fare prima con una Molotov, ma aveva letto che di solito veniva infilato uno straccio nel collo della bottiglia. Questa però era diversa. Guardò più da vicino la miccia carbonizzata.

Non aveva un gran senso dell'umorismo. Ma quando lo sceriffo rispose con un "sì?", il capo dei pompieri stava ridendo. Pensava che avevano a che fare con dei piromani decisamente colti. Chi altri avrebbe mai usato le pagine del *National Geographic* per preparare una Molotov?


"Mark", disse Hank Moorhouse, dopo averlo ascoltato, "non è considerato un crimine andare in giro a scattare foto. Se non fosse per quei coglioni che vengono a fotografare le foglie, saremmo un paese molto più povero. Lo sai perfettamente."

Era ora di cena. Un profumo succulento di arrosto e patate invase l'elegante dimora dei Moorhouse. Da un'altra parte della casa provenivano rumori di stoviglie e voci soffocate.

Il giovane, assaporando il tabacco che aveva smesso per un attimo di masticare, disse: "Quel tipo è pericoloso. Hai sentito del figlio di Meg Torrens? Il ragazzino ha messo le mani su della droga".

"No! Non lo sapevo. Vuoi dire Sam?" Lo sguardo del sindaco corse ai suoi baffi biondi, poi tornò su.

"Corre voce che l'abbia avuta da Pellam. Qualcuno sostiene di averli visti insieme." Mark si rigirò in bocca la pallottola di tabacco.

Allo stuzzicante profumo della cena, le narici di Moorhouse si dilatarono. Desiderava che la conversazione finisse, e al più presto. Ma Mark lavorava per Wexell Ambler, e Ambler lo teneva in pugno con le due ipoteche sulla casa vittoriana da sei stanze dei Moorhouse. "Quel figlio di puttana." Staccò un pezzo di scotch e cominciò a masticarlo.

"C'è di più." Mark gettò sulla scrivania un pacchetto contenente una polverina bianca.

"Quella cos'è?"

"Che cosa pensi che sia?"

Il sindaco scrutò la polvere come se fosse un souvenir di Chernobyl.

"Ho visto che la buttava via", fece Mark. "Pellam, intendo."

Moorhouse si avvicinò con cautela. Non voleva toccare la plastica. "Non arriva molta di questa roba, qui. Cristo, sono in pensiero per i ragazzi..." fece un cenno verso la sala da pranzo "... che bevono birra. Dicono di non aver mai provato la marijuana e io gli credo. Ma questa... Che cos'è esattamente, Mark? Cocaina?"

"Credo sia *speed*."

"È illegale?"

Mark rise. "Illegale? È una sostanza della classe 1A, vietata."

"Quanto pensi che valga? Qual è il suo... Come dicono al telegiornale? Qual è il suo valore di spaccio?"

"Lo chiedi a me?"

"Non puoi arrestare qualcuno solo perché vedi che la butta via." Però ci stava pensando. Non ne era certo. Forse sì. Si chiese fino a dove potesse arrivare. Dopo tutto, era il giudice del posto.

Mark sorrise e si protese verso Moorhouse come era solito fare quando voleva essere molto convincente. Sussurrò con voce melliflua: "Allora dobbiamo rifletterci bene sopra".

Gli occhi di Moorhouse cominciarono a ronzare sul pacchetto come una zanzara sulla preda. "Non saprei."

La busta marrone colpì la scrivania con uno schiocco. Moorhouse sobbalzò, esitò un istante, poi la prese. Alzò gli occhi in direzione di Mark, che disse: "Dentro ci sono tremila dollari".

Il sindaco sfogliò le banconote, senza contarle. "Mi fido. Da dove vengono?"

"Diciamo che un po' di gente ha fatto una colletta. Crediamo che quel tipo non debba più girare qui intorno. A Cleary non si farà nessun film. Quindi non ha motivo di restarci."

"E questo per che cos'è?" domandò Moorhouse, prima di rendersi conto che non avrebbe dovuto fare domande.

"Consideralo l'onorario del giudice."

Lo sguardo del sindaco balzava dal denaro al pacchetto di droga. Fece scivolare i soldi nel cassetto della scrivania e toccò la polvere simile a borotalco con la punta della penna.


Bevve tre bicchierini di Wild Turkey – una perversa celebrazione che si era autoimposto – e si sedette nel camper ad ascoltare Willy Nelson che cantava *Crazy*.

Pellam aveva una sua teoria, elaborata per vivere con ottimismo: pensa alla cosa peggiore che possa capitarti e poi, quando non succede, tutto quello che viene dopo non è poi così male.

Chi non sarebbe allegro con una filosofia del genere?

Mentre l'alcool cominciava a fare effetto, Pellam si disse che il peggio era capitato.

A) Era stato licenziato da un lavoro di cui aveva bisogno.

B) Era l'unico lavoro per cui si sentiva tagliato e che gli permetteva di essere economicamente indipendente.

C) Ormai sul Sunset Boulevard girava voce che era colpa sua se era finita nel cesso un'ottima pellicola.

D) Non aveva ancora scoperto l'assassino del suo amico.

E) La donna a cui gli capitava di pensare spesso ce l'aveva con lui per chissà quale motivo (stava parlando di Meg; no, non Janine. E neppure... oh, Trudie. Adesso era troppo tardi per chiamarla. Magari domani).

Sentì una macchina che si fermava.

Sperò si trattasse di Meg, anche se sospettava di no. Doveva essere Janine. Pellam immaginò cos'era successo: il vecchio compagno si stava scopando la sua attuale compagna sotto un poster di Jimi Hendrix e qualcuno si stava incazzando.

*Dai, Janine, piccola, ti prego. Facciamo l'amore, non la guerra. E facciamolo contro il muro...*

Era euforico, quasi felice. Il peggio era capitato. Adesso era salvo. E c'era una stangona passionale pronta ad andare a letto.

*Il peggio...*

Pellam aprì la porta.

*... era già capitato.*

La polvere e le pietre lo colpirono in faccia prima che potesse coprirsi gli occhi. Lo accecarono. Respirò un bel po' della sporcizia di Cleary. Si sentì soffocare.

Erano in due. Uno era grosso come un grizzly. Afferrò Pellam per la camicia e lo trascinò senza fatica fuori dal camper. Lui inciampò, perse l'equilibrio e cadde in ginocchio. Gli occhi gli bruciavano. Tossiva forte, sputando sporcizia amarognola.

"Avanti, alzati, bastardo", mormorò una voce in tono rude. Braccia che gli scivolavano sotto il petto. Quello che sembrava un grizzly lo tirò su. Pellam distese le gambe. Picchiò la testa contro una mascella.

"Maledizione! Mi sono tagliato la lingua. Merda! Merda! Merda!"

Poi Pellam tirò un calcio all'altro, un tipo più piccolo, che schivò lo stivale senza fatica.

Era stata una semplice reazione impulsiva. Ma Pellam sapeva di aver sbagliato. Con tipi come quelli, gente tosta del luogo, non puoi metterti a giocare. Devi stargli il più possibile alla larga, rotolare e schivarli finché non trovi un modo per colpirli. Non li devi stuzzicare: devi colpirli secco una volta sola, molto secco. Provare a spaccargli la faccia. Fargli credere che li vuoi ammazzare. Allora se ne vanno imprecando, fingendo che non ne valga la pena.

Erano venuti per divertirsi. E adesso si stavano incazzando.

Il grizzly colpì con forza Pellam sul primo bersaglio che gli capitò a tiro, la sua spalla; non gli fece molto male. Poi però lo stritolò con una *nelson* al mento. Pellam era più alto e l'energumeno non poteva sollevarlo, comunque riuscì a immobilizzarlo. Accorse il compare per dargli dei pugni al basso ventre, dritto nei muscoli, che gli mozzarono il fiato e gli mandarono vampate di nausea nel petto.

Il grizzly disse: "Mi sanguina la lingua? Mi sa di sì. Dannazione, mi fa male".

Pellam aprì gli occhi ma in mezzo alle lacrime e al fango non vide nulla. Ansimò: "Che cosa volete? Denaro?"

Il grizzly abbassò la testa e le sue parole si persero in un gorgoglio.

*No, quello che vogliono è riempirmi di botte.*

Il più piccolo si avvicinò, puntando alla faccia di Pellam. Il pugno però non arrivò a destinazione: trovò in mezzo il grosso gomito del grizzly. "Ehi, lascialo andare un secondo."

Fu in quel momento che Pellam ansimò, fu percorso da un brivido e si afflosciò.

"Che succede?" Il grizzly allentò la presa. "È morto? Che cosa hai fatto?"

"Che cosa ho fatto? Niente. Ho solo..."

Pellam si liberò e sentì dietro la schiena la camicia che si strappava in mano al grizzly. Accennò una finta col pugno sinistro e lanciò il destro alla cieca contro l'immagine sfocata del più piccolo. Fu una vera soddisfazione sentire la cartilagine scricchiolare. L'ululato che seguì era musica per le sue orecchie.

Si voltò per occuparsi del grizzly, ma l'energumeno era già su di lui, pronto ad afferrarlo. "Allora ti piace giocare duro, eh?" domandò, e lo sbatté contro il camper. Qualcosa schioccò, ma assomigliava più al metallo che alle ossa. Pellam cadde a terra, ansimando, poi si mise in ginocchio. Il grizzly lo picchiava selvaggiamente, senza smettere. Pellam non riusciva ad alzarsi. Il dolore gli attraversava il corpo come una serie di scosse mentre il respiro veniva a mancargli, fiaccato dai pugni.

Si arrese. Giacque esausto, ansimante. "D'accordo. Basta così."

Si udì una sirena in lontananza.

"Via di qui", disse il grizzly.

"Oddio che male. Mi ha rotto il naso. Mi ha rotto il naso."

"Te ne stai zitto?"

Pellam tentò di respirare e cominciò a strisciare sotto il camper. Si sentì afferrare per la caviglia. Lo trascinarono dov'era prima poi qualcuno allungò la mano verso la sua tasca. Non quella del portafoglio, come lui si aspettava, ma il taschino della camicia. Il lamento della sirena era sempre più vicino.

Pellam udì: "Andiamocene. Presto".

"Il mio naso! Non potevi..."

"Muoviti, coglione."

Sentì porte che sbattevano, e il rumore secco e cavernoso di un motore che partiva, assieme a uno stridio di pneumatici.

Sputò sangue e tentò di respirare. Ladri maledetti e insensati. Avevano lasciato portafoglio e orologio e ignorato tutto quello che c'era nel camper, per cercare in un'unica tasca.

Tossì e si mise a sedere.

L'auto della polizia inchiodò dall'altro lato del camper. La sirena tacque. Gli occhi di Pellam stavano ancora lacrimando anche se molta della polvere se n'era andata. Vide gli alberi illuminati dalle luci intermittenti e colorate.

La mano gli finì in tasca. Lo sentì.

*Oh, no! Cristo...*

Estrasse la bustina di plastica. Un grammo, pulito. Signore! La quantità giusta per incriminarlo. Fissò il pacchetto con gli occhi sporchi di fango.

Sentì una voce autoritaria: "Okay, perquisite lui, il camper e tutto intorno alla radura".

Pellam fu colto da un nuovo accesso di tosse, mentre i poliziotti circondavano il veicolo. Lo sceriffo e il suo vice. Nessuno dei due indossava i tipici occhiali da sole a goccia.

"Be', signore", fece il vice, "sembra che lei continui a non avere molta fortuna."

*No, non inseguite gli energumeni. Fermatevi qui e venite a rompere le palle a me.*

"Tutto bene, signore?" domandò l'altro.

Lo aiutò ad alzarsi. Pellam tossiva e respirava a fatica. "Acqua, per favore, datemi dell'acqua."

"Certo, nessun problema." Il vicesceriffo salì sul camper e ne uscì con un bicchiere d'acqua. Lui lo prese e lo buttò giù in un sorso. Respirava affannosamente, il petto gli premeva, come un uomo che aveva appena rischiato di affogare.

"Riesce ad alzarsi, signore?"

Pellam si incupì; notò che lo sceriffo stava perlustrando la radura palmo a palmo con la torcia elettrica.

"Sì, ce la faccio."

"Perfetto." Lo sceriffo fece un cenno, compiaciuto. "Perché lei è in arresto." Poi lanciò un'occhiata al suo amico. "Leggigli i suoi diritti. E perquisiscilo."

# 16

"Così non avete trovato nulla?" disse Moorhouse allo sceriffo. Era una luminosa domenica mattina.

"Nulla. I ragazzi hanno cercato, come hai detto. Ma non c'era nulla."

"Sicuro? Niente droga? Questa gente del cinema passa il tempo a drogarsi", aggiunse Moorhouse.

Tom lo sapeva, dato che lui e sua moglie leggevano *People*. Ma sapeva anche di aver cercato come un disperato e di non aver trovato nulla.

"Quando l'avete sorpreso era fuori dal camper?"

"Sì, signore, per terra sdraiato sotto il veicolo. Non avrebbe potuto lanciare degli oggetti così lontano che noi non li vedessimo. Abbiamo passato al setaccio l'intera zona, letteralmente."

"Hai idea di chi frequenti?"

"No. Ma se vuole, posso informarmi."

Moorhouse scosse la testa.

"No. Credo sia stato lui a cominciare." Fece un cenno verso la prigione. "Non possiamo prendercela con i ragazzini del luogo se fanno i duri con un coglione che viene dalla Costa e crede di essere il padrone. Ci sono indizi sulla bomba alla clinica?"

"No."

"In ogni caso non può che essere stato lui."

"Può darsi", fece lo sceriffo. Ma esitava.

Guardò Moorhouse in modo strano, giocherellando col cane cromato della sua calibro 357. Il sindaco fece una smorfia. *Adesso c'è una bustina di* LSD *o* PVC *o come diavolo si chiama che vaga per la città. Dove sarà finita? E se la trova qualche ragazzino? Gesù Cristo.*

"Come sta Pellam?" chiese allo sceriffo.

"Sta bene. L'altra notte l'abbiamo portato dentro, aveva sangue dappertutto, è corso al cesso della centrale e ha vomitato. Ho pensato che forse avremmo dovuto portarlo in clinica, ma..."

"La clinica a cui *lui* ha appiccato fuoco."

"Uh", fece Tom evasivo. "Adesso sembra che stia bene."

"Sarà meglio fare una chiacchierata con lui", decise Moorhouse. "Fatelo entrare."


In manette.

Al cospetto della somma autorità di Cleary, che indossava uno dei suoi abiti azzurrini perfetti.

In manette, Cristo.

"Signor Pellam, mi permetta di dirle quanto ci dispiace per l'accaduto. Di solito qui non capitano cose del genere. È un posto tranquillo."

"Sorprendente", commentò lo sceriffo. "Che sia successo, voglio dire."

Pellam annuì e scrutò il sole freddo e spietato che filtrava attraverso i vetri bisunti. I muscoli del ventre gli facevano male, ma il dolore più forte era alla mano destra, sulle nocche, che avevano colpito il naso del suo aggressore. "Perché ho passato la notte in galera?"

"Oh." Moorhouse si dondolò sulla sedia di pelle verde. "Lei è stato arrestato per U&D. Il vice le ha letto i suoi diritti?"

"Certo, sindaco", intervenne lo sceriffo.

Pellam chiese: "U&D?"

"Ubriachezza e disturbo della quiete pubblica. Come si dichiara?"

Pesce d'aprile. Doveva essere uno scherzo. Pellam fece una risatina. "Sono stato assalito da due teste di cazzo che mi hanno bussato alla porta, trascinato fuori e picchiato a sangue. Non ha gran che a vedere con il vostro U&D."

Moorhouse sorrise pazientemente. "Si dichiara colpevole o non colpevole?"

"Non colpevole. Avete trovato le due teste di cazzo?"

Fu il turno dello sceriffo. "Pare che gli altri responsabili..."

"Gli *altri* responsabili?" rise Pellam.

"... siano fuggiti. Abbiamo cercato delle prove sulla loro identità, ma invano." Si rivolse a Pellam. "Lei non è stato di grande aiuto per l'identikit, signore."

"Scusate!" Pellam alzò le mani. Le manette emisero un suono stonato. "Qualcuno mi ha buttato una camionata di polvere in faccia. Non potevo vederli."

"Gli altri non ci servono", fece presente Moorhouse. "Possiamo perseguire quello che abbiamo catturato. Cioè

239

lei, naturalmente. Sarà sottoposto a giudizio tra una settimana. Per quanto riguarda la libertà su cauzione..."

"Che cosa intende, con *tra una settimana*?"

"Sono pieno di impegni."

"Perfetto. Allora mi lasci andare. Sarò un peso in meno per lei."

Moorhouse lo squadrò dall'alto in basso: la camicia sporca di terra e di macchie di sangue rossastre, i jeans chiazzati e i capelli spettinati da una notte su un ruvido cuscino.

"A essere onesti, signore, non avremmo voglia di averla qui a tempo indefinito."

*Signore, signore, signore...*

Lo sceriffo si dondolò sui tacchi pesanti, facendo traballare un'asse del pavimento.

La luce era dolorosa come un rasoio male affilato. A Pellam cominciavano a lacrimare gli occhi. Restò in attesa. Moorhouse stava cercando di dirgli qualcosa. Qualcosa di spiacevole, una richiesta non troppo ortodossa per un magistrato di paese, perfino *quel* paese.

Pellam tirò su col naso e ricacciò le lacrime.

"È raffreddato, signore?"

"È colpa della polvere."

"Ah." Moorhouse guardò lo sceriffo. "Tom, perché non ci lasci un attimo da soli?"

"Certo, sindaco." L'uomo girò sui tacchi e uscì dalla stanza quasi al ritmo di una marcia militare.

"Pellam, la sua presenza qui si è rivelata... come dire... fastidiosa."

"Più fastidiosa di due teste di cazzo che girano per la città a riempire di botte la gente?"

"Ah, lo vede?" Moorhouse scosse la testa. "Ha saputo che la scorsa notte la clinica ha rischiato di essere distrutta dalle fiamme?"

Pellam batté le palpebre, cercando di capire. Non riusciva a seguirlo. "Cosa, esattamente..."

"Sa che cosa è bruciato nell'incendio?"

*Oh! Interessante.*

Pellam rispose, soprattutto a se stesso: "Le droghe che aveva preso Sam".

"Sì, signore." Moorhouse alzò un sopracciglio.

"Oh, avanti, adesso mi accusa anche dell'incendio? Quale sarebbe la causa probabile?"

Il sindaco sollevò anche l'altro sopracciglio, sembrava dicesse: *Come mai espressioni come "causa probabile" le sono così familiari? Come mai, signore?*

"Signor Pellam, lei è il classico esempio di influsso esterno nocivo alla nostra comunità."

"L'influsso esterno non conta nulla", replicò lui, "se lei è responsabile di quello interno."

Moorhouse, sorridendo, prese fiato facendo balenare la dentatura bianca. "Potrei aggiungere l'insulto a pubblico ufficiale alla sua crescente lista di infrazioni. Se lei non sta attento..."

Pellam si protese in avanti e batté i pugni sulla scrivania. Le manette mandarono scintille. "Io voglio la libertà provvisoria e non mi interessa se lei è impegnato a insabbiare le multe dei figli dei suoi clienti. Esigo un'udienza domani. Chiamo il mio avvocato di Manhattan e lo faccio venire oggi stesso con un *habeas corpus*: ho il diritto di capire i motivi dell'arresto. Lei non si permetta più di fare i suoi giochetti con me; la cito in giudizio per abuso giudiziario e omissione di cure mediche adeguate a un individuo ferito in stato di arresto..."

"Adesso si calmi. Noi..."

"Mi dica", continuò Pellam digrignando i denti, "il bilancio di questo posto si può permettere spese giudiziarie da duecento o trecentomila dollari?"

Moorhouse non abbandonò il sorriso ipocrita. Arrossì e finse di tossire per buttare giù il rospo. I suoi occhi corsero al telefono. Quell'uomo era pazzo. Le cose non stavano andando come aveva previsto e aveva bisogno di prendersela con qualcuno. In particolare, con Wexell Ambler. Disse: "Mio caro, lei è un tipo suscettibile. Le faccio una proposta. Se lei lascia il paese, ritiro tutte le accuse".

Pellam domandò a bassa voce: "Quant'è la cauzione?"

Il sorriso si incrinò in una smorfia. "È fissata a cinquemila dollari."

La porta alle spalle di Pellam si aprì stridendo. La stanza fu inondata da un trapezio luminoso. Lui non badò alla luce accecante ed esclamò: "Come? Dove posso procurarmi tutti quei soldi di domenica?"

"Da me. Va bene un assegno, Hank?" Era una voce femminile.

Lui aggrottò le sopracciglia. "Salve, Meg. Che cosa ci fai qui?"

Lei raggiunse la scrivania. "Un assegno?" Aveva già iniziato a compilarlo.

"Non è il caso..." fece Pellam. Lei lo guardò in faccia. Doveva essere in condizioni peggiori di quanto lui pensasse, perché Meg sgranò gli occhi per un istante.

Moorhouse si ficcò in bocca una matita e mordicchiò la gomma. "Non è una buona idea, Meg."

Lei finì di compilare l'assegno.

"Come l'hai saputo?" chiese Pellam.

Meg lo ignorò, poi gettò l'assegno sulla scrivania di Moorhouse. "La ricevuta. Vorrei avere la ricevuta."

Il sindaco non riuscì a trovare un modulo prestampato e dovette scriverla a mano su un foglio giallo formato protocollo.

Meg uscì.

Pellam, accigliato, guardò nella sua direzione.

Moorhouse dichiarò: "Il processo è fissato per lunedì mattina. Se vuole, conosco un avvocato di qui".

Pellam tese i pugni verso il petto del sindaco. "Piuttosto, voglio che mi vengano tolte le manette. Sono vagamente *fastidiose*."


Pellam sedeva sul sedile del passeggero mentre Meg guidava come una matta la sua piccola auto fuori da Cleary. Si allacciò distrattamente la cintura di sicurezza e notò che il cambio era piegato a forza dell'uso e lo schema delle marce sottosopra. Proprio in quel momento, lei scalò in una curva morbida e rallentò a centodieci all'ora.

Il limite era di sessanta.

Parlando sopra il rombo del motore, Pellam disse: "Grazie, io..."

Lei scosse la testa.

Non si capiva che cosa intendesse dire con quel gesto, se non voleva che lui parlasse o se non riusciva a sentirlo. Il tachimetro era quasi sul rosso. Averlo investito con il parafango mentre camminava sul marciapiede non era servito a migliorare di molto la sua guida.

Lui si guardò intorno. Le strade erano deserte. Il parcheggio accanto alla chiesa era pieno di camioncini e di auto. Un classico della religione americana, un edificio in mattoncini rossi con un campanile bianco e lindo, simmetrico, svettante, semplice. Si chiese di che congregazione fosse, poi pensò che non importava; la religione a Cleary non doveva cambiare molto da una congregazione all'altra.

"Dov'è Sam?"

"Alla scuola domenicale."

"E Keith?"

"In giro per commissioni, poi andrà in ditta."

"Oh."

Si diressero in silenzio verso casa. La *sua* casa. Nella *sua* auto.

Con il *suo* sguardo duro e le labbra stavolta più strette che imbronciate.

Al loro arrivo, Meg lasciò sulla ghiaia tracce di qualche metro, poi scese, sbattendo con forza la portiera. Raggiunse il porticato. Pellam era ancora in macchina.

Meg scomparve all'interno.

Pellam attese.

Lei comparve un minuto più tardi e disse: "Allora, entri o no?"

"Be', credevo che..."

Lui si rimise faticosamente in piedi e la raggiunse.

La casa era tranquilla. Strano che una vecchia abitazione come quella, grande e riscaldata da pannelli sotto il parquet, fosse così silenziosa. Avrebbero dovuto esserci una dozzina di bambini che correvano intorno, facendo un baccano d'inferno, mentre gli adulti portavano a termine le incombenze del weekend. Era tutto calmo, assolutamente calmo.

Pellam seguì in cucina Meg, che prese a preparare un caffè liofilizzato e mise delle brioche nel forno. Lui incrociò le braccia, lei non aprì bocca. Lui si appoggiò al mobile, poi si sedette. Disse: "Io..."

Lei posò con violenza il barattolo del caffè e si voltò per guardarlo in faccia. "Solo una domanda."

"Mi hai tirato fuori di prigione soltanto per farmi una domanda?"

"Sam ha avuto quella droga da te?"

Pellam non rispose.

Meg lo fissò.

"Se la pensi così, ti ringrazio e torno nella galera di questo dannato posto." Si alzò.

Meg gli andò incontro pur restando a distanza. "Volevo che lo dicessi. A me, intendo."

"Non gli ho dato nessuna droga."

Lei si voltò.

Pellam continuò: "Credevo mi conoscessi abbastanza bene... Almeno al punto da non arrivare a pensare una cosa del genere".

Lei si era messa a frugare nel borsellino e aveva tirato fuori dei fogli di carta.

Che roba era? Pellam diede un'occhiata furtiva. Il suo occhio destro era ancora annebbiato. Un grumo ribelle di terriccio della notte precedente. Si asciugò via le lacrime. Tentò di mettere a fuoco i fogli: erano tabulati da computer, con i buchi sui lati.

Si incupì e si protese in avanti.

*Ah. Quello.* Si schiarì la gola.

Anche lì. Anche a Cleary, Stato di New York, cinquemilaottocento abitanti. "Allora sai", disse a voce bassa.

Meg stava disponendo i tabulati sul tavolo. Erano sporchi e consumati a forza di leggerli. Lo fissò dritto negli occhi e disse: "Mi sembrava di aver già sentito il tuo nome. Quando facevo la modella a New York mi interessavo di film. Spesso acquistavo riviste di cinema, le più intellettuali. Ricordavo di aver letto di te".

Lui guardò le stampe del computer. Conosceva a memoria quei titoli di giornali. Avrebbe potuto recitarli nel sonno.

*TEMPO FUORI DI TESTA* DI PELLAM, NELLA SELEZIONE
DEGLI L.A. FILM CRITICS PER IL CINEMA INDIPENDENTE

PELLAM: UN NUOVO REGISTA CONQUISTA CANNES

*L'APPARTAMENTO DI SANDRA*, REGIA DI PELLAM:
UN MUST DEL NEW YORK FILM FESTIVAL

Poi gli altri, con parole che ricorrevano davvero nei suoi sogni:

REGISTA ACCUSATO DELLA MORTE PER DROGA DI UN ATTORE

RIVELAZIONI DI PELLAM IN TRIBUNALE:
LA DROGA AVEVA INVASO IL SET

REGISTA E PRODUTTORE INDIZIATI PER OVERDOSE

Pellam li gettò sul tavolo. Si alzò.
"È meglio che vada."

# 17

Meg si mise tra lui e la porta. Lo prese per un braccio e glielo strinse forte. "No, per favore. Mi dispiace, non volevo... Non voglio che tu te ne vada. Sono così spaventata per Sam, non riesco a fare altro che pensare a questo." Indicò i fogli, esitante.

Gli lasciò andare il braccio e Pellam si diresse verso la finestra del retro e scostò la tenda. "Non ho mai spacciato nulla", mormorò. "Neanche all'uomo che è morto. Era un mio amico. Tommy Bernstein."

"Era un bravissimo attore. Ho visto un paio di film con lui. Non erano tuoi. Non mi pare."

"Tommy non ha mai lavorato per me, a parte quell'ultimo film, *Central Standard Time*. Era il mio migliore amico, se si può dire così... Cristo, come suona strano. Degli adulti che dicono 'migliore amico'..." Fece una risata cupa. "Be', in realtà non eravamo così adulti."

"Che cosa successe?"

"Dirigevo della roba con pretese intellettuali. Tipo Jim Jarmusch, Seidelman, cose così. Incontrai Tommy la prima settimana che venne a Hollywood. Hai ragione, *era* davvero in gamba. Ma era diventato famoso in fretta, troppo in fretta per riuscire ad abituarcisi. Si innervosiva con facilità e reggeva solo se si drogava. Abbiamo scritto *Central Standard* insieme, siamo andati due volte nel deserto e abbiamo passato l'intera giornata a scrivere. Noi due e basta. Tommy era il protagonista. Ma riusciva a lavorare solo se si faceva di coca. Ne voleva molta e io gliene ho data ancora di più. Ha esagerato. Ha avuto un infarto ed è morto. Aveva trentun anni."

Guardò il frigorifero. C'era un aeroplanino di carta attaccato con una calamita con la scritta:

TI VOGLIO BENE, MAMI!!!

"Dapprima non è successo nulla. Proprio nulla. Era come se l'intero incidente non fosse mai accaduto. Anch'io mi sono rimesso in piedi e sono tornato al lavoro, ho cercato un nuovo attore, ho provato a fare dei tagli, ho studiato quali riprese si potevano salvare. Poi, tutto è crollato. Me compreso. Non riuscivo a lavorare. Non mi importava di nulla. Un avvocato di Los Angeles mi ha accusato di omicidio colposo. I finanziamenti sono stati ritirati e io non avevo assicurato Tommy, così ho perso tutti i miei risparmi, la casa e l'attrezzatura. Ho passato un anno in prigione, mentre l'aiuto regista ha avuto una sospensione della pena."

"Ma non era colpa tua."

"Certo che lo era. La droga gliel'ho data io. Tommy non poteva permettersela. Non aveva un soldo..."

"Tom Bernstein senza soldi? Ma se ha girato tutti quei film."

"E ha speso ogni centesimo. Sniffava ottomila dollari di roba al mese."

"Mio Dio."

"E io avevo preso l'abitudine di rifornirlo. Era compreso nel budget del film, alla voce 'spese varie relative al cast'."

"È stato in quel periodo che hai divorziato?"

Pellam sorrise. "No, è successo poco dopo che mia moglie mi aveva lasciato."

Meg lanciò un'occhiata ai tabulati e commentò: "Si tratta di sei anni fa, Pellam. Non per essere dura, ma non è stata la fine del mondo".

"Be', è buffo stabilire quale possa essere la fine del mondo. Un anno a San Quintino, ecco un modo per definirla. Credimi, questa è una definizione che calza perfettamente."

"Mi spiace, John." Lei gli si avvicinò e gli toccò un braccio, stavolta con dolcezza.

Pellam rise con amarezza. "Dannazione, il mio agente a Los Angeles mi aveva stretto la mano dicendo: 'Grande idea per un lancio promozionale. La tua uscita di scena. Tutti i giornali in America vorranno parlare di te'. Certo, forse avrei dovuto approfittarne. Ma è strano, non me ne fregava niente. Non mi andava più di fare il regista. A nessun costo. Così ho trovato lavoro come *location scout*."

"Non ho parole."

Pellam si allontanò da lei. "È un periodo, poi le cose andranno meglio."

"Devi stare attento." Meg si era fatta improvvisamente seria.

"A cosa?"

"A dire che è soltanto un periodo. Non te ne accorgi, e la tua vita passa."

"Mi piace fare il *location scout*."

"Non pensi che il tuo camper sia solo un posto dove nasconderti?"

"Tutti abbiamo dei posti dove nasconderci. Il mio, combinazione, ha le ruote."

"Che cosa ci fai qui, veramente? Noi non vogliamo che a Cleary venga girato un film. Tu non sei interessato ai colori delle foglie. Allora che cosa vuoi?"

Pellam si mise una mano nella calza e tirò fuori il pacchetto che il grizzly gli aveva lasciato nel taschino della camicia.

Meg lo guardò ripetutamente, gli occhi che andavano avanti e indietro tra la polvere e il volto di lui. "Che cos'è?"

"Un regalo per me. Credo provenga dallo stesso posto in cui Sam ha preso quella roba." Le raccontò dell'attacco della notte precedente. "Me l'ha messo addosso uno di loro due."

"No! E perché?"

"Immagino per potermi incriminare e avere elementi decisivi per cacciarmi dal paese."

"Chi?"

"Quelli che non volevano che qui venisse girato un film." Pellam la guardò. "Quelli che stanno dietro le droghe che ha preso Sam. E che hanno ammazzato Marty. Ecco *che cosa* ci faccio qui. Voglio scoprire i colpevoli."

"Proprio a Cleary..." Meg scosse la testa. "Questo è il

paese in cui tutte le macchine hanno un fiocco rosso legato allo specchietto retrovisore."

Scosse la testa anche lui; non capiva.

"'Madri contro la guida in stato di ubriachezza'", continuò lei. "Persino le borse della spesa del Grand Union hanno la scritta 'No alla droga'."

Quando Pellam aprì la busta, Meg gli chiese: "Come hanno fatto a non trovarlo?"

"L'ho inghiottito. Poi l'ho ripreso la notte scorsa, dopo che mi hanno perquisito, tramite un processo biologico molto noto che in questa splendida mattina non mi pare il caso di approfondire."

"Gesù, Pellam. Che cosa sarebbe successo se si fosse aperto? Saresti potuto morire!"

"Non potevo farmi incriminare per possesso di stupefacenti." Indicò i tabulati.

"Perché non l'hai buttato nel water?"

"A volte nelle prigioni esaminano l'acqua. Certo, è una prova indiziaria, ma rischi comunque di essere incriminato."

Meg sorrise. "Non me lo vedo proprio Tom che esamina l'acqua dei gabinetti per trovare la droga."

Lui rise. "Noi non sappiamo quale kit di attrezzi abbia ordinato per posta sul *Mensile dello sbirro di campagna* e che non vede l'ora di usare."

Aprì il pacchetto e fece sparire il contenuto nel tritarifiuti. "Conosco gente che, se mi vedesse, piangerebbe lacrime amare." Si asciugò le mani e si avvicinò a una grossa credenza. Non se ne intendeva di antiquariato. Era un mobile ricercato. "Davvero pregevole."

Suonò un timer. Le brioche erano pronte e Meg gliele

mise davanti. Pellam ne mangiò due, una dietro l'altra. Sapevano parecchio di lievito e di dolce fatto in casa. Erano anni che non mangiava brioche del genere.

Si sedettero e rimasero in un imbarazzante silenzio per qualche minuto, sorseggiando il caffè. Lui finì la terza brioche. "Lo prendo come un complimento", fece lei, e ne mangiò una seconda. "Io non ingrasso mai. Oh, non lo dico per vantarmi, ma è così. È strano, se ci pensi."

Pellam si alzò e si diresse in corridoio. Osservò i mobili, la tappezzeria.

Case.

Si ricordò che cosa gli aveva detto Tommy Bernstein riguardo alla sua minuscola abitazione a Beverly Glen, a nord di Sunset Boulevard. *Merda, amico, la tua casa è una frittella. Finirai male...* Le case in cima ai canyon erano "una frana", quelle in basso "una frittella". *Finirai schiacciato quando ci sarà un terremoto*, aveva detto. *Vendi subito questo schifo.*

Disse: "Scommetto che qui si passano delle vacanze niente male".

"Vacanze?" Meg si interruppe. "In effetti sì. Vacanze tranquille. Noi tre e basta. Qualche amico ogni tanto. Una casa così è fatta per famiglie numerose. Quando ero piccola era diverso. Eravamo in tanti, dappertutto..." La sua voce si smorzò, poi aggiunse: "Devo confessarti una cosa".

"Okay."

"Riguarda l'incidente, quella volta che ti ho investito."

"Ricordo bene."

"Non era un incidente. Insomma, lo era. Ecco, non

253

volevo farti del male, ovvio. Ma volevo conoscerti. Ti ho visto mentre camminavi sul marciapiede e ti sono finita addosso volutamente. Ho sbandato o una cosa del genere, facendo finta di essere finita fuori strada. Per poterti conoscere." Meg giocherellava con l'anello di fidanzamento. Cinquemila dollari di carbonio pressurizzato che ruotava ossessivamente intorno a un bel ditino affusolato.

"Perché?" domandò lui.

"Ho pensato che forse avrei potuto avere una parte nel film."

"Per questo sei venuta a trovarmi in ospedale?"

"No."

Pellam era in piedi accanto a lei. Meg si voltò, i loro occhi si incontrarono. "Be', forse", ammise.

Lui si piegò e la baciò sulla bocca.

Semplicemente.

"No", fece lei. Ma non resistette oltre. Lo abbracciò e rispose al bacio, attirandolo a sé. Lui la afferrò forte per le spalle.

Poi Meg indietreggiò. "No", ripeté. Stavolta lo diceva a se stessa e, a differenza di lui, obbedì al proprio imperativo.

Tornò in cucina, davanti alla finestra, prese ad asciugare il lavandino, il volto assente.

Da tempo Pellam aveva smesso di scusarsi per i suoi impulsi. La seguì, prese la tazza e la riempì con altro caffè.

"Il fatto è che..." Meg guardò fisso oltre la finestra. "Ho un'altra relazione."

Lui posò la tazza.

*Complimenti, Pellam. Le peggiori capitano a te. Ti inna-*

254

*mori di una donna che ha ben due uomini, e ti fai inseguire tra le piante da una figlia dei fiori tossicomane mentre a Hollywood c'è una donna in carriera, slanciata e disinibita, che ti aspetta a casa e che tu dimentichi di chiamare.*

Gli sembrò che Meg stesse organizzando i pensieri. Era l'ora delle confessioni. Tutte cose che lo allontanavano dal suo seno lentigginoso. Tornò a sedersi. Capì che lei ci avrebbe messo del tempo. Amanti peccatori e cattivi *filmmakers* condividono lo stesso difetto: il bisogno di dare spiegazioni. "Chi è lui?"

"Uno di qui."

"Non si è saputo in giro?"

"Siamo stati tremendamente attenti... Vedi, Keith è una persona splendida. Un gran bravo ragazzo. Adora Sam. Non ha mai alzato la voce contro di me. Mi ama alla follia. Si prende cura di me. Ma dov'è la magia? Manca... E invece, *dovrebbe* esserci?"

"L'ho già sentito dire: una relazione è come il fuoco. Ti dà un mese di fiamme, un anno di braci, e per il resto fumo."

"Il nostro è un matrimonio comodo."

"Ci sarebbe molto da dire sulla comodità."

"Ma io voglio di più, Pellam. O forse ho creduto di volere di più. Questa storia di Sam, le droghe. Mi ha scosso. Traumatizzato. La notte scorsa non ho chiuso occhio."

"Adesso sta bene, vero?"

"Oh, si riprenderà. Ma mi ha fatto sentire così vulnerabile. Ero in cerca di..." lo guardò "... di qualche fiamma e ho avuto l'impressione che la storia di Sam sia stata una nemesi o qualcosa del genere. Sai la storia del karma?"

"Tu lo ami? Quell'altro, intendo."

Una pausa. "Così credevo. Ma non è vero."

"Keith lo ami?"

Meg alzò le spalle. "So di amare Sam e la mia casa. E *penso* di amare Keith. Sono stufa di relazioni clandestine. Ma forse non avrei dovuto dirtelo, vero?" Aveva gli occhi spalancati e sembrava molto giovane.

Pellam sorrise. "Di' pure quello che vuoi. Mi piace ascoltare."

"Keith è così intelligente. Lui non... non è che mi fa sentire stupida, non lo fa apposta, intendo. Ma io mi sento così e basta."

"Perché dici questo?"

"Perché io non sono così... be', intelligente."

"Che cosa significa?" domandò Pellam. "Che non sai contare a mente? Che non sai a memoria la tavola periodica degli elementi?"

"Keith tenta di parlarmi del suo lavoro, io però non lo seguo. Ci provo, ma..."

"Meg, lui è un chimico. Perché dovresti capirne di chimica?"

"Be', anche di politica. E poi non leggo molto. Ci provo, ma proprio non ci arrivo."

"Parli in generale. A cosa non arrivi?"

Un'esplosione, dietro di loro, e poi un lampo di luce. Meg fece un salto, poi scoppiò a ridere. Era bruciata una lampadina in cucina. Aprì le persiane, soffiò sul bulbo per raffreddarlo e poi lo svitò.

"Quando ero una ragazzina, avevo paura della luce. Strano, vero? Molti bambini temono il buio, ma io odiavo la luce. La mia camera era senza porte e la luce del salotto, quella azzurrina dei bulbi senza porta lampada, si rifletteva nella mia stanza e mi teneva sveglia. Anche quando sono cresciuta e mia madre aveva messo un lenzuolo a fare da porta, la luce continuava a entrare. Sai perché la odiavo? Quando litigavano, la voce dei miei genitori sembrava provenire da quella luce. Io mi nascondevo sotto le coperte. Mia madre credeva che avessi paura dei fantasmi eccetera, invece io avevo paura della luce. Ed è così che mi sento adesso. È difficile sfuggire alla luce." Meg sostituì la lampadina. "E per me tu rappresenti il buio."

Dopo un po' che faceva il *location scout*, Pellam si era chiesto come mai le persone gli parlassero in quel modo, mettendo a nudo segreti e passioni. Era arrivato a sapere più cose di quante ne sentissero i preti. Allora aveva capito che non dipendeva dal fatto di essere un buon ascoltatore, ma piuttosto perché parlare con lui non creava problemi. Potevano rovesciargli addosso tutti i loro segreti, tanto lui se ne sarebbe andato nel giro di una settimana o due, portandoli con sé.

"Sapevo che non c'entravi con la storia di Sam. Davvero. Non so perché me la sono presa con te." Parlava a scatti. La maggior parte delle donne sono brave a chiedere scusa. Meg non lo era.

"Che cosa pensi di fare?"

"Ho deciso di smettere di frequentarlo, intendo il mio amante."

"È questo che vuoi?"

"È quello che devo fare." Guardò l'orologio. "Pellam, posso chiederti un piacere?"

Lui capì che non c'entravano seni lentigginosi o cose del genere. Ormai si era rassegnato. "Certo."

"Keith lavorerà tutto il giorno. Sam invece tornerà tra poco. Ti va di passare la giornata con noi? Avevi dei programmi?"

"Niente di rilevante."

"Davvero? Potremmo mangiare tutti insieme. Magari potresti fare qualche tiro con Sam. Ha un piccolo calibro 410 che gli abbiamo regalato l'anno scorso."

Pellam rispose: "Mi piacerebbe".

"Davvero?"

"Davvero."

Meg sorrideva come un'attraente scolaretta. Guardò l'orologio. "Ci resta un'ora prima che lo vada a prendere. C'è una cosa che potremmo fare insieme... solo io e te."

*Dove voleva andare a parare?*

Lo prese per mano e lo spinse verso la porta.

"Dove mi porti?"

"A raccogliere foglie."

"Dici sul serio?"

Lei lo trascinò fuori. "Sì, avanti. È divertente."

"È da vent'anni che non raccolgo foglie. A Los Angeles non ce ne sono. E, anche ci fossero, non mi metterei a raccoglierle."

All'inizio, Pellam oppose resistenza. Ma c'era accanto a lui una donna splendida, di cui aveva condiviso i segreti. Allora disse: "Andiamo".

Si fermò sulla veranda e vide quelli che dovevano essere quattro o cinque acri di foglie colorate. Meg gli lanciò un rastrello.

Lui lo guardò per un po', poi disse: "Non so come funziona".

Un lampo di luce attraversò l'occhio del vicesceriffo.

Accostò la Plymouth sul bordo della strada e rallentò sotto l'ombra mattutina di un acero, deturpato dai segni lasciati l'anno precedente per ricavarne lo sciroppo. Scese dall'auto, inforcò gli occhiali da sole color lavanda e si avviò in mezzo all'erba alta e ai rami di forsizia. Abitava a Cleary da una vita e conosceva alla perfezione le abitudini del paese e i posti che la gente frequentava, e sapeva altrettanto perfettamente quando potevi aspettarti di trovare la gente, in quei posti, e quando no.

E un posto dove non ci si sarebbe aspettati mai di vedere una macchina parcheggiata era proprio quel campo la domenica mattina.

Scavalcò quel che rimaneva di una bassa recinzione in pietra e camminò lungo una fila di aceri fino a uno stretto sentiero sterrato che si inoltrava in un boschetto. L'auto era parcheggiata proprio nel mezzo del sentiero. Il vicesceriffo si fermò di colpo a una ventina di metri di distanza. Una Nissan piuttosto scarsa, bianca, con la targa dello Stato di New York e un adesivo dei Tigers di Cleary sul paraurti. Il vicesceriffo non si era fermato per osservare quei dettagli; piuttosto perché non voleva guardare chi ci fosse dentro. Magari due ragazzini del liceo, che avevano trascorso le loro ultime ore di vita passando dal sonno alla morte per colpa di un tubo di scappamento guasto. Era l'unica ragione per cui qualcuno potesse decidere di parcheggiare l'auto in quel sentiero di sabato notte e il solo motivo per cui si trovasse ancora lì. L'uomo fece un respiro per calmarsi e avanzò di qualche passo. Si accorse di essersi sbagliato. C'era un altro motivo per parcheggiare una macchina nel mezzo di un sentiero deserto.

Ovvero, ammazzare il guidatore.

Il ragazzo era stato colpito tre volte al petto con un fucile di piccolo calibro. Il volto era rilassato e sul corpo non c'erano molte tracce di sangue, segno che era morto rapidamente. Il volto del cadavere era premuto contro il sedile del passeggero, lontano dal vicesceriffo, e la sua mano era aggrappata alla maniglia della portiera. Non c'era ipostasi cadaverica, il ristagno del sangue nelle estremità del corpo. Dunque il decesso era recente.

Dannazione. Il vicesceriffo si sentì mancare. Fece il giro dell'auto e guardò il volto. Riconobbe Ned Harper, un ragazzo delle superiori. Uno che giocava a football e faceva wrestling. Si ricordò di aver visto il padre di Ned in paese a bordo della Nissan e si chiese come mai i genitori non avessero denunciato la sua scomparsa. Forse quando tuo figlio è un diciottenne giocatore di football dai per scontato che tornerà a casa tardi e non cominci a preoccuparti se non dopo un giorno o due. La figlia del vicesceriffo aveva solo due anni e lui era costantemente in ansia per lei, non stava mai un attimo tranquillo.

Chi aveva fatto una cosa del genere?

Forse il ragazzo aveva caricato un autostoppista. Forse un detenuto evaso dal carcere di Ossining. Ma allora perché non aveva preso l'auto? Forse si era trattato di un incidente: Ned stava cacciando con un amico, dal fucile era partito un colpo e l'altro ragazzo era stato colto da una crisi di panico... Eppure non era possibile, c'erano almeno tre ferite.

Il vicesceriffo si mise a camminare in tondo, cercando degli indizi, anche se sapeva che era compito del suo superiore. Forse avrebbero contattato anche la polizia della contea. Poi si rese conto che stava temporeggiando, perché non gli andava di chiamare e riferire la notizia.

Il sole si rifletteva sul finestrino abbassato. Dal fitto del bosco una colomba emise un lamento. Il vicesceriffo tornò lentamente alla macchina, pregando che non toccasse a lui l'incombenza di avvisare la famiglia.

# 18

Alle quattro e mezzo Pellam si ricordò di Janine. "Oh, merda."

Sam alzò lo sguardo, temendo per un istante di aver sbagliato a prendere la mira o di non aver usato il fucile nel modo corretto o ancora di non essersi attenuto alle regole sulla sicurezza che gli aveva insegnato Pellam.

Avevano trascorso le due ore successive a sparare con i fucili da caccia. Di tanto in tanto Pellam lanciava in aria una lattina mentre Sam, sudato per lo sforzo, ne calcolava con cura la traiettoria, una forte determinazione disegnata sul volto. Una volta, mentre sparava, Pellam lo sentì borbottare qualcosa che suonava come "Ned". Gli chiese che cosa stesse dicendo ma il ragazzino scosse la testa e fece: "Mi lancia la prossima, per favore?"

"Per oggi basta, figliolo. Devo fare una commissione in paese."

Sam tornò in cucina e disse: "Mami, avresti dovuto vedermi".

"Ti ho visto. Guardavo dalla finestra."

"Com'è andata, signor Pellam?"

"Sei stato bravo, davvero bravo", rispose lui. "Adesso bisogna pulire l'arma, Sam, ma devo scappare. La puliamo quando torno." Guardò Meg e si domandò se per caso avesse detto qualcosa che... Dannazione, era arrossita. Ammirò il suo sorriso schivo e le chiese: "Ti spiace darmi un passaggio in paese? Così recupero il camper".

"Ehi", intervenne Sam alzando la voce che aveva già alta. "Posso venire?"

Meg sorrise amabilmente. "Posso venire anch'io?"

"Forse è meglio di no."

Lei lo lasciò in sospeso per un istante, poi disse: "Magari ti sei fatto delle amicizie. Gente che non conosco".

"Non dovrei metterci più di un quarto d'ora."

"Un quarto d'ora? Ma è pochissimo", e sorrise candida. Lui le lanciò uno sguardo esasperato.

Squillò il telefono.

Meg andò a rispondere lentamente senza staccare gli occhi da Pellam.

"Ciao, tesoro... Oh, no. Come? Ci sono dei problemi?"

"Ciao, papi!" strillò Sam, balzando verso il telefono. "Ho colpito un centinaio di lattine..."

Meg sussultò e lo allontanò dalla cornetta: "Sto facendo l'arrosto. Non riesci a venire?" Sospirò. "Okay. D'accordo. Te ne teniamo un po' da parte. Un bacio."

"Ciao, papi!"

Lei si rivolse a Pellam. "Hanno un problema ai macchinari. Dovrà lavorare quasi tutta la notte. Di domenica, ti rendi conto? Dice che tornerà intorno alle undici. Vorrà dire che ceneremo *à trois*."

"Che cosa vuol dire?" chiese Sam.

"Significa che saremo in tre a cena."

"Oh, pensavo che fosse una di quelle cose strane che cucini." Rivolto a Pellam, aggiunse: "A volte mamma prepara delle cose proprio strane. Con tutto l'olio..."

"Sam."

"... e dei colori terribili."

"Adesso basta, giovanotto."

"E la sua confettura di mele..." Si diresse verso il portico "... le viene fuori marrone. Poi diventa verde..."

"Sam..." Meg lo rimproverò affettuosamente.

"E quel passaggio?" domandò Pellam.

"Andiamo", fece Meg.

Pellam si rivolse a Sam: "Non pulire quei fucili finché non torno, giovanotto".

"Sissignore... E alla fine diventa tutta grigiastra. Puah."


Meg fece scendere Pellam un isolato prima, poi si voltò a guardarlo. Prima che potesse dire qualcosa, lui fece: "Tu non dici niente dei figli dei fiori e io della tua confettura di mele".

Lei scoppiò a ridere. "A presto."

Era uno di quei momenti in cui Pellam l'avrebbe baciata volentieri. Invece scese rigido dalla sua auto con le ferite che ancora gli dolevano e corse verso il camper. Dentro, la luce era accesa. Aprì la porta. Janine sedeva immobile, lo sguardo abbassato.

Si voltò. "Bastardo."

"Mi dispiace. Ho avuto dei problemi..."

"Bastardo."

Ma non si riferiva al suo ritardo, bensì alla sceneggiatura. Il raccoglitore era aperto e Janine l'aveva letta quasi tutta.

Pellam chiuse la porta.

"Quel personaggio che hai aggiunto. Sono io, vero?"

Lui si sedette lentamente.

"Alcuni pezzi sono ispirati a te. Alcuni. Ma non rappresentano quello che provo per te o come ti vedo. È fiction. Un racconto, niente di più."

Lei chinò la testa e lesse: "'Stai vivendo in un sogno che il passato non può giustificare... La lontananza del passato ti permette di rifugiarti in un posto sicuro... Sono passati troppi anni dall'Era dell'Acquario...' *Janice.* Cristo, Pellam, potevi almeno cambiarlo un po' di più il mio nome".

"Io non..."

"Tu!" Scagliò il quaderno contro la parete. Gli anelli si aprirono e le pagine caddero sul pavimento. "Sei tu quello che vive in un sogno, non io. Tu entri nella vita della gente di Cleary, senza che nessuno ti abbia invitato, arrivi qui e alimenti la grande illusione, prometti alle persone di fargli fare un film, di portarle via da questo posto..."

"Non ho mai detto niente del genere."

Janine si mise a piangere. I capelli le si appiccicavano alle guance e lei li scostava con rabbia. "Non c'era bisogno di dirlo. Che cosa diavolo ti aspettavi che pensasse, la gente? Arrivi con il tuo camper e la tua macchina fotografica, osservi la città, parli con le persone, cerchi di conoscere tutti... Alcuni meglio di altri. Non ti rendi conto del potere che hai. E di quanto la gente sia disperata. Disperata di essere prigioniera di posti come Cleary. E loro che cosa fanno? Ti confessano i loro segreti e tu li tradisci. Perché? In nome di cosa? In che cosa credi, Pellam? Nell'*Arte*? Lo fai in nome dell'*Arte*? O del *Cinema*? O dei *Soldi*? Come giustifichi il fatto di rubare le vite alla gente per farci un film?"

Pellam si alzò e tese una mano verso di lei.

Janine lo allontanò. "Non ti puoi permettere di entrare nella vita di una persona, prendere quello che ti interessa e poi andartene." Si alzò e si diresse verso la porta, poi si fermò. Come se aspettasse qualcosa. Nessuno dei due sapeva che cosa sarebbe successo. "Io pensavo..." La sua voce sfumò mentre usciva, chiudendo delicatamente dietro di sé la porta metallica.

Pellam sospirò. Prese da terra il raccoglitore della sceneggiatura, si chinò e recuperò le pagine, una per una.


Attraversò la Main Street, oltrepassò il drugstore e parcheggiò. Entrò nel negozio, acquistò una confezione da sei lattine di Molson, poi tornò al Winnebago. Nel tragitto vide un'auto, un'American GT, forse vecchia di quindici anni, che passava gorgogliando. Il guidatore parcheggiò davanti al Cedar Tap e diede gas al motore finché non si udì un eccitante mormorio; lo spense e uscì, diretto al bar. Pellam passò davanti alla macchina e sbirciò all'interno; quindi tornò al camper e guidò lentamente fuori dal paese. Abbassò entrambi i finestrini e si godette l'aria fresca che entrava nell'abitacolo.


*Guida veloce su un'auto altrettanto veloce. Una Porsche. Un'auto tedesca, come è di moda a Los Angeles. Anche se non è così facile seguire la moda. Bisogna anche fingere di non sapere che sia* trendy *avere una macchina tedesca e da-*

re l'impressione di essere uno dei primi sulla West Coast ad avere pensato di possederne una. Quella di Pellam è nera. Gli piace andare forte, da vero amante della velocità, anche su macchine che non lo permettono. Tutte le volte che qualcuno dice: "Cavolo, i tedeschi fabbricano delle macchine niente male", Pellam si mostra sorpreso, come se avessero appena scoperto il suo segreto.

Lui e Tommy Bernstein stanno andando nel deserto.

"Thomaso", gli grida Pellam nella corrente. "Stai per perdere il cappello."

Ma è troppo tardi per impedire a quel rigido cappello da cowboy dalla tesa ondulata e del valore di trecento dollari di volare via a centosettanta chilometri all'ora.

"Merda, Pellam, torna indietro."

Pellam si limita a esclamare "oops!" e accelera.

Tommy non sembra preoccuparsene. Sarebbe stato un errore fermare quella macchinina nera. Hanno fretta, si sentono in missione. Tommy grida qualcosa sui cappelli e sugli immigrati clandestini. Pellam annuisce.

Il sole sopra di loro è impietoso. Il vento, bollente, brucia le orecchie.

Si sono lasciati Los Angeles alle spalle. Davanti a loro c'è solo deserto.

"John, dammene un po'!" grida Tommy. Lo ripete due volte prima che Pellam senta e quattro prima di accorgersi che ha sentito. L'amico scuote la testa.

"Per favore!" Un gemito lamentoso che presto svanisce nel vento.

Pellam lancia la saliera. Il vento si diverte a scombinare la traiettoria, ma Tommy la prende al volo, in preda alla disperazione.

"Non è divertente."

"Allena i riflessi."

Tommy cerca di sniffare. "Vai troppo veloce, non riesco..."

Pellam frena. L'auto slitta. Quando raggiungono i cento all'ora, Tommy ci riesce. È di nuovo su di giri. Pellam accelera e rifiuta quando l'amico gli porge la saliera. È in vena di filosofeggiare. Grida: "Pensi che il deserto sia minimale, vero? Stronzate. Non lo è. È dannatamente complesso. Come un cristallo. Come i colori che si rifrangono sotto il microscopio. Ti ricordi quei filmini di scienze al liceo?"

"Certo", grida Tommy. "Quelli sulle gonadi, gli ovuli e gli spermatozoi." Sghignazza, anche se Pellam si accorge che si sta chiedendo che cosa vogliano dire i suoi commenti filosofici. In effetti, si sta spremendo le meningi. Vorrebbe non avere mai parlato.

Tommy soffre di perdita dell'autostima. Ha ricevuto un L.A. Film Critics Award e un riconoscimento a Cannes, ed è stato corteggiato dai produttori di importanti studios. I guadagni sono grossi, le pellicole uno schifo. A proposito del suo ultimo film, un critico ha scritto che lo si poteva cucinare e servire al pranzo del Ringraziamento. Tommy sta studiando dei modi per salvarsi la carriera. "Non disperarti", gli ha detto Pellam. "Questa città non ama la gente disperata."

Ma Tommy ha preso anche quel consiglio con disperazione, come aggrappandosi a un salvagente.

Pellam guida in silenzio. Dopo mezz'ora vede una stradina che conduce fuori dall'autostrada verso un grande picco che spunta dalla boscaglia e dalla sabbia sporca. Scendono dall'auto, si sgranchiscono le gambe e pisciano contro le rocce.

Tommy domanda: *"Hai portato il contatore Geiger?"*

*"Che ce ne facciamo?"*

*"L'esercito. È qui che fanno i test atomici."*

*"Quello è il New Mexico."*

*"No, accidenti"*, insiste Tommy. *"Ci sono i missili Cruiser che fanno saltare in aria le pecore. Io ho paura."* Si guarda intorno circospetto.

Pellam replica: *"Non ci sono pecore qui. Cosa dici?"*

*"Appunto! Saltano in aria e diventano delle costolette. Siamo in pericolo. I nostri figli nasceranno fosforescenti."*

*"Pensiamo a lavorare, hombre."*

Tirano fuori dalla macchina due pesanti sacchi della spazzatura che tintinnano di bottiglie. Pellam li trascina verso le rocce. Non c'è molta ombra. Tommy si incazza per il suo cappello. Si spalma l'abbronzante sul viso e sui capelli radi, poi scarica dall'auto un'enorme borsa-frigo. La pianta nella sabbia davanti alla roccia. Poi comincia a lottare con due sdraio, cercando di estrarle da quello che pretende di essere il sedile posteriore.

*"'Fanculo alle auto tedesche"*, brontola Tommy, che guidava una Chevy Impala.

Pellam prende alcune bottiglie di birra vuote dai sacchi e le posa con cura su una collinetta di sabbia e rifiuti a circa una decina di metri dalle sdraio.

Tommy esamina il suo operato, quindi apre un ombrellone con un disegno di ananas e lo pianta nel terreno accanto alle sedie.

Pellam finisce di sistemare le bottiglie. Domanda: *"Quante sono le pagine?"*

Tommy sfoglia gli appunti scritti a mano, tenuti insieme da una cartelletta di plastica. *"Centodiciassette."*

"*Ce ne vuole ancora una.*"

*Tommy prende un'altra bottiglia dalla borsa-frigo, la stappa e la beve. Dopo di che la lancia a Pellam che la pianta al fondo della fila.*

*Centodiciassette bottiglie.*

*Si siedono sulle sdraio, davanti alle bottiglie. Tommy fa ancora un tiro dalla saliera. Poi dice:* "*Lascia a me la Python, ti va?*"

*Pellam estrae due pistole da una valigia grossa e lisa. Tiene per sé la Ruger calibro 44 e porge a Tommy la Colt, poi dispone accanto a loro delle scatole gialle e verdi con i proiettili.*

*Due copie della sceneggiatura. Sulla prima pagina c'è scritto:*

#### Central Standard Time
#### di John Pellam e Tommy Bernstein

*Cominciano a leggere a voce alta e a riscrivere lo script. Si correggono l'uno con l'altro, modificano i dialoghi, discutono. Pellam è più calmo e tetro, Tommy più vivace. Urla, si alza in piedi, cammina sulla sabbia e poi si siede di nuovo.*

*Quando arrivano a pagina undici, alla fine della prima scena, si mettono il cotone nelle orecchie, caricano le pistole e, impiegando quindici proiettili tra tutti e due, fanno saltare le prime undici bottiglie.*

*Tommy fa ruotare il tamburo della pistola e dice:* "*Ti ricordi quella scena, di che film era? Qualche vecchio film d'avventura? Era Stewart Granger che puntava un Manlicher alla testa di Deborah Kerr? Lei era terrorizzata, non sa-*

*peva come sarebbe andata a finire. E poi, blam! Lui colpisce un serpente boa proprio alle sue spalle. Ho sempre desiderato interpretare quella scena. Perché non vai a sederti sulle rocce, Pellam? Lì è pieno di serpenti".*

*"Certo, 'fanculo ai serpenti", fa Pellam, prendendo una birra dalla borsa-frigo. "Ho sempre desiderato che un attore mi sparasse alla testa."*

*Lavorano fino alle undici di sera e fanno saltare in aria le ultime tre bottiglie alla luce dei fari dell'auto tedesca, col gorgoglio della marmitta nelle orecchie. Hanno le mani che tremano e gli ci vogliono dieci colpi a testa per far esplodere l'ultima bottiglia che luccica nell'oscurità.*

*"Viene fuori un gran film, Pellam!" grida Tommy. "Saremo in cima alle classifiche!" E scarica la pistola nel cielo notturno.*


La casa era immersa nel silenzio. Meg non aveva molto tempo a disposizione prima che Pellam tornasse. Prese il caffè e salì le scale. Si fermò e rimase a lungo seduta sul pianerottolo, fissando il corridoio e l'angolo del soggiorno che si intravedeva da quella posizione. Osservò i mobili, il parquet. Sembrava una casa diversa, di estranei. Meg non la riconosceva. Non era una sensazione spiacevole, succede quando ti concentri su un oggetto familiare tipo una sedia, la maniglia della porta, il tuo dito, e ti sembrano assurdi ed estranei. Così stava capitando con la sua casa, che aveva sempre amato. La sua, di Keith e di Sam.

C'era solo qualcosa di diverso.

Entrò in camera da letto, si vestì, si spazzolò i capelli e

li legò in una coda. Suonarono alla porta. Si precipitò giù dalle scale come Sam la mattina di Natale.

Aprì il pesante portone. Aveva già pronta per Pellam una battuta caustica su Janine. Invece batté le palpebre per la sorpresa.

Wexell Ambler era lì, appoggiato allo stipite, e sorrideva timidamente. "Passavo di qui e ho visto la tua macchina nel vialetto. La Cougar non c'era. Non potevo aspettare fino a domani."

Lei guardò istintivamente dietro di sé. Poi alle spalle di lui.

"Mami, è il signor Pellam?" chiese Sam.

Se Ambler aveva sentito le parole del ragazzino, non lo diede a vedere.

"No, tesoro. Esco un minuto", gridò Meg. Ma rimase con la mano sulla porta aperta e non si mosse. Disse ad Ambler: "Keith è al lavoro".

"È con te che voglio parlare, anzi *devo*."

"Sto aspettando gente."

Ambler si incupì. Meg si domandò se avrebbe dovuto specificare chi, nel caso lui gliel'avesse chiesto. Ambler non lo fece, si limitò a dire: "Non ci metterò molto". Però scandì lentamente le parole, come se desiderasse che la chiacchierata si prolungasse, diventando una conversazione che occupava l'intero pomeriggio.

Meg rivolse di nuovo uno sguardo alle proprie spalle, verso le scale che portavano alla camera di Sam; chiuse la porta dietro di sé, senza farla scattare. Ambler la baciò sulla guancia e lei rispose al bacio, anche se lui doveva essere ubriaco o pazzo per non cogliere la sua esitazione.

"Dovevo vederti."

"Tutto bene?"

Ambler la guardò stupito. "Sì, certo. Sono io che dovrei sapere come sta Sam. Non mi hai neppure chiamato per darmi notizie."

"Sta bene. Guarirà."

"È un ragazzino meraviglioso", fece Ambler, ed entrambi si chiesero perché lo avesse detto. Camminarono fino alla fine del porticato e si fermarono accanto alla cancellata, a osservare i riflessi del prato umido illuminato dalle luci della villa.

"Che cosa c'è, Wex?"

"Sempre per quello che ti ho chiesto. Mi riferisco all'idea di sposarci."

Meg si voltò verso di lui. Era un uomo così rigido. E anche pericoloso, pensò. Gli venne in mente Mark, quell'energumeno che gli faceva da guardia del corpo, per esempio. Inoltre, per lei il sesso era una finestra aperta sull'anima. Il fatto che ad Ambler piacesse vederla indifesa, quasi inerme mentre facevano l'amore, la fece riflettere. Fino a quel momento non gli aveva mai detto veramente di no e si chiese se farlo sarebbe stato rischioso. Rabbrividì.

Che cosa gli avrebbe dovuto dire?

All'improvviso si ricordò di una battuta in uno dei film di Pellam. Un personaggio deve scegliere se denunciare o no l'amico alla polizia. Dice alla moglie: "Le decisioni più importanti si prendono sempre col cuore".

E Meg lasciò parlare il suo cuore.

"Wex..." Spostò lo sguardo, concentrandosi sullo spicchio di luna in mezzo al buio degli alberi. "Non posso più frequentarti." L'aveva stupito? O si sarebbe limitato ad annuire e ad allontanarsi lentamente? O si sarebbe arrabbiato? Onestamente, non ne aveva idea.

Sulle prime, Ambler non rispose; lei percepì il suo respiro profondo, come le volte in cui stavano insieme. Sentì la tensione che la attraversava e si irrigidì.

"Volevi venire alla casa a dirmi questo?" domandò. "Oppure volevi che lo immaginassi da solo?"

Lei esitò e, per la prima volta nella loro relazione, mentì: "No, sarei venuta."

Guardò verso la casa e il vialetto, poi gli prese la mano. Tremava. Dalla rabbia? Dal dolore? O dal freddo?

*Mi farà del male?*

Proseguì: "Mi dispiace, Wex. Ho adorato ogni momento che abbiamo passato insieme, ma..." Pesava con cura le parole, ma si accorse di non riuscire a trovare quelle giuste per esprimere i suoi pensieri. "Ma è il momento di chiudere."

"Come puoi dire una cosa del genere?"

"È quello che sento."

"Cosa è successo?"

Meg non riusciva a guardarlo negli occhi: "La storia ha fatto il suo corso. Ero alla ricerca di qualcosa. Io..."

"Vuoi tornare con Keith."

"Non so."

"Ti sei innamorata di Pellam..."

Ad Ambler dovette sembrare che l'esitazione di Meg durasse dei secoli, mentre a lei solo un attimo. "No."

"È lui, vero?" Ambler indietreggiò.

"No."

"Lo sapevo. Immaginavo che gli saresti stata dietro dall'istante in cui hai sentito che avrebbero fatto un film in paese. Che cosa volevi? Che lui ti trascinasse via per diventare una star?"

"Avanti, Wex."

"Non ti ricordi? Eravamo a letto..."

"Shhh!" Meg gli fece cenno di stare zitto.

"... e loro sono arrivati qui, su quel maledetto camper, e tu non facevi altro che ripetere che volevi fare un film e che morivi dalla voglia di recitare."

"Può darsi che l'abbia detto. Mi piacerebbe avere successo in qualcosa. Possibile che per te sia così difficile da capire?"

"Meg, non puoi iniziare una carriera a Hollywood. Tu..."

"Non voglio parlare di questa storia."

"Ti ha scopato?" Ambler aveva alzato la voce.

"Taci!" Lei si voltò di scatto e lo guardò in faccia. "Non puoi venire a casa mia e parlare in questo modo!"

Ambler l'afferrò rudemente per un braccio. Lei sussultò. Poi lui si calmò, le venne vicino e le sfiorò il viso. Meg guardò alle sue spalle e vide un intenso raggio di luce provenire dalla porta spalancata, segno che Sam stava uscendo.

"Io ti amo, Meg. Non sai quanto ci tengo a stare con te. *Voglio* stare con te."

"Wex, non è mai stata una cosa giusta. Non qui. Cleary non è il posto adatto per storie del genere. Sono sempre più consapevole di aver sbagliato."

"Ti comporti come se fosse una storia da quattro soldi. Non era così." Il suo sussurro si indurì.

"Non intendevo dire quello. Non ho nessun rimpianto. È solo che..."

Ambler la scrutò per un istante, poi distolse gli occhi all'improvviso. Si voltò e se ne andò.

Meg sentì il vuoto della loro separazione. C'erano troppe cose rimaste irrisolte. Wex Ambler era stato il suo unico amante. Si troncavano sempre così le storie? Con tanti punti interrogativi e tanti sottintesi e così poco clamore? Si appoggiò all'inferriata e lo vide salire sulla Cadillac, senza girarsi. Sam la chiamò e lei rientrò in casa.

Ambler si allontanò lentamente, così piano da arrivare a fermarsi. Ripartì dopo poco, appena in tempo per vedere il Winnebago entrare nel vialetto. Quindi premette a fondo l'acceleratore e scomparve nella notte.


*Stanno aspettando che ringrazi Dio per la cena,* stabilì.

Meg e Sam lo guardavano in attesa. Pellam si schiarì la voce. Di fronte a lui, sulla tavola apparecchiata per la domenica, c'era un arrosto di vitello così grande da sfamare gente sufficiente a raccogliere in mezz'ora sei acri di foglie nella tenuta dei Torrens. Seguiva una terrina di fagioli e una d'insalata. E un vassoio di frittelle con le patate. Pellam e Meg bevevano vino, Sam un bicchiere di latte.

*Ecco che cosa aspettano. La preghiera di ringraziamento.*

Madre e figlio si erano seduti ai loro posti, avevano acceso le candele e lo fissavano. Poi, mentre passavano i secondi, si guardarono l'un l'altra.

Pellam si srotolò le maniche e abbottonò i polsini per prendere tempo. Meg fece: "Be'?"

"Dall'ultima volta che l'ho fatto saranno passati vent'anni. Non sono sicuro di ricordarmi."

Lei aggrottò le sopracciglia. "Vent'anni?"

"Be', in camper il ringraziamento non si fa."

Meg scoppiò a ridere, rovesciandosi sulle dita qualche goccia di vino dal bicchiere pieno che teneva in mano.

"Ma no... Non è il caso che dici la preghiera. Stiamo aspettando che tagli l'arrosto."

"Oh." Lui si coprì il volto con le mani e rise.

Sam disse: "Il ringraziamento lo faccio io, signor Pellam. Fa così: 'Entra dalle labbra, tocca la gengiva, attento stomaco che poi arriva! Amen'".

Pellam prese coltello e forchetta e si mise al lavoro. Le prime fette si sbriciolarono. "Che ne dite se mi metto a pregare perché qualcuno mi aiuti a tagliarlo?"

Erano a tavola da un'ora quando provò un senso di stranezza che non riusciva a togliersi di dosso. Lo percepì mentre rideva dopo una delle barzellette di Sam, che lui stesso aveva raccontato trent'anni prima. Allora guardò Meg che sorrideva condiscendente. I loro sguardi si incontrarono e per un istante, un istante cruciale, non esisté nessun film, nessuno studio, nessun camper e nessun Keith, solo un universo con loro tre nel centro.

Proprio mentre pensava quanto accogliente e naturale gli apparisse tutto ciò, il momento finì e lui si sentì inquieto.

Scrutò la fetta gigante di torta ai mirtilli.

"Dai, Pellam. Sei così magro", insisté Meg dinanzi al suo cenno di protesta.

Ne mangiò due fette.

Quando ebbero finito il dolce, Pellam aiutò Meg a sparecchiare. Sam chiese: "Signor Pellam, domani mi insegna a sparare con la sua pistola?"

"Che pistola?" domandò Meg.

Pellam le parlò della Colt.

"Io non vado matta per le pistole. Ma..." Guardò suo figlio: "Tu starai a sentire tutto quello che ti dice il signor Pellam?"

Come se ci fosse bisogno di dirlo.

"Davvero sfizioso!" gridò il ragazzino

Meg continuò: "La prossima volta gli insegnerai a giocare a poker".

Pellam rise.

Rimasero per un po' in salotto a bere il caffè, Pellam che si sentiva attraversare da una sensazione sconosciuta. Non sapeva dire se voleva restare oppure andarsene. Ma di una cosa era certo: voleva non essere più lì quando Keith sarebbe tornato.

Squillò il telefono. Meg andò a rispondere e dopo un attimo fu di ritorno. Non disse chi aveva chiamato. Ma ora anche lei sembrava a disagio.

*Che cosa diavolo ci fai qui?*, si disse lui. *Lei è sposata, ha un amante... Tu non hai bisogno di queste complicazioni.* Si alzò. "È meglio che vada."

"Ne sei sicuro?"

No che non lo era. Però replicò: "È meglio. Ho alcune cose da fare".

"La domenica sera?"

Pellam annuì. Poi aggiunse: "Mi fai un favore?"

"Certo."

"Hai una bottiglia di whisky da prestarmi?"

"Da prestarti?"

"No, adesso che me lo dici, intendevo *da darmi*."

"Come digestivo per la cena?"

"È una storia un po' più complicata."

"Immagino." Meg gli sorrise curiosa. Poi rovistò in un armadietto ed estrasse una bottiglia di Wild Turkey mezza piena.

"Questo è il meno costoso che hai?" Pellam guardò la bottiglia.

"Temo di sì. Che cosa vuoi fare, insegnare a mio figlio a sparare, giocare d'azzardo e anche a ubriacarsi?"

Lui prese la bottiglia e abbracciò Meg. "Grazie ancora, signora. La cena era eccellente. A domani."

# 19

"Ah, il nipote del pistolero", disse Fred, rosso in viso, la faccia da pensionato sempre più rugosa. Osservava con attenzione i tagli e i lividi di Pellam. "Diavolo, che cosa ti è capitato?" Ordinò due Bud.

"Un incidente." Pellam si sedette su uno sgabello accanto al bancone e appoggiò il gomito sul ripiano sudicio.

"Un altro?"

"Sono un tipo sfortunato. Che posso dire?"

"Come stai?"

"Tutto okay, nessun problema."

"I fine settimana sono chiassosi, qui. Tutti quei turisti. Ma che cosa ci vuoi fare? Non gli puoi proibire di scattare foto alle foglie. Che ne dici di una partita?"

"Non stasera, Fred."

"È vera quella stronzata che ho sentito, che non ti fanno fare il film?"

"Domandalo al consiglio comunale."

"Banda di stronzi! Così la mia carriera a Hollywood se ne va a puttane."

"Dove lo trovo Nick?" chiese Pellam.

"Vuoi dire il ragazzo con cui abbiamo giocato a carte l'altra sera?" Fred si guardò in giro. "Era qui qualche minuto fa. Forse è nel retro. In quello che loro chiamano ristorante."

Pellam finì la birra. Alzò la bottiglia in segno di ringraziamento.

"Ehi, Pellam, se Burt Reynolds ha altri impegni, dammi un colpo di telefono."

Trovò Nick nella stanza sul retro. Era seduto a un tavolo, chino su un piatto di zuppa, e si cacciava in bocca delle tagliatelle unte. Assieme a lui c'era un tipo magro dai capelli lunghi di un paio di anni più giovane, forse sui diciotto.

"Ciao, Nick." Pellam spinse in avanti una sedia.

Nick fece un cenno di saluto, poi tornò a guardare in basso, verso la zuppa. Era una Campbell. Che altro si poteva trovare al Cedar Tap?

"Lui è Rebo. E lui è Pellam, il tipo di cui parlano, quello che fa i film."

Rebo spalancò gli occhi, poi ridacchiò. "Ehi, l'uomo del cinema." Si strinsero la mano.

"Come va?" chiese Pellam.

"Benone!"

Pellam si rivolse a Nick. "Ehi, Nick, ho fatto un salto qui perché il mio studio ha bisogno di gente come te."

"Davvero?" Il ragazzone bevve qualche sorso di zuppa. "Stai sempre facendo quel film? Avevo sentito di no."

"È un altro film. Ricordo che te ne intendi di motori."

"In un certo senso sì."

"Hanno bisogno di un pilota, uno *stunt driver*. Ma che sia in gamba."

"Wow." Rebo masticò un boccone di hamburger. "Oh, il mio amico Nick sì che è bravo. È un ottimo pilota." Sulla sua maglietta scolorita c'era scritto MÖTLEY CRÜE TOUR 1987.

"Ti interessa?"

Un sorrisetto attraversò le guance pingui e lisce del ragazzo. "Be', penso di sì."

"Unica cosa... sei disposto a farmi vedere quello che sai fare? Tipo un provino?"

"Penso di sì."

"Che ne dici di farlo adesso?"

"Ma è domenica notte."

"Hanno bisogno di qualcuno al più presto. Per il prossimo weekend. Se non trovo nessuno, dovremo chiamare un pilota dalla Costa." Pellam gli lanciò un'esca. "Comparirai nei titoli del film."

"Nei titoli?"

"Wow!" Gli occhi di Rebo erano sempre più spalancati. "Amico, raccontagli della tua macchina."

"Be'..."

Il metallaro prese la parola: "È una Pontiac GT. Nick ha messo insieme una Chevy 442 tutto da solo".

L'altro sorrise di rimando, esaltato.

"È diventata una specie di fuoristrada", aggiunse Nick, lo sguardo fisso sulla zuppa. "Anche quello l'ho fatto io."

Pellam emise un fischio. "Amico, come mezzi sei a posto. Perché non provi?"

Nick alzò le spalle e Pellam fece: "Andiamo".

Si alzò anche Rebo, ma Pellam scosse la testa. "Meglio solo in due. Per l'assicurazione, sai."

Rebo annuì e tornò a sedersi, neanche a ordinarglielo fosse stato il chitarrista degli Allman Brothers.

Gli altri due uscirono e si diressero verso il Winnebago. Pellam disse: "Aspetta, devo prendere una cosa". Scomparve nel camper e ne uscì dopo un attimo con la bottiglia di Wild Turkey. La porse a Nick.

Il ragazzo la guardò e scosse la testa. "Magari dopo, amico. Adesso ho da fare un lavoretto ad alta velocità." Si diressero verso la Pontiac nera.

*Un lavoretto ad alta velocità.* Come se per lui fosse roba da tutti i giorni.

"Non bevi mai quando guidi?" domandò Pellam. "Strano. Però l'altra notte l'hai fatto. Si sentiva l'odore, sopra quello del dopobarba. È quello che ho riconosciuto. Brut, vero?"

Nick smise di sorridere. "Che diavolo stai dicendo?"

"Ho visto passare la tua macchina oggi pomeriggio. Mi sembrava familiare... Mi sono avvicinato e ho riconosciuto il profumo. È un dopobarba da quattro soldi. Tua madre non ti ha insegnato un po' di stile?"

"Che cosa sei, ubriaco?"

"Come sta il tuo amico col naso rotto? Spero sia in preda ad atroci dolori."

"Sei impazzito?"

"Dimmi che non avevi niente di personale."

"In che senso niente di personale?" Ma sbarrò gli occhi, fece una pausa e ridacchiò. "Mi hai ridotto niente male." Si mise una mano sulla mascella. "Non potrò mangiare cibi solidi per una settimana. Ho la lingua infiammata come i capezzoli di una puttana. Perché non sei andato da Moorhouse?"

"Ho fatto il collegamento solo un paio di ore fa. In ogni caso, a che cosa sarebbe servito? Vi avrebbe lasciati andare, giusto?"

"Già."

"Chi ci sta dietro?"

"Dietro cosa?"

"Chi ti ha pagato per spaccarmi le ossa e mettermi la droga in tasca?"

"Non è come pensi. È stato solo..."

La Colt comparve in un lampo e puntò dritto alla pancia del ragazzo.

"Merda", sussurrò Nick. "Oh, signore."

"Chi ti ha pagato..." Pellam si interruppe. Voleva togliersi una curiosità. "E quanto?"

"Cento dollari."

"Tutto qui? Gran stronzata." Si sentì offeso.

"No, amico, è così. Lo giuro."

Pellam rise. "Avresti dovuto pretendere di più. Adesso dimmi chi è stato."

"Noi non avevamo niente contro di te. Abbiamo saputo..."

"Chi è stato?" sussurrò Pellam rabbioso, alzando il cane della Colt. Aveva caricato l'arma con proiettili calibro 45. Nick era grasso, ma la sua mole non sarebbe bastata ad attutire un colpo del genere.

Alzò le mani, i palmi aperti. "Okay. D'accordo. Ascolta, io voglio..."

"Ti ho fatto una domanda", ringhiò Pellam.

"... te lo voglio dire. Soltanto metti via..."

"Chi è stato?"

"Il signor Ambler. Wexell Ambler. Un tipo che lavora

per lui, di nome fa Mark, ma il cognome non lo so, giuro... Lui ha parlato con Moorhouse e..."

"Dove sta Ambler?" Pellam sfiorò Nick col muso della Colt.

Ecco l'unico metodo per ottenere informazioni rapidamente. Nick si trasformò in una guida turistica delle più referenziate. "Prendi la strada per Barlow Mountain. Esci dalla Route 9 e vai a nord. Superi il distributore della Shell. Prosegui per quasi duecento metri, poi svolti a sinistra. Non ce l'ho con te, amico, sul serio."

"Be', e invece *lui* perché ce l'ha con me?"

"Non lo so, giuro su Dio. Ti prego, amico! Puntala da un'altra parte."

Pellam puntò la Colt a terra e abbassò il cane a metà, poi girò il tamburo fino a mettere una camera vuota davanti al percussore. Impugnò la pistola con la destra e con la sinistra porse a Nick la bottiglia di whisky.

"Bevi."

"Non sono in vena di bere." Gli tremava la voce

"Tutti e due vorremmo che bevessi." Pellam gli puntò nuovamente addosso la Colt.

"Oh, merda, avanti..."

"Buttalo giù."

Nick ne deglutì un sorso.

"Forza, ancora un paio. Bevi come fanno gli uomini. Visto che picchi come una femminuccia, almeno bevi da uomo."

"Fottiti, Pellam", sibilò.

"Ci hai provato e non ci sei riuscito. Bevi."

Quando il ragazzo ebbe bevuto cinque o sei sorsate, Pellam prese la bottiglia e la gettò, aperta, nella Pontiac.

"Oh, e questo a che cosa dovrebbe servire?"

"Ora ti spiego. Ho voluto pareggiare un po' le cose. Tu sei molto più grosso di me, ma non reggi l'alcool. Adesso guidiamo fuori città e io ti spacco le ossa, una per una. Vai verso l'autostrada, vicino alla riserva. Io ti verrò dietro. Non cercare di scappare, io miro alle gomme ma potrei anche colpire il serbatoio della benzina."

"Fottuto bastardo", borbottò il ragazzo mentre saliva in macchina.

Il motore entrò in azione e Nick premette l'acceleratore a tavoletta.

Era ancora più brillante di quanto Pellam aveva creduto. Fu a tre chilometri fuori dalla città, al semaforo, che Nick fece il gesto che Pellam si aspettava: guardò se c'era traffico all'incrocio, premette la frizione e passò col rosso tirando al massimo il motore truccato, che sibilava come una motosega.

Tutto questo era davvero grandioso, ma c'era di meglio, tipo il poliziotto che Pellam aveva notato prima di arrivare a Cleary; era nascosto tra i cespugli per controllare la velocità e stava per andarsene. Così, quando Nick mise la quarta e superò i cento, sfrecciando davanti a lui, la Pontiac per poco non portò via il paraurti all'auto della polizia.

Pellam passò lentamente col Winnebago davanti al luogo dell'arresto. Nick era in manette. Il poliziotto stava compilando la segnalazione di guida in stato di ebbrezza.

Oltrepassò il cartello che diceva BENVENUTI A CLEARY e proseguì nell'oscurità.

*'Notte, agente.*

*'Notte, signore...*

Il camper svoltò sulla Barlow Mountain Road, una strada sterrata e piena di vegetazione che portava su una collina, probabilmente Barlow Mountain. Pellam parcheggiò il Winnebago accanto a un cespuglio di cicuta e spense il motore. Tolse la Colt da sotto il sedile e se la infilò alla cintola, poi uscì. I suoi stivali risuonavano sull'asfalto mentre si dirigeva verso le luci calde e giallastre della casa che brillava nella nebbia, quattrocento metri più in là.

A un centinaio di metri dall'abitazione dovette farsi largo tra gli alberi e i cespugli. Sentì odore di aghi di pino bagnati e di foglie marce, oltre a un vago aroma di resina. Alla sua destra, i raggi di luce si riflettevano in un lago. Una cicala nottambula e solitaria emise un verso ingannevolmente allegro e un cane abbaiò da un luogo imprecisato. Pellam si avvicinò lentamente alla casa.

Era un edificio pachidermico e dalla struttura irregolare, probabilmente di due secoli prima, di un marrone sciatto e orribile, un tempo ritenuto il massimo dello chic. Pellam sentì lo sciabordio dell'acqua e vide nitidamente il lago al confine della proprietà. Il cane riprese ad abbaiare, il suono echeggiò sull'acqua. Non si sentivano altri rumori o movimenti, neanche il vento. La casa era immobile e le luci fioche; si domandò se le lasciassero accese quando non c'era nessuno per scoraggiare gli intrusi, che Ambler aveva ottime ragioni di temere.

Come la polizia di stato, per esempio.

Pensò alle droghe che avevano messo addosso a Marty, e anche a lui. A quella specie di eroina che aveva preso Sam. Si ricordò che Meg o chissà chi gli aveva parlato di omicidi e di altre morti per overdose nella zona. Forse Ambler ne era il responsabile.

Pellam si chinò nell'erba e sentì la rugiada fredda sui jeans. Dopo cinque minuti in cui non percepì alcun movimento, corse ad appostarsi accanto al garage, una costruzione a due piani, e guardò dalla finestra. Dentro c'era una sola macchina, una Cadillac. Ma una macchia d'olio sul cemento, proprio a sinistra della Cadillac, testimoniava che Ambler aveva due auto e che una era fuori.

La famiglia era uscita per cena? Forse.

Pellam si diresse verso la casa camminando nell'ombra, si avvicinò lentamente alle finestre del piano terra, alzò la testa e guardò rapido all'interno: vide stanzette arredate con mobili rustici, ghirlande di fiori secchi, dipinti coloniali con bambini spettrali e donne vestite di nero. Un'atmosfera artificiosa, spoglia e poco accogliente.

Tutto sembrava tranquillo.

Gran parte delle finestre, notò, non erano chiuse. La terza stanza era quella che gli interessava. Era ricoperta di pannelli in legno scuro e dentro, contro la parete, c'erano due vetrinette di fucili. All'altezza del soffitto, piuttosto basso, erano appesi diversi trofei: una coppia di antilopi, e un cervo con un gran palco di corna. Riempivano però una sola parete, come se il cacciatore si fosse stufato di esporre le sue prede. A uno sguardo frettoloso, Pellam notò parecchi fucili. Alcuni sembravano dei calibro 30 e almeno due avevano un mirino telescopico.

Allungò la mano verso la finestra e controllò. Aperta. Rimase del tutto fermo per un istante, la faccia a pochi millimetri dalla parete riverniciata da poco, ad ascoltare l'agitarsi delle fronde scosse dal vento e lo sciabordio dell'acqua. Poi sollevò il telaio della finestra, che scivolò lentamente lungo i binari. Pensò alla sua coscia piena di ematomi e alle sue articolazioni danneggiate. Non sarebbe stata un'arrampicata di piacere.

E a quel punto guardò all'interno e notò qualcosa di strano.

*Che cosa c'è di sbagliato in questa stanza?*

La seconda vetrinetta dei fucili. Il terzo spazio da sinistra. Vuoto.

Rifletté: *Se un uomo è ordinato, come può esserlo Ambler, e non ha abbastanza fucili da riempire un espositore, perché non li mette uno accanto all'altro nel centro della rastrelliera? A meno che...*

"Non ti muovere", intimò l'uomo.

Il balzo fu istintivo, anche se il tocco freddo della canna puntata contro la nuca lo obbligò a controllare rapidamente le proprie reazioni.

Era la voce di un uomo di mezza età. Chiese: "Hai una pistola?"

"Sì."

"Dammela."

Se la Colt gli fece effetto, l'uomo non lo diede a vedere. La fece scivolare in tasca e appoggiò le canne del Remington contro il collo di Pellam. Disse: "Andiamo dentro".

# 20

Pellam si muoveva avanti e indietro, lentamente, sulla sedia a dondolo di legno su cui era stato cortesemente invitato a sedersi dal fucile da caccia calibro 12. Detestava le doppiette. Troppo chiassose.

Wex Ambler, perché si trattava proprio di lui, lo osservava attentamente. Pellam lo guardò a sua volta. I suoi occhi scuri e spietati contrastavano visibilmente con la tenuta da giardiniere della domenica firmata L.L. Bean e con la camicia verde brillante della Izod.

"Che cosa avevi intenzione di fare?" ringhiò Ambler.

"Stavo pensando di girare un film proprio qui. Stavo..."

"Lo sai che posso spararti, anche ora. Posso farti saltare le cervella e tutto quello che lo sceriffo farà sarà dispiacersi per il mio vetro rotto e per il pavimento sporco di sangue."

Pellam scrutò i suoi occhi immobili e capì di avere davanti un uomo che aveva già ucciso. "Volevo scoprire se eri davvero tu quello che stava tentando di spedirmi al fresco per una decina d'anni."

Ambler replicò: "Non volevo mandarti in galera. Volevo che lasciassi il paese. Che ti levassi dalle palle e non tornassi più".

"Bastava dirlo."

"Ti è stato detto. Parecchie volte."

*Addio...*

Gli occhi gli luccicarono. "La gente come voi... Il nostro è un paese rispettabile e voi di Hollywood pensate di poter venire qui a girare i vostri film. Ma io vi conosco bene. Ridete alle nostre spalle. Quanto vi odio."

Pellam *stava* ridendo. "Stronzate. Sono venuto fin qui per affittare qualche location per un paio di settimane. Questo è tutto. Il mio amico è stato ucciso, io sono stato preso a botte e qualcuno mi ha messo addosso della droga..."

Ambler scosse la testa infuriato, come a scacciare quelle parole, neanche fossero sanguisughe.

Pellam valutò la distanza, vide che il fucile aveva la sicura inserita, che le dita di Ambler erano lontane dal grilletto, che la bocca dell'arma non era puntata esattamente su di lui. Notò sul bancone un set di posate dal manico in osso con un coltello dalla lama brunita e tagliente. Anche la forchetta da portata aveva un aspetto pericoloso.

"Benvenuto a Sin City", fece Ambler.

Pellam si dondolò in avanti e tese le gambe. Forse ce la poteva fare. "È un lavoro come un altro."

Ambler non lo ascoltava. "Qui la gente va in chiesa, alleva i figli, li educa secondo principi cristiani, lavora duro e..."

*E si fa i soldi spacciando droga*, pensò Pellam.

"... e non ha bisogno del vostro influsso."

*Il famoso influsso esterno.* Allora era un copione prestabilito. Moorhouse, Ambler e lo sceriffo recitavano tutti la stessa sceneggiatura, e le loro battute facevano pietà. Dovevano esserci dentro tutti quanti, per forza. Ambler, con una casa da miliardario come quella, probabilmente era il capobanda. Si era organizzato a far arrivare la droga, ma da dove? Dalla Tailandia? Chi poteva dirlo. Poi la spacciava sulla East Coast. Moorhouse, l'ossuto sceriffo Tom e i suoi vice dalle lenti color pastello erano suoi complici.

E poi Ambler faceva prediche sul peccato, sulla provvidenza e sulle promesse non mantenute.

La cosa non andava molto d'accordo col fatto che avesse ucciso Marty o che rifornisse di droghe esotiche gli abitanti di Dutchess County, tanto timorati di Dio. D'altra parte Pellam si ricordava di un conoscente a San Quintino a cui avevano dato da sei a nove anni e che andava in chiesa tutti i giorni.

Ambler continuava a parlare a ruota libera, la bava all'angolo della bocca. La doppietta si alzava e si abbassava come una tavola da surf. Ma a Pellam non fregava molto della schizofrenia di Ambler o della moralità di Dutchess County.

Stava pensando ai coltelli.

Spostò i calcagni sotto la sedia, ignorando i crampi che gli provocava quella posizione. Li premette contro le piastrelle.

*Il coltello, il coltello, il coltello...*

Percepì la tensione crescente nei polpacci, come molle d'acciaio.

*Il coltello...*

Mantenne la calma nello sguardo. Era quello l'elemento rivelatore durante una lotta. Si poteva sempre prevedere quando l'avversario stava per contrattaccare. Dagli occhi. *Osserva gli occhi.* Pellam l'aveva imparato da un'altra sua conoscenza a San Quintino, dentro da uno a tre anni in attesa di processo. Guardò Ambler, sereno.

Oscillò in avanti. La sedia a dondolo andava avanti e indietro e Pellam seguiva i suoi movimenti.

*Il coltello.*

*Al tuo segnale.*

*(Dannazione, le doppiette sono chiassose.)*

*Preparati.*

Sangue sulle piastrelle? No, signore, ci sarebbe stato sangue sul soffitto, sulle pareti e sul bancone di finto granito...

*Via!*

Ambler domandò: "A lei che cosa hai detto?"

Pellam smise di dondolarsi, stupito.

"Lei chi?"

Vide gli occhi febbricitanti di Ambler vagare per un istante fuori dalla finestra mentre passava una macchina. Si dondolò all'indietro. Più adagio. Era lieto di dover rimandare lo scontro. I fucili non è che sparano, ti cancellano.

"Le hai detto che l'avresti fatta diventare una star?"

"Di che cosa stai parlando?"

"Ti ha raccontato che una volta faceva la modella, vero? E tu le hai promesso che le avresti procurato un lavoro adatto a lei. Che l'avresti portata in California. 'Vattene da questo mortorio.' E poi ci sei andato a letto, non è vero? Le hai promesso un lavoro e te la sei portata a letto."

"Che cosa..."

"Lei per te è solo una come tante, non è vero?"

"Non so di chi stai parlando."

Per prima cosa pensò a Janine. Ma poi domandò, prudente: "Meg?"

Ambler annuì.

*Lui? Proprio lui?*

*Avanti, Meg... Quest'uomo?*

Ambler borbottò sarcastico: "Oh, con te sarà davvero in buone mani. Gesù. Hai dato a suo figlio chissà quali schifezze e l'hai praticamente ucciso..."

Lo stupore negli occhi di Pellam doveva sembrare genuino. Ambler smise di parlare.

"Non sono stato io che ho dato a Sam quella roba."

Per un istante, Ambler parve confuso. Aggrottò le sopracciglia e chiese con amarezza: "Ci sei andato a letto, non è vero?"

"Non è successo nulla tra noi. Abbiamo parlato. E cenato insieme."

Ambler lo fissò per un istante, come un innamorato scruta un possibile rivale, studiandone ogni sillaba e ogni battito di ciglia.

"È una donna affascinante", fece Pellam.

"Troppo per te", disse Ambler.

"Può darsi."

Ambler proseguì: "Io la amo".

"È per questo che l'hai fatto?" chiese Pellam. "Per questo mi hai fatto incastrare? Perché pensavi che te la portassi via?"

"Sì. Infatti eccoti qui a minacciarmi e a ordinarmi di non vederla mai più..."

"Non sapevo neppure che la frequentassi."

"Allora che cosa ci fai qui stanotte?"

Pellam scrutò attentamente il volto di Ambler e meditò. Tommy Bernstein aveva affermato che ci sono delle volte in cui un uomo è costretto a fare un salto nel buio. Lui intendeva dal punto di vista filosofico e aveva borbottato frasi di Kierkegaard. Anche se, quando l'aveva detto, era ubriaco e pronto a saltare da un terrazzo al primo piano della sua villa di Beverly Hills per finire nella piscina, già teatro, a quanto si diceva, di pruriginose gesta del pianista Liberace.

"Voglio mostrarti una cosa", disse Pellam.

"Cosa?"

"Devo solo raggiungere la tasca. Voglio soltanto farti vedere una cosa." La sua mano scomparve nella tasca e ne uscì con due bossoli di proiettili.

"Che cosa sono?"

"Qualcuno ha ucciso il mio collaboratore. E la stessa persona spaccia la droga che ha preso Sam."

"E tu pensi che sia io? A spacciare droga?" Ambler sembrava scandalizzato.

Pellam si dondolò leggermente in avanti, sollevando i calcagni. Si era dimenticato del coltello.

"Io sono credente", brontolò Ambler.

Pellam rise. "Be', sei stato tu che hai messo la droga nella macchina, hai chiamato lo sceriffo e accusato Marty di spaccio, no?"

Per un attimo l'altro non rispose. "Il giorno in cui tu e il tuo amico siete arrivati in paese, io ero assieme a Meg. Lei era eccitata. Non l'avevo mai vista così. Era ossessionata dall'idea di comparire in un film. Parlava soltanto di quello. Temevo di perderla, se voi aveste girato qui il vostro film. Se avesse avuto una parte, se ne sarebbe andata a Hollywood. Allora ho mandato qualcuno a mettere della droga in macchina, solo un po' d'erba o del crack, non so. E poi sì, questa persona ha chiamato la polizia. Loro non dovevano arrestarti, soltanto minacciarti perché te ne andassi. Avevo pensato a tutto. Io sono un membro del consiglio comunale. Moorhouse..."

"Sei stato tu quello che ha ordinato di rivoltare la terra del parcheggio col bulldozer."

"Quando il tuo amico è stato ucciso – e io non c'entro nulla, giuro – ero terrorizzato dall'idea che mi incolpassero. Così ho detto a Moorhouse di far rivoltare il terreno per occultare le prove."

"E Sillman? Quello dell'autonoleggio?"

"Abbiamo fatto in modo di offrire del denaro alla famiglia del tuo amico. Parecchio denaro. Doveva sembrare una sorta di assicurazione. Così loro non avrebbero intentato una causa e noi ci saremmo liberati delle prove. Ho detto al mio uomo di fiducia di parlare a Sillman, che si è sbarazzato dell'auto il più presto possibile. L'ha venduta a uno sfasciacarrozze."

"E sei stato tu a mandare Nick e un suo amico a farmi visita la notte scorsa?"

Ambler annuì. "Volevo che ti riducessero male. Lei non faceva altro che parlare di te e di cinema. Io la stavo perdendo e tu non te ne volevi andare. Ero disperato." Si guardò le mani dalle dita lunghe. Poi aprì il fucile e lo posò sul bancone accanto a una scatola di dolci Oreo. Prese i bossoli che aveva portato Pellam e li esaminò. "Winchester 300. Strano..."

"Magnum", aggiunse Pellam.

"Non vanno bene per nessuna delle mie armi." Alzò lo sguardo. "Vuoi controllare? Vuoi dare un'occhiata?"

Pellam osservò il fucile. Ambler avrebbe potuto riprenderlo in mano, e spazzarlo via prima che potesse raggiungere il coltello. "Ti credo", rispose.

L'altro gli restituì i proiettili. "Sono insoliti."

"Li usano i cecchini per sparare a lunghe distanze."

"Che tipo di arma potrebbe essere?"

"Non saprei. Ci sono delle Beretta che si possono adattare a questo calibro. La SIG-Sauer ha un modello calibro 300 Magnum. Non so..."

"Una Beretta, dici?"

"Conosci qualcuno che ne possiede una?"

"Sì, ma non credo che..."

"Chi?"

"Non li conosci. Due fratelli."

A Pellam venne un'idea.

"Due gemelli?"

"Sì, in effetti lo sono."


"Non ti piacerà", disse il vice allo sceriffo.

"Non mi piace la maggior parte delle stronzate che stanno capitando ultimamente."

Si trovavano nell'ufficio dello sceriffo. Generalmente la domenica sera non succedeva niente, né a Cleary né in quell'ufficio. Quella notte, invece, i poliziotti erano occupati quanto quelli di una città di frontiera nei giorni feriali. Lo sceriffo e uno dei suoi due assistenti erano in ufficio, mentre l'altro era fuori, alla ricerca di indizi e a sorvegliare l'auto in cui quella mattina un giovane era stato trovato colpito a morte. Da un momento all'altro doveva arrivare un vicesceriffo di contea per aiutarli a indagare sull'assassinio di Ned.

"Ho parlato con le persone che lo hanno visto nelle ultime ventiquattr'ore."

Lo sceriffo lo sapeva, l'aveva mandato apposta. "E allora?"

"Un paio di tipi lo hanno visto con Sam Torrens alla sagra."

"Davvero?" Lo sceriffo non ne poteva più. Una macchina che esplodeva, droga, un incendio e una rissa. E ora un ragazzo delle superiori assassinato. La quiete dei paesi americani: tutte stronzate.

"È successo poco prima che il ragazzino si sentisse male."

"Ragazzino? Quale ragazzino? Mi vuoi spiegare o no?"

"Voglio dire, sembra che sia stato Ned a dare la droga a Sam Torrens. Quell'eroina di merda."

"Oh."

Lo sceriffo chiuse gli occhi e se li massaggiò con le nocche. Dopo un po' disse: "Che cos'è che non doveva piacermi? Prima mi hai detto che c'era qualcosa che non mi sarebbe piaciuto".

Il vicesceriffo continuò: "L'anno scorso a Natale Keith Torrens ha regalato a suo figlio un fucile calibro 22. Io l'ho visto comprare le cartucce".

"Quando?"

"Non di recente. Volevo solo dire che so che ha un calibro 22 in casa. Con tanto di munizioni."

"Ma dai, Randy, in paese ce l'hanno tutti. Praticamente te lo danno assieme alla casa."

"Era solo per dire."

"Non sappiamo con certezza se sia stato proprio un calibro 22 a uccidere Ned. Poteva essere anche un 25 o un 222."

"Forse. Ma non credi che avrebbe fatto più danni?"

"Chi-lo-sa", scandì lo sceriffo.

Il vice annuì. "È il reato più giustificabile che mi sia mai capitato."

Lo sceriffo si domandò: *E questa da dove viene.* Nei suoi quattro anni di servizio, il vice aveva lavorato su un unico caso di omicidio, la moglie di Barnie Slater che aveva ucciso il marito nel sonno con un proiettile da caccia perché non la prendesse più a cinghiate. Quando erano arrivati i poliziotti, la donna aveva offerto loro del caffè appena fatto. "Se sia giustificabile o no lo deciderà il giudice, non noi", osservò.

Poco dopo chiese: "Qual è l'ora del decesso?"

"Intorno alle dieci di questa mattina."

"L'ora della messa. Meg era qui a pagare la cauzione del tipo del cinema. A questa storia per ora preferisco non pensare. Che mi dici di Keith? Era in chiesa?"

"Non so", rispose il vice. "Possiamo chiedere. Vanno alla Prima Chiesa Presbiteriana."

"Chi è il reverendo?"

"Jim Gitting. Un brav'uomo. Fa belle prediche."

Se il reverendo fosse stato il fratello di Satana, per Tom sarebbe stata la stessa cosa. "Chiamalo. Scopri se Torrens era in chiesa stamattina."

Il vice prese il telefono. "Il reverendo Gitting, per favore… Salve, reverendo, come sta. Senta, sono molto spiacente di…"

Tom gli strappò la cornetta. "Reverendo, qui è lo sceriffo che parla. Keith Torrens era a messa stamattina?"

"Uhm, no, sceriffo." La voce era lamentosa. Non sembrava quella di chi sa fare belle prediche. "Posso sapere perché?"

"Stiamo solo controllando una cosa. Di solito ci viene?"

"Quasi mai. Stamattina era al lavoro. Come al solito."

"Aspetti. Ha detto che non c'era. Come fa a sapere dove stava?"

"In chiesa non c'era. Ha accompagnato Sam alla scuola domenicale. È una cosa che riguarda quello che è successo a Sam stamattina? Non è stato niente di che. Ha solo spaventato un po' le insegnanti."

"Che cos'è successo a Sam?"

"Be', è sparito. È per questo che avete chiamato?"

"Di che si tratta?"

"I ragazzi oggi studiavano all'aperto, visto che c'era il sole. Dopo mezz'ora le insegnanti si sono accorte che Sam non c'era più. Abbiamo chiamato Meg ma non era in casa..."

Era a pagare la cauzione per quello stronzo del cinema.

"...e allora abbiamo chiamato Keith."

"In ufficio?"

"Esatto. Stava per venire, ma poi Sam è riapparso. Era spaventato, ma non ha voluto dire perché. La signora Ernhelt lo ha sgridato per essersene andato senza dire nulla. Lui sembrava tranquillo. Non è successo niente."

"Che ora era, reverendo?"

"Non saprei. Più o meno le dieci meno un quarto o le dieci."

*Accidenti*. "Va bene, reverendo, grazie."

"Mi potrebbe dire che cos'è questa storia?"

"Niente di importante. La saluto."

Alla fine il vice si decise a dire quello che aveva in testa da un po': "Tom, se qualcuno desse a mio figlio delle droghe del genere, anch'io gliela farei pagare. Forse non l'ammazzerei, ma qualcosa farei. Non si può biasimare Keith".

"Il reverendo ha telefonato a Keith quando Sam è sparito. Era in ufficio." Prima che il vice potesse fare un cenno di assenso, Tom aggiunse: "Lui c'era. Era il bambino che non si trovava".

"Sam? Andiamo, non penserai che..." Ma non arrivò a completare la frase.


Spazzatura.

Il mistero di quello che giaceva oltre la palizzata che circondava l'R&W era risolto: niente residuati, niente materiale di recupero. Dimenticatevi le antichità. Neanche un rottame utile.

Quei ragazzi possedevano una discarica e niente di più.

Pellam era arrivato sul retro dell'R&W passando dall'esterno e avanzando lentamente attraverso il bosco. A differenza della tenuta di Ambler, lì l'aria era marcia, umida, pungente. Il tanfo di metano e di rifiuti gli strinse la gola e gli procurò ripetuti conati di vomito. A momenti soffocava. Muoversi nel fitto di quel bosco umido e scuro gli dava l'idea di attraversare qualcosa di organico, come le viscere di un animale. Il terreno sotto i suoi stivali era molle e sdrucciolevole.

Arrivò ai piedi della collina di rifiuti: alla sua destra c'era un frigo senza porta, dieci metri più in là pezzi di mobili in laminato, peluche, libri, grovigli di filo spinato e grossi pezzi di ferro deformati dalla ruggine, sparsi qua e là per il bosco.

Un'altra quindicina di metri ed eccolo arrivato alla recinzione. Pellam aveva portato con sé un piccolo paio di cesoie, ma la rete metallica aveva già ceduto sotto l'azione dei vandali o della gravità. Si rimise in tasca le cesoie e scavalcò la recinzione nel punto in cui era più bassa.

Si fermò per sentire se c'erano cani.

Nulla. E nessuna voce.

Solo quell'odore acre e un groviglio di raggi lunari riflessi dalle superfici più diverse. Avanzò lentamente, attento a dove metteva i piedi in quello squallido labirinto di rifiuti incrostati e rotti.

Si diresse adagio verso la baracca, passando sopra un sedile d'auto foderato di tweed, una statuetta da giardino spezzata all'altezza della vita, una lampada a gas in frantumi, un cumulo di riviste in putrefazione.

Poggiò la schiena contro la baracca. Guardò rapido dentro la finestra poi si chinò sotto il davanzale. Deserto. Guardò un'altra volta.

Un posto sudicio. Pieno di involucri di fast food, lattine di birra vuote, abiti macchiati e ammuffiti, riviste. Si aspettava di trovare numeri di *Penthouse*, invece vide solo *National Geographic*, *Cosmopolitan* e *Reader's Digest*. E poi libri, piatti, giornali, pezzi di carta, scatoloni.

Nell'angolo c'erano anche due custodie in pelle per armi da fuoco.

Si guardò intorno, poi cercò di aprire la finestra. Era

chiusa. Pellam impugnò le cesoie e colpì una lastra di vetro, quindi infilò dentro la mano e aprì il chiavistello. Alzò il vetro e a fatica, con il dolore che gli pulsava dalle costole fino alla mascella, riuscì a buttarsi dall'altra parte del davanzale.

Rimase un istante in ascolto e percepì solo il fruscio di un'auto di passaggio che si allontanava. Si mise in un angolo e sollevò una delle custodie delle armi. Dentro c'era una carabina Colt AR15, la versione civile dell'M16 militare.

L'altra custodia conteneva una Beretta calibro 300 Magnum.

Un'arma dall'aspetto comune. Bolt-action. Calcio in noce, metallo blu scuro, con un proteggi-spalla e un mirino telescopico. Non c'era mirino sulla canna, era un'arma da cecchini.

L'aprì: le cartucce che Sam aveva trovato ci entravano perfettamente.

Come la scarpetta di Cenerentola.

Era una prova sufficiente? Non ne era certo. Le uniche occasioni in cui aveva avuto a che fare con la legge era stato nella posizione di colpevole e da quel punto di vista non erano servite molte prove per incriminarlo. Rimise a posto la pistola, quindi cominciò a guardare nei cassetti della scrivania, nell'unico armadio della baracca e negli zaini verde militare impilati contro la parete sul retro.

Contenevano migliaia di tubetti simili a fiale di crack. Dovevano essere cinque o seimila. E ognuno aveva dentro un piccolo cristallo che assomigliava a quello che gli aveva mostrato il medico, quello che qualcuno aveva dato a Sam.

Una piccola caramella.

Il che risolveva il problema delle prove. Se non fosse bastata la pistola, questo sarebbe stato sufficiente.

Passò una macchina. Sembrava rallentasse e Pellam si affrettò a rimettere tutto a posto. Estrasse la pistola. Dopo un po', quando l'auto si fu allontanata, riaprì lo zaino.

## 21

"Nudo", fece Bobby.

Suo fratello annuì.

Si trovavano al Cleary Inn e stavano mangiando una bistecca di prima scelta. A Dutchess County era considerato un posto chic, tutto specchi cromati e pietre dalle forme geometriche e slanciate, saldate e cementate nella plastica in un costoso progetto architettonico. I gemelli erano seduti a un tavolo con una tovaglia in lino rosso; sulle ginocchia avevano spessi tovaglioli inamidati che sembravano formare un mare biancastro sui pantaloni neri.

Okay, erano i proprietari di uno sfasciacarrozze ma, sissignore, amavano mangiare e volevano trattarsi bene. La maggior parte dei loro soldi veniva ovviamente dalla droga, considerato che l'attività di sfasciacarrozze era perennemente in perdita. Buona parte dei guadagni se li mangiavano. Guadagni netti, non lordi. ("Abbiamo uno sfasciacarrozze, i nostri guadagni sono tutti netti! Ah-ah-ah.")

Quella sera le loro unghie erano perfettamente pulite e,

sotto l'aroma dello shampoo al catrame, odoravano quanto il reparto profumeria di un grande magazzino.

Bobby fece: "Allora ero lì nudo come un verme..." Si interruppe, chiedendosi se davvero potesse sembrare un verme. "Le persiane erano aperte. E lei era a neanche cinque metri. In cortile."

"Cinque metri."

"Aveva un reggiseno bianco. E un paio di tette come due siluri."

"Che storia è? Mi sembra una stronzata."

"No, no, aspetta. Adesso viene il più bello."

"Già non mi sembra *gran che*. Immaginiamoci poi il più bello."

Bobby fece una pausa per mangiare il suo pudding dello Yorkshire, specialità che non aveva mai assaggiato prima di allora.

Be', non era proprio un pudding. Sembrava un *pancake* mal riuscito. Bobby pensò che avrebbe dovuto spiegare qualche cosina al cuoco riguardo ai *pancakes*. Billy si dedicò alla sua *Ceasar salad*.

Bobby continuò: "Allora lei ha cominciato a farmi cenni. Come di nascosto. Hai capito che tipo di cenni, no?"

Billy masticava.

"Alla fine, mi giro per guardarla in faccia e lei era lì, che mi fissava l'uccello."

Billy disse: "Passi più tempo a parlare del tuo uccello che a usarlo".

"Cazzo se l'ho usato, quella notte", replicò Bobby. Poi un altro triangolo di pudding gli scomparve in bocca. "Resterà lì ancora per molto?"

Anche se non l'aveva detto, Billy capì che il fratello si riferiva alla permanenza di Pellam a casa Torrens: avevano notato il suo camper parcheggiato fuori mentre andavano al Cleary Inn.

"Non ne ho idea. Come faccio a saperlo?"

"Allora lo facciamo? Non sembrerà così strano, non trovi? Prima il suo amico, poi lui."

"Uhm", borbottò Billy, e non disse altro. Non perché stava mangiando l'insalata ma perché rifletteva.

Bobby osservò la testa di cervo sopra il caminetto di vetro fumè. Era strano vedere un trofeo di caccia in un ristorante che si dava arie metropolitane. Gli occhi spenti dell'animale e la sua pelliccia liscia lo eccitarono. Pensò al profumo dell'aria fresca di novembre, la mattina, all'erba schiacciata sotto gli stivali, a un buon fucile stretto nelle mani. Disse: "Non me lo immagino, sai. Viaggiare per il mondo. Sai, mi sentirei..."

"... disorientato", completò Billy. Spesso terminava le frasi che Bobby lasciava in sospeso.

"Già. Però mi piacerebbe viaggiare. Ci sono tanti di quei posti da vedere."

"Uh."

"Stasera non parli molto." Batté la superficie croccante del pudding con la forchetta. La cosa strana era che in teoria ci si doveva mettere la salsa. Bobby pensò che avrebbero dovuto dargli dello sciroppo Log Cabin. Pudding di *pancake* con sopra la salsa. Gli inglesi sono fuori.

"C'è una cosa che mi dà fastidio. Il ragazzino dei Torrens", fece Billy.

"Perché proprio lui?"

"Ned le ha date a lui le caramelle, no? Quindi avranno passato un po' di tempo insieme. Qual è la domanda più logica che può fare un ragazzino?"

A Bobby non veniva in mente. "Dimmela."

"Avrebbe potuto chiedere a Ned dove aveva preso quella roba e Ned è... era... così fesso da andarglielo a raccontare."

"Il ragazzino ha nove o dieci anni. Che cosa vuoi che ne sappia."

"A volte", fece Billy, "mi sembra che non ragioni."

Non era proprio così. Bobby ragionava parecchio. Unico dettaglio: a volte non sapeva che farsene dei suoi pensieri. Nessuno gli sembrava davvero utile. Allora si divertiva a far saltare in aria le frittelle come le ossa che roteavano nello spazio nei film di fantascienza e a colpire la spalla di un cervo a quattro chilometri di distanza con un fucile munito di telescopio Zeiss-Daiwar o a tener pulite le strade di Dutchess County dai rifiuti, utili o inutili che fossero. Ma a parte questo, chi aveva il compito di pensare alle cose e di metterle insieme era Billy. Che non sapeva sparare né cucinare. E non leggeva il *National Geographic*.

"Potrebbe sapere molte cose. Troppe. Solo perché è un ragazzino non significa che *sia stupido*", continuò Billy.

Bobby si chiese se dovesse considerarsi offeso. "Allora che cosa vuoi dire?"

"Cosa ne pensi della signora?"

Torrens. Meg Torrens.

"Che ne so. Quel pudding lo mangi?"

"Eh?"

"Il tuo pudding."

"Credo sia fatto con le patate o roba del genere. Sì, lo mangio." E aggiunse: "Che ne pensi di lei?"

"Che ne so."

"Mi hanno detto che non è proprio una *hausfrau*, una casalinga modello."

"*Hausfrau*? Che diavolo di roba è? Una casalinga *nazzista*?" Bobby diceva *nazzista*. Non sembrava si aspettasse una risposta.

"Secondo te ha le tette grosse?"

"Che ne so. Cosa stai..."

Billy proseguì: "Che ne pensi di Torrens? Insomma, cosa ne pensi, per davvero?"

"Che cosa penso di lui?" Spesso Bobby ripeteva le domande del fratello quasi per sottolinearne la stupidità, e intanto prendeva tempo e pensava a una risposta.

Billy disse: "Pensi che sia sveglio?"

"Sveglio il giusto."

Billy guardò il fratello e rise. "Che cosa significa, sveglio il giusto? È come dire che il suo cazzo è lungo il giusto."

"Va bene", fece Bobby, "è sveglio il giusto da farsi i cazzi suoi quando deve. Se ho capito bene, è questo che voleva dirmi."

*Ecco ragazzo, non è ragionare, questo?*

"Che cosa pensi che combini Torrens?"

"Ragazzo, tu vuoi soltanto..."

"Paragonalo per esempio con quello che facciamo noi."

"... finire nei guai."

Billy mangiò il pudding fino all'ultima briciola. Bobby lo guardò con disappunto. Pensò che con tredici dollari e novantacinque, il valore di un bel filetto di prima scelta, potevi avere qualcosa di più nel ramo pudding all'inglese.

"I Torrens si sono fatti una bella casa."

"Sì, non è male."

Billy guardò il fratello come se avesse appena rifiutato un biglietto omaggio per il *playoff*.

Bobby fece: "Okay. È splendida. Contento?"

"Lasciami solo..." cominciò Billy.

"Penso che tu stia straparlando, ecco che cosa penso."

"... fare un'ipotesi."

# 22

Si stava chiedendo dove fosse Pellam, che cosa stesse combinando. Si era preso la bottiglia, scomparendo misteriosamente senza dare spiegazioni.

Meg Torrens provò una punta di gelosia, chiedendosi se fosse andato a vedere Janine. Poi si costrinse a pensare ad altro. Si disse: *Al momento hai troppe cose per le mani, bella.*

*Però...*

Di nuovo quel maledetto rumore. Dal giorno in cui l'aveva visto nella stanza d'ospedale: la Polaroid. *Bzzzz.*

*Per sua informazione, vivo qui da cinque anni.*

Pensò a Pellam che la baciava. Pensò a quanto avrebbe voluto baciarlo.

*Adesso basta.*

Mise a letto Sam e scese in cucina. Si versò un altro bicchiere di vino e fece ritorno in salotto; spense le luci. Le aveva accese tutte quando c'era Pellam, malgrado detestasse avere troppa luce. Non ne sapeva il motivo... Sì, okay, lo sapeva. Era meno romantico. Meno pieno di sottintesi. Lei...

Qualcuno bussò alla porta.

Sperò che fosse Pellam, ma temette che si trattasse invece di Ambler. Le venne in mente che Ambler doveva averlo visto mentre si allontanava: poteva avere parcheggiato più avanti lungo la strada, per spiarli, aspettando che lui se ne andasse. Per poi rifarsi avanti con la sua proposta. Come poteva un uomo così duro ridursi a quel punto?

*Non sono proprio in vena…*

Ma quando aprì la porta trovò lo sceriffo in piedi sotto il portico. "Tom…"

"'sera, Meg."

Lei provò una scossa elettrica. "Keith sta bene?"

"Oh, non sono qui per lui."

"Pellam?"

"Nemmeno. Ti spiace se entro?"

Era tetro, ma lo era sempre. Lei gli fece cenno di accomodarsi, appoggiando il vino sul davanzale.

Lo sceriffo entrò, togliendosi il cappello nell'istante in cui metteva piede sulla soglia.

"Caffè? Qualcos'altro?"

Tom scosse il capo e si sedette sul divano.

"Di che si tratta?"

"Volevo chiederti una o due cose su Sam. Lo sai che stamattina è sparito per un po' dalla scuola domenicale?"

*Che storia era questa?*

"Non sapevo fosse un reato", disse lei, sostenuta.

"Meg, lo sappiamo tutti e due che non lo è. E credo tu abbia capito che non sono qui solo per questo."

"Cioè?"

"Sapevi di Sam? Me ne vuoi parlare?"

Lei decise che dire la verità era la cosa più semplice. "Sì, me lo ha detto Keith. Hanno cercato di chiamarmi a casa, ma non c'ero. Allora lo hanno chiamato in fabbrica. Sam è ricomparso dopo qualche minuto."

"Tre quarti d'ora."

"Che cosa stai cercando di dirmi, Tom?"

"Ne hai parlato con Sam?"

"Ma certo." Lo sceriffo non disse altro e Meg si sentì in dovere di continuare. "Era sconvolto da quanto è successo. Con quelle pillole. Ha detto che non si sentiva bene. Era una bella giornata. È andato a fare due passi." Si accorse che stava alzando la voce e si interruppe. "Voglio sapere che cosa mi vuoi dire."

Tom fece un cenno di assenso. "Meg, poco dopo che Sam si è allontanato dalla chiesa, Ned Harper è stato ucciso. A un chilometro e mezzo di distanza. Una bella passeggiata, ma fattibile nel tempo in cui è stato via."

"Ned? Che cosa c'entra mio figlio con Ned?"

"Riteniamo che sia stato Ned a dargli quelle pillole. E pensiamo che possa essere stato Sam a ucciderlo."

"No!" fece lei con decisione.

"Non ne siamo sicuri. Ma Ned potrebbe avere minacciato tuo figlio. Hai visto quanto era spaventato. E Sam potrebbe aver voluto pareggiare i conti."

"Sam non farebbe male a nessuno."

"Ned è stato ucciso con un'arma di piccolo calibro, forse un 22. Non abbiamo ancora recuperato i proiettili. Randy Gottschalk, il mio vice, mi diceva che Keith ha regalato a Sam un calibro 22 il Natale scorso."

Gli occhi di lei corsero alla rastrelliera dove solitamente riposava il piccolo Winchester. Il cuore le balzò in gola quando si accorse che non era al suo posto. Ma poi si ri-

cordò che quel pomeriggio Sam e Pellam si erano eserci-
tati a sparare. Avevano usato proprio quell'arma? O il fucile più piccolo? Forse erano sotto il portico sul retro della casa, in attesa di essere puliti. O in cantina. L'unica arma sulla rastrelliera era il vecchio Springfield, sola super-
stite vestigia dei suoi genitori, assieme all'antipatia di Meg
per le luci forti.

"Tom, conosci Sam da quando è nato. Credi che sia capace di ammazzare qualcuno?"

"No, non credo. Ma non sono l'unico a cui è venuto il
sospetto. Abbiamo avuto troppi guai a Cleary: quei de-
litti lo scorso anno, un paio di overdose… Sarà la polizia
di stato a occuparsi del caso. E vorranno parlare con
Sam e controllare il suo fucile. Fare qualche esame bali-
stico."

"Questo dimostrerà che lui non c'entra." Ma, mentre
pronunciava quelle parole, un terribile dubbio si faceva strada… No, suo figlio non poteva avere ucciso nessuno.

Eppure si ricordava la sua espressione quel giorno,
mentre sparava assieme a Pellam. Sembrava così determi-
nato. Così adulto. Quasi inquietante.

"Gli posso parlare?"

"Dorme."

Tom sorrise e guardò oltre le spalle di Meg. "Non si di-
rebbe."

Sam era in piedi sulla soglia, in pigiama, e fissava imba-
razzato lo sceriffo. "Ho sentito un rumore. Mi sono spaventato."

"Ciao, Sam. Come va?"

"Salve, sceriffo."

"Ti senti meglio?"

"Sissignore. Meglio."

"Devo essere stato io a fare rumore. Spiacente di averti svegliato."

"Non dormivo. L'ho sentita arrivare. Ma questo era un rumore diverso. Fuori dalla mia finestra."

Meg guardava la sua faccia tonda e assonnata. Pensò: *No, non ucciderebbe nessuno. Eppure...* I suoi occhi sembravano così freddi. Appariva diverso. Lei si sforzò di sorridere. "Tesoro, sarà stato quel gufo. Ti ricordi?"

"Non è stato il gufo."

Meg stava pensando: *Dov'è finito quel calibro 22?* Ma no, *non poteva* essere stato lui.

Tom si alzò. "Che ne dici se do un'occhiata?"

"Magari", fece Sam.

"Tom..." cominciò Meg.

Lo sceriffo sussurrò: "Okay, facciamo così: torno domani. Tu e Keith sarete qui e se volete potete anche avere un avvocato. Okay?"

Lei assentì.

Tom appoggiò una mano sulla spalla del ragazzino e insieme salirono le scale. "E adesso vediamo che cos'è questo rumore."

"Arrivo tra un minuto per rimboccarti le coperte", promise Meg.

Dov'era quel fucile? Doveva trovarlo.

Era a metà strada dal portico sul retro quando un colpo di fucile al piano di sopra fece tremare la casa.

Un urlo le sfuggì dalle labbra. Corse verso le scale e si fece da parte mentre Tom rotolava di sotto, con una terribile ferita al petto.

"Io…" Lo sceriffo la guardava con occhi vacui, strisciando verso l'ingresso. Riuscì a percorrere un metro e mezzo. Poi stramazzò sul pavimento, immobile. Il sangue impregnò la moquette.

"Gesù… Sam!" Meg corse su per le scale.

Per un orribile momento credette che fosse stato suo figlio a uccidere Ned e ad attirare Tom al piano di sopra per ammazzare anche lui. E provò un senso di colpa per la propria infedeltà, per non avere dimostrato gratitudine nei confronti della vita meravigliosa che Keith le aveva offerto.

Ma poi il ragazzino apparve in cima alle scale. Correva in preda al panico, il volto rigato dalle lacrime. "C'è un uomo. Ha ferito lo sceriffo Tom. Gli ha sparato!"

"Dov'è?"

"Non lo so. Era alla finestra. Ho paura…"

Si sentì il rumore.

Proveniva dalla cantina e le fece pensare a quella volta in cui aveva fatto a pezzi una vecchia cassetta della lattuga usando un martello a granchio per far saltare i chiodi. Lo stridio acuto dell'attrito della ruggine.

Poi uno schiocco e il tintinnio di un vetro sulla pietra.

La finestrella della cantina.

"Mami! È lui. È là sotto. È nella…"

"Shhh."

Meg corse verso la porta della cantina. La chiuse con un piccolo chiavistello d'ottone e afferrò il telefono. Staccato. Premette il pulsante.

Silenzio.

Guardò Tom, ma la sua pistola non era più nella fondina. Doveva essergli caduta da qualche parte. Oppure gliel'aveva presa l'intruso.

"Sam, dove sono i fucili con cui avete sparato tu e il signor Pellam?"

"Non lo so."

"Sam, va tutto bene, tesoro. Andrà tutto bene. Dove sono i fucili?"

Il ragazzino singhiozzava, spaventato. "Li ho messi in cantina. Dovevamo pulirli. Lui ha detto che non voleva che lo facessi da solo."

"Va bene, caro." Meg lo condusse nella camera degli ospiti al pianterreno, priva di finestre. "Chiudi la porta a chiave. E non aprire a nessuno tranne me e papà."

"Ho paura."

Meg lo strinse forte. Così forte che sembrò non volersi staccare più da lui "Andrà tutto bene, promesso."

Chiuse la porta e sentì scattare la serratura. Si precipitò verso la rastrelliera, spalancò lo sportello.

Afferrò la carabina che puzzava di olio e di zolfo. La centenaria Springfield, *un fucile ad avancarica, non a retrocarica... Oh, Pellam, dove sei?* Meg spolverò la canna di metallo marrone, facendo tintinnare l'anello per agganciare il fucile alla sella. Trovò una dozzina di cartucce lunghe e pesanti; una la mise nella carabina, le altre nella tasca del maglione.

Chiuse il fucile con uno scatto e corse in corridoio.

Al piano terra controllò la porta d'ingresso e quella sul retro. Erano chiuse a chiave. E le finestre? Di solito le teneva chiuse. Per caso aveva cambiato l'aria di recente? Non si ricordava e non aveva intenzione di controllare adesso.

Dalla cantina veniva un delicato strofinio, come di legno e di metallo. Meg andò in cucina. *Okay, stronzo.* Con entrambe le mani sollevò il cane a metà.

Dei passi che salivano le scale.

Meg spense la luce della cucina. Fece un grosso respiro, tolse il chiavistello e spalancò la porta. Balzò all'indietro così rapidamente che per poco non inciampò.

L'uomo era a tre quarti della scalinata. Meg non riusciva a vederlo in volto. L'intruso si fermò, ridendo dalla sorpresa. Aveva in mano una torcia elettrica. Con una voce acuta e scherzosa, vagamente familiare, disse: "Sono venuto a leggere il contatore".

Meg rispose: "Ho un fucile. Fai un altro passo e sei morto".

Il raggio di luce ondeggiava intorno a lei.

"Prova ad abbagliarmi e sei morto."

"Pericolosa, questa casa."

"Che cosa vuoi?" Tentando di mantenere la voce ferma.

"Sono passato dal via e ho diritto ai miei soldi. Ma davvero, gente, lasciatemi andare e non vi denuncio."

"A terra, faccia contro il pavimento. Scendi fino in fondo alle scale e sdraiati a terra."

L'uomo rise. "Uh, non prenderla sul personale, ma non è molto pulito. E potrebbero esserci dei ragni. Io odio i ragni."

"Subito!" Con il pollice riuscì a sollevare il cane in posizione di sparo. Lo scatto echeggiò per la cucina.

Lui fece un passo giù per le scale. "Non prendertela così. Ti ringrazio dell'offerta, ma credo che la cosa migliore da fare sia andarmene. Non fare strani gesti, signora mia. Tieniti i gioielli e l'argenteria. Non li avrei presi comunque. Ehi, volevo solo dire..."

Meg poggiò il fucile sulla spalla. Appoggiò il dito sul grilletto.

L'intruso fece altri due passi nell'oscurità.

"... la cena ha un profumo delizioso. Spiacente di non potermi fermare. Magari la prossima volta."

*Ora! Fallo!*

Il dito di Meg era come congelato sul grilletto. *Spara, spara, spara.*

L'uomo scomparve.

"Merda."

Sbatté la porta, tirò il chiavistello e lo sentì correre per la cantina. Allora si precipitò verso l'ingresso principale. Guardò attraverso le tendine di pizzo della porta. Non vide nessuno.

*Dannazione, dannazione, dannazione.* Che fine aveva fatto? Dov'era andato?

*Pellam ti prego torna a casa...*

*Keith...*

Salì le scale verso la stanza di Sam.

Fu in quell'istante che l'altro uomo, dal salotto, balzò in corridoio e afferrò Meg per il petto, parlando con la stessa vocetta malata del primo: "Alla faccia! Un fucile così grosso per una ragazzina così piccola".

*Dio mio!* Lo aveva riconosciuto: era uno dei gemelli, i proprietari di quella disgustosa discarica in periferia. Billy, o Bobby, le mise una mano sulla faccia e cercò di strapparle il fucile.

Lei sentì un dolore al seno mentre lui la stringeva. "Hmm", fece l'uomo in segno di approvazione. Meg percepì l'odore del suo dopobarba scadente e della lozione al catrame.

Lui era molto forte, ma lei non era da meno. Nessuno dei due riusciva a togliere il fucile dalle mani dell'altro.

Allora Meg puntò l'arma verso la cucina e premette il grilletto.

L'esplosione riempì il corridoio con il suo puzzo di zolfo. In cucina il microonde Sanyo saltò in aria. Il rinculo sbatté Meg all'indietro, addosso al gemello. Mentre le orecchie le ronzavano, lo sentì respirare con affanno. Poi, con uno schiocco fragoroso, la testa di lui finì contro il batacchio d'ottone sulla porta.

"Dannazione! Che male, merda!" L'uomo lasciò la presa e si premette entrambe le mani sulla testa.

Meg si inginocchiò e aprì di scatto la carabina, espulse il vecchio bossolo, caldo e fumigante, e ricaricò il fucile.

Il gemello batté le palpebre, massaggiandosi la nuca, poi girò su se stesso e trafficò con chiavistelli e serrature. La moquette e la porta smaltata di bianco si macchiarono di sangue.

Tolse la catena e un chiavistello, aprì una serratura.

Meg richiuse il fucile.

La porta si spalancò.

Meg fece per sollevare il cane…

"Fottuto cannone", gridò l'uomo al fratello, che doveva trovarsi fuori. "Questa ha un fottuto cannone!"

Poi un urlo alle spalle di Meg. "Mami!" Sam era uscito dalla stanza degli ospiti e le correva incontro lungo il corridoio.

Meg si voltò verso di lui.

"No, Sam, no!"

Si girò nuovamente, ma era troppo tardi. Il gemello le saltò addosso. Meg non riuscì ad alzare il cane del fucile e brandì l'arma come se fosse un bastone. Lui l'afferrò senza difficoltà e le tirò un pugno alla mascella.

"Mami!" gridò nuovamente Sam, mentre lei crollava in ginocchio.

Il gemello si fece avanti e, furioso, la colpì ancora, con brutalità.

Meg sentì una scossa di dolore esploderle nelle orecchie. Vide tutto nero e sfocato e scivolò contro la parete a fiordalisi blu. Tentò di alzarsi. Il gemello le strappò con rabbia il fucile dalle mani e la colpì di nuovo, stavolta alla tempia. La testa di Meg rimbalzò contro il muro e lei stramazzò sui gradini.

Sam la raggiunse e le mise una mano intorno alla testa. Gridò a Billy: "Vattene via, vattene via!"

Il gemello aprì la porta e disse a voce alta: "Ciao, Bobby. Qui è tutto sotto controllo. Vieni pure".

Bobby entrò. Annusò l'aria. "Che puzza. Di zolfo. Guarda che roba." Indicò lo Springfield con ammirazione. Poi notò il corpo dello sceriffo.

"Dovevi proprio ammazzarlo?"

"Mi ha visto entrare dalla finestra", disse Billy massaggiandosi la testa. "Che cazzo potevo fare, secondo te? Dirgli 'Come va la vita?'"

Bobby chiuse la porta e guardò Sam. "Ehi, giovanotto. Non preoccuparti. È tutto okay."

Il fratello borbottò: "Porca puttana, sto sanguinando". Guardò compiaciuto Meg: la sua testa ciondolava contro la tappezzeria, il viso era cianotico. "Dov'è Keith?" le chiese.

Lei non rispose. Lui la prese a sberle, con violenza.

Ancora silenzio. Meg era semicosciente.

"No!" urlò Sam.

"Dov'è tuo padre?"

Sam esitò, poi disse: "È in ufficio, ma tornerà a casa fra poco e vi ammazzerà".

"Fra poco", ripeté Billy, guardando il fratello.

Ma Bobby stava fissando il ragazzino. "Che ne dici se io e te ci guardiamo un po' di tv insieme, o qualcosa del genere? Lì in salotto? Mentre lo aspettiamo."

"No."

"Non vuoi che faccia ancora male alla mamma, vero?"

Sam non rispose. Si limitò a scuotere la testa e a piangere.

Bobby sorrise. "Dai, andiamo in salotto, tu e io."

Billy disse: "Adesso non c'è tempo per queste cose".

Contento di aver pensato una cosa a cui il fratello non era arrivato, Bobby ribatté: "Be', tanto dobbiamo aspettare. Tanto vale divertirci".

# 23

I segnali stradali gli mandavano messaggi.

Keith Torrens vide un cartello giallo che indicava una curva pericolosa e pensò al legame chimico sigma. La sua mente sprofondò in pensieri sulla condivisione degli elettroni e sulla loro diseguale distribuzione di carica in una molecola cloruro-bromuro.

Oppure vedeva un altro cartello di svolta, pensava al legame delta e... bang, ecco la formula di scambio di Gibbs sull'energia.

La mente vagava. Percorreva strani sentieri proprio come faceva quand'era un bambino paffuto con un regolo in mano. I Momenti Magici capitavano anche allora, no?

Un altro segno, un chiosco di hamburger abbandonato della White Castle. Keith notò la vernice scolorita sul parapetto mentre lo superava velocemente.

Un castello. Un castello medievale. Pensò agli alchimisti.

E al *location scout*.

Quella notte, guidando verso casa, si sentiva stanco.

Erano quasi le undici e aveva lavorato quattordici ore piene allo stabilimento. Un'altra domenica se n'era andata. Mentre conduceva la Cougar lungo la strada buia e deserta sentì un dannato cigolio provenire dalla parte anteriore. *Uno scienziato, sono uno scienziato e non so aggiustare un pezzo di metallo che fa rumore.*

Ma né la stanchezza, né il cigolio, né il mal di testa sembravano preoccupare Keith. Non gli importava. Perché incazzarsi? Si sarebbe comprato un'altra dannatissima Cougar, o una Cadillac, o una Mercedes.

Stava vivendo uno dei suoi Momenti Magici.

La risposta gli era arrivata all'improvviso, alle due di quel pomeriggio, in una sequenza di pensieri rivelatori che stava cercando faticosamente di trasformare in numeri, lettere greche e simboli. Se n'era andato subito dalla fabbrica per chiudersi in ufficio. Aveva staccato il telefono e si era messo a scrivere freneticamente, con la paura di dimenticare qualche dettaglio. Keith stava sperimentando quel senso di terrore che ti afferra il cervello: ricordava quando al college aveva preso per la prima e unica volta dell'anfetamina per poter consegnare in tempo il suo progetto di dottorato. Quel rassicurante senso di chiarezza in cui tutto assume un suo contorno e si definisce.

*Un Momento Magico.*

Non ne capitavano spesso, e anche se il problema che aveva risolto, cioè trovare un nuovo stabilizzatore per uno degli sciroppi contro la tosse della sua ditta, non era proporzionato all'euforia, la sua esaltazione non accennava a svanire.

La magia aveva funzionato. Aveva chiuso un problema

nel suo cervello, l'aveva lasciato lievitare e ne era uscita la soluzione. Si sentiva un grande, si sentiva vivo. Quei momenti davano un senso a tutto il resto, a tutte le stronzate burocratiche con cui aveva a che fare, a tutte le ore di lavoro extra, ai rischi e all'ulcera imminente. E anche al tempo passato lontano da Meg e Sam.

Tutto questo gli veniva ripagato in un unico momento. Un Momento Magico.

Meg.

Per la decima volta Keith rimpianse che anche quel giorno la moglie, come tutti gli altri giorni, non potesse condividere i suoi successi lavorativi. Lei ne riceveva i benefici, d'accordo. Sarebbe diventata anche lei miliardaria. Ma non sarebbe mai stata la sua partner.

Ecco il più grande rimpianto di Keith Torrens.

Castelli, alchimisti medievali.

Alchimia, l'oro che si trasforma in altro oro, più luminoso.

Anelli d'oro. Fedi nuziali. Meg.

Gli venne in mente una battuta di una stazione di musica country western che lei ascoltava di continuo: *Una bugia detta all'amato è come un porto col mare agitato*.

A volte si era chiesto se si vedesse con qualcuno. Immaginava di no. Keith Torrens, che non aveva mai mentito a sua moglie, era convinto che entrambi i sessi avessero la stessa predisposizione all'inganno; riteneva però che le donne fossero più abili a far sparire le tracce. Lui, dotato di una fede cartesiana nel razionalismo e nell'empirismo tipica di uno *scienziato*, aveva stabilito che le donne, essendo madri e avendo meno forza fisica degli uomini, avevano dovuto perfezionare l'abilità nel mentire per difendere la prole. Questo nel passato, prima della nascita delle istituzioni sociali e del pronto intervento.

*Tre gruppi organici legati a un atomo d'azoto...*

In effetti, non aveva trovato nessuna prova indiziaria. Nessuna traccia nel suo sguardo. Niente ricevute delle carte di credito, che immaginava potessero essere indizi dannatamente compromettenti. Non ricordava nessuna occasione in cui Meg non fosse a casa quando ci doveva essere. Ma come avrebbe potuto accorgersene? Era al lavoro dodici ore al giorno. Sam non aveva mai fatto riferimenti a uno zio che venisse ad aiutare la mamma in giardino, a riparare la grondaia o a sistemare il tappeto in camera da letto.

*... quattro gruppi legati a un atomo di carbonio...*

Quale altro marito era più devoto di lui? Esisteva forse un padre migliore? Keith non aveva mai fatto lunghi viaggi di lavoro, come molti di quelli che lavorano per grandi società sulle rive dell'Hudson. Non aveva mai sradicato Meg e Sam dal loro ambiente costringendoli a girare per gli Stati Uniti. Non era come quel tipo che aveva conosciuto una domenica al campo di golf: un amico di amici che lavorava per l'IBM ("In Bel Movimento") a Westchester e aveva cambiato quattro case in sei anni.

*... Una catena di etilene e un chetone... Infornare e far lievitare. Bang, un Momento Magico ed ecco che esce una cosa nuova.*

No, Meg gli era stata fedele. Anche se le domande sulla fedeltà andavano fatte in un certo modo, veloce, distratto, così da non ricevere una vera risposta. Uno scienziato non è attrezzato per domande del genere, proprio perché non è soddisfatto finché non scopre la verità.

Keith Torrens guidava verso casa. Avrebbe trovato un modo per risarcirla. Di cosa?

Non lo sapeva.

Come?

Non lo sapeva.


Pellam rallentò sul ciglio della strada.

Vide l'auto beige parcheggiata lungo il vialetto d'ingresso e pensò: *Dannazione. No….* La riconobbe. Sapeva chi erano i visitatori.

Ripensò a quando i Big Mountain Studios avevano promesso di installare un telefono su tutti i camper. Nessuno degli sgherri di Lefkowitz se n'era occupato. E qui la casa più vicina era a diversi chilometri di distanza. Non c'era tempo di arrivarci.

Non c'era tempo per niente.

Spense i fari, parcheggiò sull'erba, aprì la portiera e scese.

All'interno della casa nessuno sembrò accorgersi di lui. Tutto rallentò all'improvviso, come le scene di kung-fu nei B-movie di Hong Kong o nelle sequenze violente dei film di Sam Peckinpah.

Pellam si fermò fuori dal veicolo; fece un bel respiro.

Si avviò verso la casa, tenendosi lontano dalla ghiaia.

Se non altro aveva dalla sua l'effetto sorpresa.

*Amico, è autunno, senza dubbio.* L'odore dell'aria fresca e secca, il dolce aroma del legno di quercia e di ciliegio che brucia nei caminetti. Pellam pensò a come le città fossero prive di stagioni. New York, Los Angeles. E a come fosse strano tornare in campagna in un periodo dell'anno così definito, come la prima grande nevicata o la settimana in cui le foglie assumevano le sfumature più colorate: era soprattutto un ritorno alla giovinezza, una malinconia struggente che ti spingeva a riconsiderare priorità e progetti.

Stagioni conclamate.

Pellam trovò la sua osservazione piuttosto stimolante e si chiese se avrebbe vissuto abbastanza a lungo da poterla usare in un film.

Ora il cielo si era schiarito quasi del tutto, le nuvole erano state spazzate via dal vento freddo. Pellam guardò in su e vide le stelle nella cupola nera e vuota che lo sovrastava da un orizzonte alberato all'altro. Una perfetta notte d'autunno a Cleary, Stato di New York. La patria del cimitero perfetto.

Era quella la ragione per cui lui e Marty erano finiti a Cleary, dopotutto. Erano alla ricerca del cimitero ideale, del numero uno.

Era davvero una perfetta notte d'autunno.

Mentre camminava su prato vide alcune ombre all'interno. I bagliori di uno schermo televisivo. La macchina di Keith non c'era. Dunque i gemelli erano soli con Meg e Sam.

Affrettò il passo. Infilò la pistola alla cintola. C'era una finestra aperta sulla destra, che dava su una stanza buia. Poteva arrampicarsi sul graticcio delle rose ed entrare dalla finestra. Gli sarebbe arrivato alle spalle.

Erano in due, probabilmente armati entrambi.

Ma almeno aveva dalla sua l'effetto...

Un'auto imboccò il vialetto, illuminando Pellam con i fari. Il guidatore suonò il clacson.

Dalla casa, a una quindicina di metri di distanza, si accesero le luci del portico, accecandolo.

"Che succede?" gridò Keith dal vialetto. Parcheggiò e scese dalla macchina.

Pellam gli rispose: "Resta lì. Stai indietro".

Si voltò nuovamente verso la casa. La porta d'ingresso si aprì e ne uscì uno dei gemelli, e gli puntò una pistola al petto.

*Tanti saluti all'effetto sorpresa*, pensò Pellam.

# 24

Pellam immaginava che si sarebbe giunti a questo.

Si mosse verso destra, lontano dalla luce. La ghiaia scricchiolava sotto le suole logore dei suoi Nokona. Si fermò, provando una strana sensazione.

"Ehi, signore. Ehi, signor Torrens."

"Che diavolo…"

"Zitto", Pellam ordinò a Keith.

L'uomo si immobilizzò.

Questa era decisamente la fine del film. Ma non era come nei suoi: tutta quella tensione e poi non succedeva nulla e i protagonisti sfumavano nei titoli di coda. Ragazzi, quei finali la critica glieli aveva fatti a pezzi. *Risolvi la storia, John, risolvila.* Il mondo non sopporta le soluzioni ambigue.

*Ma è così.* A Pellam era dannatamente chiaro. Un uomo uscì ciondolando sul portico, stringendo un'automatica. Meg aveva detto che non le piacevano le pistole, armi fatte per uccidere la gente e basta.

L'uomo venne avanti. "Mi hai interrotto. Stavo giusto per mettermi a guardare la tv con il mio amichetto."

E suo fratello, dov'era finito?

*Dietro di lui?*

*Dietro di me?*

*Oppure dentro, con Sam?*

"Dov'è Meg?" chiese Pellam.

"Che ci fai qui?"

"Tu chi sei dei due?"

"Bobby. Ehi, non si muova lei, laggiù, signor Torrens. Se lo fa mi tocca uccidere anche lei."

Pellam domandò: "Sei stato tu a farlo?"

"A fare cosa?"

"Ad ammazzare il mio amico."

"Se lo so e te lo dico, devo poi assicurarmi che la notizia non esca di qui."

"Ed è quello che vuoi fare, vero?"

"Ehh..."

"Voglio solo sapere se sei stato tu a uccidere Marty."

"È stato un gran bel colpo, te lo dico io." Non era per darsi arie, lo considerava un dato di fatto.

"Che cos'hai lì alla cintola?" chiese Bobby.

"Sarebbe una Colt Peacemaker."

"Davvero? A salve? Riproduzione?"

"No, no. È una vera."

"Davvero? Una 44?"

"45."

"Eh."

"Dov'è tuo fratello?"

"Dietro di te, forse."

"Allora morirai tu per primo", dichiarò Pellam.

"Eh."

"Per piacere", supplicò Keith. "Dov'è mio figlio?"

Entrambi lo ignorarono.

Nessuno si mosse. Pellam restò fermo sulla ghiaia bagnata, con i vecchi stivali dalla punta rinforzata ben piantati al suolo.

Nessun rumore.

Non c'era nient'altro al mondo a parte un uomo davanti a lui che impugnava una pistola e un'imponente casa vittoriana. All'interno, una donna e un ragazzino; il marito era lì vicino. Sopra di loro, una fredda e limpida notte d'autunno.

Pellam aveva sparato a oche, anatre, gila, serpenti a sonagli e alla bellezza di centodiciassette bottiglie di birra vuote.

Ma non aveva mai sparato a un uomo.

La luce trasformava Bobby in una semplice silhouette. Pellam era abituato a sparare alle sagome, non solo a gila e a serpenti a sonagli.

Bobby non aveva volto né si muoveva. Restava in silenzio.

In quella quiete immobile e densa, a Pellam venne in mente una cosa che aveva letto sugli indiani delle Grandi Pianure, durante le ricerche per una sceneggiatura. Forse i sioux. Quando si svegliavano ed era una splendida giornata, non pensavano quanto fosse bella la vita. Dicevano: "È un bel giorno per morire".

*Bravo, Pellam. Bella cosa da pensare.*

Be', lo stesso Wild Bill non era arrivato ai quaranta.

Poi finalmente un movimento: era un clichè, che Pellam, se avesse diretto un film western, avrebbe proibito allo sceneggiatore. Aprì lentamente la giacca di jeans fino a mostrare il calcio della sua pistola.

Per come la vedeva Bobby, lui che aveva già ucciso qualcuno, le sue probabilità di uscirne erano buone. Pellam faceva lo sguardo truce, ma aveva una pistola ad azione singola e gli toccava estrarla e togliere la sicura prima di poter sparare. Era un'arma a sei colpi e per ricaricarla ci avrebbe messo due, forse tre minuti.

Bobby, dal canto suo, aveva in mano una Browning automatica calibro 380 da dodici colpi con il cane alzato. Non doveva fare altro che prendere la mira e premere il grilletto. Poteva ricaricarla in due secondi.

C'era anche Torrens, sì. Ma non avrebbe combinato un accidente; se ne sarebbe rimasto buono, come un leprotto impaurito.

Bobby sperò che Billy lo stesse guardando. Non perdeva mai occasione di fare bella figura con il fratello, che considerava più sveglio di lui.

Avrebbe lasciato che il tipo tentasse di raggiungere la pistola, poi gli avrebbe sparato alle gambe. L'avrebbe visto cadere. Poi l'avrebbe fatto strisciare per un po'. E gli avrebbe sparato di nuovo.

Poteva mirare ai suoi stivali. Il contrasto tra il cuoio scuro e la ghiaia bianca era perfetto. Negli occhi di Pellam brillava il riflesso giallastro della luce del portico. La camicia era bianca sotto la giacca scura.

Ma poi si accorse che c'era qualcosa, nel modo in cui l'uomo si era aperto la giacca, che lo faceva sentire a disagio. Meglio non fare giochetti con Pellam, o con Torrens. Meglio tornare dal ragazzino. O dalla mamma. Oppure da tutti e due.

Decise di mirare al cuore.

Senza ulteriori esitazioni, Bobby si inginocchiò in posizione di tiro. La sua pistola descrisse un arco nell'aria. Tese il braccio, come si allenava a fare ogni settimana. Strinse gli occhi e allineò il mirino con la camicia bianca di Pellam.

Thunk.

Una pala. Un pezzo di legno. Un tronco.

Bobby pensò: *Cristo, chi è stato?*

Un tonfo formidabile, un colpo dritto al petto. Bobby lasciò cadere la pistola, rimasta inutilizzata. Guardò giù, pensando che qualcuno lo avesse colpito con un tronco o con una pala. Si voltò. Nessuno. Guardò di nuovo il petto e vide il sangue. Forse qualcuno gli aveva lanciato addosso un badile. Eppure no, non c'era nessun badile. Soltanto Pellam, che teneva sul fianco la Colt fumante. Bobby allungò la mano verso la pistola. Cadde sotto il portico. Cercava un pezzo di legno. "E questo...?" fece.

Poi morì.


Pellam girò su se stesso, si guardò alle spalle tenendo la pistola all'altezza del petto.

Nessun gemello in vista.

Sussurrò a Keith: "Stai giù. Non ti muovere". Tornò a dirigersi verso la casa. Non andò molto lontano. La porta si spalancò di colpo, Billy uscì vacillando e si chinò su Bobby. Si mise a urlare e a sparare a casaccio contro Pellam.

Brandelli di lampi blu gli illuminavano le mani mentre il fragore secco degli spari riempiva la notte. Un proiettile oltrepassò la barriera del suono a pochi centimetri dall'orecchio sinistro di Pellam, con il rumore di uno schiocco di dita.

Tutto quello che Pellam riuscì a fare fu sparare un colpo, a caso, scheggiando il porticato. Poi si gettò a terra. Atterrò pesantemente sul gomito destro; il dolore della frattura gli oscurò la vista. Rotolò su se stesso. Sentì saltare l'articolazione della spalla. Non riuscì a trattenere un gemito di dolore. La fronte cominciò a sudare e ondate di nausea lo invasero.

Sollevò la Colt, che gli cadde di mano. Il braccio destro era inutilizzabile.

"Bobby, oh, Bobby..." singhiozzava Billy mentre gli tornava vicino.

Altri colpi dall'automatica. I proiettili si conficcarono nel camper e nel terreno accanto a Pellam.

*Sei colpi, sette, otto.*

"Figlio-di-puttana... Figlio... di... puttana!"

Pellam risollevò la Colt. Ma di nuovo la pistola cadde a terra.

*Cristo, ma quanti proiettili aveva?*

*Dieci, undici, dodici...*

*Clic, clic, clic.*

Vuoto. Aveva esaurito i colpi. *Grazie...* Pellam alzò la testa e vide Billy che ricaricava. Sentì il tocco freddo e umido delle schegge di granito e l'odore acre della pietra. Billy era a sei, sette metri di distanza. Pellam chinò il capo e sentì i suoi mocassini scricchiolare sulla ghiaia. Tentò disperatamente di afferrare la Colt. Sfiorò il calcio con le dita e la spinse fuori portata. Lo sentiva respirare. Aprì gli occhi e guardò su.

Billy si fermò. Socchiuse gli occhi e puntò la pistola. La bocca era a un metro e mezzo da Pellam.

*Un bel giorno per morire.*

Il gemello, all'improvviso, si guardò alle spalle.

Poi si sollevò in aria.

Lo scoppio lo fece volare come uno stuntman che salta sul trampolino allestito accanto alle cariche di polvere nera nei film di guerra.

Con un grugnito stramazzò addosso a Pellam, quasi soffocandolo. Poi si rovesciò sulla pancia, esclamando: "Bobby", e fissando la ghiaia a pochi centimetri dalla sua faccia. "Figlio di puttana." Chiuse gli occhi. "Figlio di puttana."

Pellam cercò di tirarsi su, ma perse i sensi per qualche istante. Infine, si mise a sedere.

Sotto il portico, Meg singhiozzava, lo Springfield fumante stretto tra le mani. Si frugò freneticamente nelle tasche, probabilmente in cerca di altre munizioni.

"Meg!" esclamò lui. "Tutto okay. Non ci sono più. Nessuno dei due."

Ma lei non gli prestò attenzione. Cadde in ginocchio e mise un altro proiettile in canna. Si rimise in piedi, si asciugò le lacrime e scrutò il cortile come una sentinella. Quindi rientrò in casa, chiamando il figlio.

# 25

"Tutto bene?" chiese Keith. Pellam annuì, ansimando dal dolore. Keith seguì Meg dentro casa.

Pellam si accertò che Billy fosse morto e si trascinò dentro barcollando. Li trovò in salotto, in piedi davanti al cadavere dello sceriffo, Keith con un braccio intorno alle spalle di Meg.

La donna lanciò uno sguardo verso l'ingresso, in direzione di Pellam, gli occhi spalancati dal terrore.

Keith si inginocchiò e abbracciò Sam. Il ragazzino guardò Pellam senza parlare. Stava piangendo. "Ti hanno fatto del male?" domandò Keith.

Sam scosse la testa.

Meg, in lacrime, singhiozzò: "Voleva... L'ha portato laggiù e ..." Indicò il salotto. "Ma poi hanno sentito il clacson e lui è uscito a vedere che cosa fosse."

"Oh, tesoro..."

Keith si rialzò e Meg posò il capo sulla sua spalla.

"Che cosa diavolo è successo?" mormorò l'uomo.

"Caro, il tuo telefono nell'auto! Dobbiamo avvisare la polizia."

"Il mio telefono?"

"Sì, quello che tieni in macchina. La casa è isolata. Non si può chiamare."

"L'ho dimenticato in ditta." Keith sembrava assente, incapace di pronunciare troppe parole alla volta.

"Allora prendi l'auto e vai dai Burkes, telefona da loro!"

"Che cosa è successo? Io non..." L'uomo si guardò intorno. "Non capisco."

"È stato terribile..."

"Che ci faceva qui Tom?" domandò Keith.

Meg indicò Sam con lo sguardo e sussurrò qualcosa al marito. L'uomo si incupì. Lei annuì. "Poi uno di loro ha sparato a Tom. Non so come abbiano fatto a entrare. Né perché. Proprio non capisco perché."

Per un po' Keith non parlò, si limitò a fissare il cadavere dello sceriffo. Infine guardò Sam. "Adesso ti porto a letto. Io e tua madre dobbiamo fare una chiacchierata."

"Keith..." Meg fece per seguirlo ma Pellam, nonostante il dolore alla spalla, si fece avanti e le toccò un braccio. "Meg, aspetta."

Padre e figlio scomparvero oltre le scale.

Meg si voltò. "Sei ferito..."

"Siediti."

Lei esitò.

"Ti devo parlare. Devo spiegarti perché stasera sono tornato..."

Lei fissava Tom. "Keith deve telefonare. Deve andare dai Burkes."

"Meg... ascolta", insisté Pellam. "Stasera sono andato a trovare il tuo amico."

Lei si irrigidì e smise di pensare al cadavere in salotto.

"Il mio amico?" disse.

"Ambler."

La donna rifletté per un istante, poi chiese: "Come fai a sapere che è mio amico?"

"Abbiamo parlato." Pellam si interruppe, guardando le scale. Keith era ancora con Sam. Aggiunse: "Tu gli piaci. Parecchio".

Meg non sapeva che fare. Trovò un cappotto di montone e coprì il volto e il petto dello sceriffo. Pellam avrebbe voluto abbracciarla, ma quasi certamente sarebbe svenuto: ogni minimo movimento gli provocava intensi dolori.

"Perché sei andato a trovarlo?" chiese lei.

"Sospettavo che fosse stato lui a uccidere Marty."

"*Cosa?*"

Pellam scosse il capo. "Non era vero. Ma è stato lui a mettergli addosso la droga e a farmi picchiare."

"Wex non avrebbe mai..." Meg non finì la frase: si era resa conto che sì, in effetti non era poi così strano che lui ne fosse responsabile.

"L'ha fatto perché aveva paura che ti portassi via con me."

"Davvero?"

Sembrava turbata, anche se Pellam scorse sul suo viso una punta di orgoglio. Non esiste donna al mondo che non si ecciti quando scopre che un uomo è disposto a compiere gesti sconsiderati pur di non perderla.

"Io e Ambler abbiamo concluso che forse erano i gemelli a essere coinvolti nell'omicidio. Sono andato dal loro sfasciacarrozze. Alla baracca. Ho trovato il fucile con cui hanno sparato a Marty. E non solo. Ho trovato..."

Dei passi. Keith scendeva le scale lentamente. Incrociò lo sguardo di Pellam e si fermò. "Sam sta bene. Gli ho dato qualcosa per dormire", mormorò.

Meg lo ignorò. "Perché mi racconti queste cose?" domandò a Pellam.

Ma Keith la anticipò. Aveva sentito qualcosa della conversazione. "Che altro hai trovato nella baracca?"

Pellam si rivolse a Meg: "C'era quella roba, le droghe che ha preso Sam".

"Allora sono stati loro?" chiese lei all'improvviso. "Sono loro i responsabili... Ma perché sono venuti qui? Perché Sam era un testimone?"

"Non era Sam che volevano."

Keith era arrivato in fondo alle scale. Si sedette. Pellam gli disse: "C'erano cinque o seimila fialette laggiù. Tutte imballate e pronte per la distribuzione... A questo punto devi dirmelo: erano i gemelli a spacciarle per tuo conto? O facevano la cresta?"

Gli occhi di Keith vagarono per la stanza. "Apparentemente, entrambe le cose."

Meg fissò il marito. "Che cosa vuoi dire?"

"I tuoi soci erano venuti a farti fuori", fece Pellam. "Te e la tua famiglia."

"Soci?" sussultò Meg.

"Sarebbero stati in grado di preparare i cristalli da soli? Avrebbero potuto fare a meno della tua fabbrica?"

Keith non rispose.

*Apparentemente, entrambe le cose.*

Guardò verso il muro, oltre il quale giacevano due dei suoi dipendenti. "Eppure li pagavo abbastanza."

"Non è mai abbastanza."

"Come l'hai scoperto?"

"In una delle borse alla baracca c'erano dei tuoi appunti. Carte intestate. Assegni", rispose Pellam. "Ero venuto qui per riferirlo a Meg."

Lei lo guardò. Sembrava sul punto di dire qualcosa, ma non ci riuscì.

Keith fece: "Erano solo dei teppisti, ma avevano contatti a New York, nel New Jersey, a Brooklyn. Mi erano utili".

"Ma di che droga si tratta, per l'esattezza?" indagò Pellam.

"È uno stupefacente sintetico da assumere per via orale."

"No. Non è vero", sussurrò Meg al marito.

Keith prese fiato e Pellam si accorse che stava facendo appello alla sua scorta di bugie, come un ragazzino sorpreso davanti a un vetro rotto. Li guardò e disse: "Non è come pensate".

"No, no, no." Meg scuoteva la testa.

"Si tratta solo di un prodotto. Io..."

"Prodotto?!" esclamò lei. "Quelle droghe sono veleno, e tu le chiami *prodotto*?"

"Tu non puoi capire", ribatté seccato. "Non è come credi."

"E com'è, allora?"

"È una scoperta fantastica! Ho dedicato due anni a perfezionarla."

"*Una scoperta?*"

"Già, all'avanguardia. Di solito per sballare con l'eroina bisogna bucarsi. Questa roba, invece, basta masticarla", Pellam commentò sarcastico.

Keith dichiarò: "Quello che ho messo a punto è un nuovo tipo di vasodilatatore, molto efficace. La sostanza stupefacente penetra nei vasi sanguigni sotto la lingua nel giro di millisecondi".

"Una droga nuova, da yuppie. Nessun buco, nessun ago. Niente rischio di AIDS", brontolò Pellam.

Keith continuò: "Volevo brevettarlo. Doveva essere un farmaco vendibile solo dietro presentazione di ricetta medica. Ma avevamo bisogno di più capitale... Volevamo distribuirne dei campioni ad alcuni istituti farmaceutici di ricerca. Ma Dale aveva cominciato a venderlo sottobanco per avere un po' di liquidità. Da quel momento mi sono reso conto che c'eravamo dentro fino al collo".

"Bugiardo."

"No, Meg, davvero..."

Lei gli venne vicino. "Adesso spiegami perché doveva entrarci anche mio figlio! Tu e Dale avete cominciato a incassare fin dal primo giorno. Avete investito nella società... Oh, c'era qualcuno che vi finanziava e dal primo giorno che avete aperto la fabbrica era al corrente che voi avreste venduto questa schifezza."

"Basta!"

"Dimmi, è stato qualcuno a costringerti puntandoti una pistola alla testa..." Meg si interruppe, aggrottò le sopracciglia. "Un momento." Gli occhi pieni di orrore. "Che cosa è successo a lui, a Dale?"

"Lui..." Keith distolse lo sguardo.

"L'hanno ammazzato loro. Quei gemelli... Perché? Era diventato troppo avido?"

"La faccenda ci è sfuggita dalle mani", disse Keith con rabbia. "Non è stata colpa mia."

Lei continuò: "E quegli altri, quei due che venivano da

New York... E il ragazzo morto di overdose lo scorso anno... E Ned! Stamattina hanno ucciso anche lui! E Tom che pensava fosse stato Sam! Oh, Gesù".

"E Marty", fece Pellam.

Keith ci mise un momento a capire chi fosse Marty. "Quello *è stato* un incidente. Lo giuro su Dio. Bobby e Billy stavano cercando di spaventarvi per farvi andare via. E basta. Noi non vogliamo stranieri in paese. Non possiamo rischiare cattiva pubblicità."

"Un incidente? Tu hai ammazzato il tuo socio e chissà quanti altri e vuoi farmi credere che volevi soltanto spaventare Marty?"

Meg era incredula. Scosse lentamente la testa, la coda di cavallo che ondeggiava. "E tu hai quasi ammazzato nostro figlio?"

"Glielo avevo detto..." Keith indicò con un cenno il porticato "... di non vendere niente alla gente di qui. Ma non mi hanno dato retta. Non è stata colpa mia. Io..."

"Non è stata colpa tua? Sei stato tu a crearla e poi a venderla. Mi vuoi spiegare?"

Keith non riuscì più a sostenere il suo sguardo e abbassò la testa.

Meg si limitò a scuotere il capo, di nuovo. Provava una rabbia smisurata.

Pellam si accorse che Keith si nascondeva dietro una maschera, la stessa con cui aveva ingannato sua moglie per tutto quel tempo: Keith, il bambino dai capelli folti e il faccione rotondo. Implorante, bisognoso di affetto. Il bambino paffuto.

"Non abbiamo più niente da dirci. Niente."

"Per favore, lascia che ti spieghi."

Meg si voltò a guardarlo mentre lui si appoggiava barcollando sulla soglia, una spalla premuta contro lo stipite, come se la casa stessa avesse il compito di sostenerlo.

Lei replicò: "Mi hai mentito tutto il tempo".

"Non volevo dirtelo. Per proteggerti."

"E come pensavi di farlo?" chiese lei, con amarezza.

"Se fosse andato tutto liscio, volevo che tu ne restassi fuori."

Lei rise stupefatta. "Come avrei potuto *restarne fuori*? Con un marito che fabbrica droga! Come avremmo fatto io e Sam a non farci coinvolgere? Voglio dire, guarda cos'è successo l'altro giorno a tuo figlio. Sarebbe potuto morire."

"Non succederà più."

Ora Meg piangeva. "Mio Dio, Keith... Sembra che tu non riesca più a fermarti. La morte di Tom! I due cadaveri in giardino. Adesso basta. Chiameremo la polizia."

"No, Meg. La mia scoperta ha qualcosa di magico." A Keith brillarono gli occhi. "Nessuno ha mai fatto niente del genere, prima. Nessuno ne è stato capace."

"Mi sembri quasi orgoglioso", commentò lei.

"Certo che ne sono orgoglioso! Tu non hai mai capito veramente chi sono io. Né ti sei mai sforzata di farlo. Non sono un mediocre come tutti gli altri. La mia mente non pensa, corre. Sono nato così. Non sono come te. O come lui." Guardò Pellam. "O come tutti gli altri."

"Ma noi ci amavamo", singhiozzò Meg.

"Che cosa c'entra? Non fare la moralista. L'ho fatto per te. E per Sam. Che cosa credi? Hai sempre insistito perché volevi una bella casa, dei soldi e quei fottuti gioielli! Secondo te che cosa avrei potuto fare con uno stipendio da chimico?" Indicò l'anello di Meg. "Credi che me lo sarei potuto permettere se fossi rimasto alla Sandberg?"

"Stai cercando davvero di incolparmi? La colpa è di quel non so cosa che hai dentro che ti fa sentire diverso dagli altri. E poi cosa credi? Che ci dimenticheremo di tutto quello che è successo? Be', non ne ho nessuna intenzione. Io e Sam ce ne andiamo."

Keith lanciò uno sguardo a Pellam. "Te ne vai via con *lui*?" La voce colma di incredulità.

"Me ne vado e basta. Non meriti altre spiegazioni. Io e Sam ce ne andiamo, tutti e due."

"Non puoi abbandonarmi."

"Abbandonarti?" Meg rise.

La stanza era satura di tensione.

"Non permetterò che questo accada!" La voce di Keith fece tremare la stanza. "Tu sei mia moglie. Resterai con me. Nel giro di sei mesi mi procurerò il brevetto e smetterò di vendere la sostanza per le strade. Otterremo la licenza dalla Pfizer o dalla Merck. Diremo alla polizia di stato che i gemelli si erano introdotti in casa per stuprarti. Che Tom era venuto per Sam e che l'hanno ucciso. Potremo dire..."

"Basta." Meg chiuse gli occhi e la sua testa oscillò lentamente avanti e indietro. "Basta. Non resteremo qui questa notte."

"Meg, no." Adesso non sembrava più un bambino. Era diventato malvagio, torvo, rancoroso.

Le loro parole volteggiavano attorno a Pellam. Lui li guardava e li ascoltava con distacco.

*Arrivi con il tuo camper e la tua macchina fotografica, osservi la città, parli con le persone, cerchi di conoscere*

345

*tutti... Alcuni meglio di altri. Non ti rendi conto del pote-*
*re che hai.*

*No*, pensò Pellam, *io non ho nessun potere. Non ho nes-*
*sun consiglio da elargire su come essere felici o su come usci-*
*re dalla routine in cui sono precipitati.*

Lui faceva film. Aiutava la gente a scappare dalle loro
vite, d'accordo, ma soltanto per un paio d'ore e in un posto specifico: la sala buia di un cinema. "Io adesso vado."

Keith lo guardò. "Se lo dici a qualcuno, se arriva la polizia... Immagino tu sappia che cosa succederà loro." Indicò Meg.

"Che vuoi dire, Keith?" chiese lei.

Intervenne Pellam. "Vuole dire che se vado dalla polizia, anche se riuscirà a cavarsela dall'accusa di omicidio,
su di lui penderà quella di crimine organizzato. Il procu-
ratore farà chiudere la fabbrica e si prenderà la vostra casa e i vostri risparmi."

Keith annuì. "E ce l'avrai sulla coscienza."

Pellam rise e non disse nulla. Guardò Meg. "Vuoi un
passaggio da qualche parte? Da parenti o amici?"

"Lei non verrà con te", disse Keith, categorico.

"Non sarai tu a deciderlo."

"Aspetta, vado a prendere Sam", mormorò Meg rivolta
a Pellam.

"Meg, tu sei mia moglie. Tu..."

"Basta!" urlò lei.

Il Keith bambino e il Keith uomo tacquero entrambi.

"Non sono una tua proprietà. Me ne vado!"

Allora Pellam ebbe l'intuizione. Capì tutto in un rapido
flash.

Lo intuì da una serie di circostanze: con la coda dell'occhio vide Keith che portava la mano alla cintola, lo sentì sbuffare, poi udì lo scatto di una molla metallica, il cane di una pistola, quella di Bobby, naturalmente, rimasta sotto il cadavere del gemello. Al momento di rientrare in casa, Pellam se n'era scordato.

Lo scatto fu quasi coperto da un'unica parola urlata con rabbia primordiale. "Pellam!" L'urlo di Keith squarciò la notte.

"Keith, no!" gridò Meg.

Pellam si allontanò da lei e balzò di lato, girandosi verso Keith e portandosi la mano sinistra al volto in un gesto automatico e vano.

L'arma sparò un colpo. L'esplosione lo colpì al volto e alle mani.

Meg urlò: "John!"

Si fermarono all'istante, come bambini che giocano alle belle statuine. Tutti e tre, immobili.

Ci fu un interminabile momento di silenzio, in mezzo al fumo forte e dolciastro.

L'arma scivolò dalle mani di Keith e finì a terra. Lui cadde in ginocchio, con un lamento angosciato.

Pellam non si mosse, restò in attesa del dolore, dell'oscurità e del sangue.

Niente. Mancato.

Aveva sbagliato la mira. Da neppure cinque metri, Keith aveva sbagliato la mira.

Pellam sussurrò a Meg: "È tutto a posto, sto bene".

Lei scuoteva il capo. "E di questo che cosa me ne faccio?"

"Di che?" chiese Pellam.

Meg non rispose. Aveva abbassato la testa, concentrata,

e osservava perplessa il diamante che portava al dito. "Guarda questo anello. Guarda. Che casino."

Alzò le mani, coperte dal sangue che le usciva dallo scollo della camicetta. "Mi puoi aiutare? Non verrà più pulita." Il sorriso le scomparve dal volto. Gli occhi si chiusero. "Mi puoi aiutare", sussurrò mentre cadeva lentamente sul pavimento. "Puoi?"

## 26

Trudie, una brunetta abbronzata e magra come un'indossatrice, con un paio di polpacci incantevoli, ma dal corpo privo di lentiggini, guidava lenta nel traffico mattutino di Santa Monica, diretta all'autostrada. John Pellam era seduto al suo fianco, nella Mercedes bianca 450 SL della ragazza.

Sedeva in silenzio, tenendo sulle ginocchia la sua valigia, questa volta acquistata a Cleary e non in Rodeo Drive.

Trudie parlava animatamente. Era preoccupata per uno sceneggiato televisivo che la Lorimar stava maltrattando e sulla quale aveva il cinquantadue per cento degli utili. O almeno, così era parso a Pellam.

Aveva la radio a tutto volume e muoveva la testa a tempo, sorridente, anche se Pellam sapeva che era il ritmo dei suoi affari a trascinarla, non quello della hit radiofonica.

La trovava una donna molto affascinante. Gli piaceva uscire con lei e anche starci insieme, sdraiati in un letto enorme a bere whisky su una terrazza in cemento che si affacciava su un canyon boscoso. La sua non era una casa a frittella.

Passarono davanti al parcheggio di Beverly Hills, quello in cui una mattina, intorno alle cinque, aveva trovato Tommy Bernstein in smoking privo di sensi. Lo stesso Pellam non era così in forma. Tommy gli aveva detto: "Dannazione, arriva la cavalleria. Portami a casa. Sono a letto? Non mi pare, no, penso di no. Portami a casa!"

Dopo grossi sforzi, Pellam ce lo aveva portato.

Il funerale di Tommy era stato celebrato dal primo prete che avevano trovato, fatto non così strano dato che il defunto non entrava in una chiesa da una ventina d'anni. Il prete aveva detto cose innocue. Le solite frasi sentimentali. Non per sminuirlo, naturalmente. Pellam aveva pensato che il vegliardo dal colletto bianco e rigido avesse fatto un buon lavoro. Certo, alcune battute erano discutibili, tipo: "Lo spirito vitale di Thomas, quello spirito che ha colpito tutti noi per l'amore che nutriva nei confronti dei personaggi da lui interpretati..." Be', Tommy avrebbe urlato: "Vomitevole". Ma non era certo colpa del prete.

Il funerale era stato celebrato proprio vicino all'incrocio che stavano sorpassando. Avenue delle Star.

"Ho parlato col prod esecutivo."

A Trudie piaceva accorciare le parole e lasciarle in sospeso. *Prod*, *fotog*, *rist* anziché ristorante.

"Sì?" chiese lui.

"Era fuori di sé."

"Ah, sì?" Pellam non riusciva a ricordarsi esattamente di quale *prod* stesse parlando e perché era, o avrebbe dovuto essere, fuori di sé.

Viaggiarono in silenzio attraverso quella luce limpida, la luce della California che sembrava scatenare radiazioni dal fogliame. Sempre presente, come una ragazzina bellissima e insolente. Pellam osservava attraverso gli occhiali da sole i riflessi verdi e marroni che si lasciavano alle spalle. Intanto le altre macchine, migliaia di auto, forse tedesche, viaggiavano in direzione contraria, verso Hollywood.

"Non tornerai per un po'?"

"Credo di no."

Trudie non rispose, ma gli pizzicò un ginocchio. Alzò il volume della radio. A Beverly Hills non c'era spazio per i sentimenti.

"Sei sicuro di quello che vuoi fare?"

"Sì", fece lui, e non aggiunse altro.

Dopo altri dieci minuti di silenzio lo scaricò all'aeroporto. Lui non voleva né si aspettava che lei scendesse dall'auto. Si baciarono come se fossero fratello e sorella e le uniche tracce dei momenti passati insieme furono il lieve cenno del capo e il sorriso di lei, confuso e triste.

"Chiamami qualche volta."

Pellam promise che l'avrebbe fatto.

Porse la sua valigia all'impiegato del check-in e, quando si voltò, Trudie se n'era andata.


Pellam si sedette su una lapide centenaria e scrutò la valle a nord di New York, punteggiata di alberi dalle intense tonalità rosse e gialle. Il sole era appena scomparso dietro cumuli di nubi e il magnifico paesaggio stava assumendo una sfumatura sinistra.

Oltretutto, c'era quel giovane che si muoveva furtivo nella sua direzione. Indossava una camicia scura e un paio di jeans. Quando fu a sei o sette metri di distanza, l'individuo si fermò e chiuse gli occhi, come a richiamare la forza da chissà dove, poi estrasse una pistola nera dalla tasca posteriore.

Avanzò nuovamente.

Pellam si alzò dalla pietra gelida e scrutò con la coda dell'occhio quei movimenti furtivi.

Qualcosa si mosse lì intorno, sul terreno. L'individuo indietreggiò sorpreso e inciampò in una lapide. "Cristo!" esclamò, lasciando cadere la pistola.

"Cosa?" Una voce rimbombò da un megafono.

"Mi ha attaccato!" gridò l'uomo tirandosi su mentre si toglieva l'erba dai pantaloni.

La voce elettronica del *deus ex machina* urlò: "Taglia! Taglia! Che diavolo succede?"

Il prato si riempì di gente. I macchinisti emersero da dietro la Panaflex, il truccatore sistemò il viso dell'attore che gridava: "Uno scoiattolo... mi è venuto addosso!"

Uno stuntman afferrò un giubbotto e si lanciò in mezzo alle tombe esclamando: "Toro, toro!"

"Esilarante", commentò il regista, sarcastico, al megafono.

Pellam si allontanò dalle lapidi e si sedette accanto al Winnebago su una vecchia sedia pieghevole a quadri verdi. "Hai freddo? Vuoi entrare?" domandò.

Meg gli strinse la mano. "No, non voglio perdermi questa scena per nulla al mondo."

"Voglio un piano sequenza", sospirò il regista, e tornò dietro la macchina da presa. Uno dei costumisti si era messo a tirare su l'orlo ai vestiti e ai polsini perché non si sporcassero con l'erba umida. La segretaria di produzione prendeva appunti sulle posizioni degli attori e delle camere prima dell'attacco dello scoiattolo.

"A che inquadratura siamo arrivati?"

"La prossima è l'ottava", rispose qualcuno.

"Cristo... E si è fatto buio nel giro di dieci minuti. Che cosa dicono le previsioni per domani?"

"Pioggia."

"Cristo."

Pellam e Meg osservavano la troupe in mezzo all'erba. Lui disse: "Questo è il cinema. Lo rifai migliaia di volte, poi aspetti un po' e rifai tutto da capo".

Ma alla fine Sam si stava divertendo lo stesso, anche se avrebbe preferito un film di guerre intergalattiche o una pellicola di robot con il mitragliatore a quella stupida storia di adulti dai vestiti antiquati intitolata *Sotto terra*.

Ma soprattutto, la cosa che gli piaceva di più era quell'enorme e complicata macchina da presa.

"Sfizioso!" aveva detto a Pellam. "Sembra un'astronave." E Pellam aveva avuto l'okay dal direttore della fotografia perché Sam si sedesse cinque minuti al posto dell'operatore.

Alan Lefkowitz uscì dal suo *honeywagon* e si diresse verso il regista. Indossava la sua tenuta da riprese, quella che metteva sul set: pantaloni sportivi e una camicia a righe bianche e rosse. Pellam sussurrò a Meg: "Ecco come si vestirebbe l'arbitro se Hollywood avesse la sua squadra di hockey".

"Ehi, Johnny!" gridò il produttore, alzando la mano che nascondeva un bicchiere di scotch costosissimo, e sollevò le sopracciglia. Poi diede un'occhiata all'orologio.

Pellam rispose: "Non posso. Impegni".

"*Qui* intorno?"

Lefkowitz guardò con desiderio il sedere di Meg fasciato dai jeans e riprese ad agitare fogli all'indirizzo del regista.

"Allora", chiese Pellam, "come va a Cleary?"

La donna rise e non rispose. "Facciamo due passi. Ti va?"

"C'è il teleobiettivo in funzione. Andiamo da quella parte, verso il bosco, così non entriamo in scena. Te la senti?"

"Certo, diamine."

Meg prese il bastone e si alzò senza bisogno di essere aiutata. Si fecero largo tra la folla di locali che aumentavano a dozzine ogni giorno; la vita del paese si era fermata durante le riprese principali. Bastava un nonnulla ad affascinare gli spettatori, in particolare l'attacco dello scoiattolo: restavano in silenzio, impietriti, come se la minima contrazione potesse arrestare la magia della macchina da presa.

Meg e Pellam camminarono per un breve tratto oltre la strada, lei che si voltava ogni istante per tenere d'occhio Sam.

A un certo punto Meg disse: "Il dottore mi ha detto che se mi faccio vedere da una fisioterapista e faccio esercizio, nel giro di un mese smetto di zoppicare".

"E poi?"

"Poi ho visto in tivù la pubblicità di queste ragazzette che corrono e fanno aerobica per dimagrire. Mi è sembrata una tale idiozia. Ho deciso di aspettare che passi da solo."

"Come vanno gli affari in agenzia?"

"Ho venduto una casa la scorsa settimana. E ricevuto un paio di 'forse-ma-prima-devo-parlarne-con-mia-moglie'. Nessuno ha mai detto che è un lavoro facile."

"E lui come la sta prendendo?" Pellam indicò Sam con un cenno del capo.

"Continuiamo a parlarne. Io non vorrei, anche se penso sia la cosa migliore. Così sostiene lo psicologo. Butta fuori, butta tutto fuori. Forse è meglio anche per me. Sam mi dice: 'Raccontami di nuovo di papà'. E poi parliamo. Lui capisce, o almeno così dice. Io no, ovviamente."

"E di lui hai avuto notizie?"

"Sarà processato il mese prossimo."

Pellam annuì. "Si attaccheranno alla casa?"

"È possibile. Il mio avvocato dice che rischiamo di perderla. Ma significa anche che c'è l'eventualità che non succeda." Meg lo guardò negli occhi. "Sto rivedendo il mio amico, in un certo senso."

"Ambler?"

"Mi è stato molto vicino."

"Sembra una brava persona." *Per essere un provinciale bigotto e capitalista.*

"All'inizio non ne ero del tutto convinta. Voglio dire..."

"Non devi giustificarti."

Lei guardò all'orizzonte. "Lo so." Sorrise. La sua voce si trasformò in un sussurro: "Pellam, pensi che..."

Pellam lo pensava. Davvero.

E capì che la risposta era chiara. Lo sapevano entrambi. Lui non rispose, né la guardò, e lei non finì la domanda.

Raggiunsero un cartello, sul bordo della strada, situato dalla parte opposta delle riprese:

BENVENUTI A SIMMONS,
RIDENTE PAESE SULLE CATSKILLS MOUNTAIN
POPOLAZIONE: 6300 ABITANTI

"Com'era quando vivevi qui?" chiese Meg. "La gente, intendo."

"Oh, non ricordo. All'incirca come a Cleary."

"Perché sono venuti proprio qui a fare le riprese?"

"È uno sporco paesino. Proprio quello che mi serviva per la storia."

"Alla fine la tua sceneggiatura è piaciuta, vero?"

"In gran parte. Naturalmente, il regista ha ignorato le mie indicazioni di regia."

"Perché non glielo dici?"

"Gli sceneggiatori non possono dire ai registi dove devono mettere la camera. A meno che non lo facciano tra le righe e soprattutto dopo essere stati pagati."

"Perché non siete venuti a Cleary?"

"Qui c'è un cimitero più bello." Pellam indicò gli attori. "Più adatto alle riprese. E alla scena del funerale, quando Janice affronta Shep."

"Un cimitero più bello di quello di Cleary? Mi offendi."

Pellam le guardò i capelli, che ora portava corti lasciando intravedere una chiazza di lentiggini sulla nuca, poi osservò i suoi jeans in stile country, la camicetta blu della Saks e gli stivali di camoscio marrone.

"Stasera", disse, "ceniamo alla locanda, ti va? Solo noi due..."

"Non le dispiacerà?" Meg fece un cenno al fondo della strada, verso la casa d'infanzia di Pellam, a cinque chilometri di distanza. Si riferiva a sua madre.

"Mi ha visto di più nello scorso weekend che negli ultimi cinque anni. Sarà lieta di liberarsi di me. Lei non va gran che... come dire?... gran che d'accordo con gli uomini che bevono whisky. Possiamo affidarle Sam per la serata."

Una giovane assistente della troupe, in jeans e giubbotto scolorito, con un ciuffo di capelli ricci che le scendeva sulla fronte, pattugliava la strada come un soldato israeliano. Le rimbalzava sul fianco un enorme walkie talkie.

Pellam domandò a Meg: "Fino a quando ti fermi?"

"Domani. Restiamo solo questa notte. Non voglio che Sam stia troppo tempo lontano da casa. Penso sia meglio così."

Meg guardò i lunghi steli d'erba. Con l'imbrunire erano calati un'atmosfera color seppia e un senso di immobile quiete.

Pellam le fece cenno di seguirlo ed entrò lentamente nel cimitero. Indicò una lapide, vecchia di dieci anni.

Meg la guardò. "Tuo padre si chiamava Benjamin?"

"Come Benjamin Franklin", fece lui.

"Strano che non ti abbia chiamato William", osservò Meg.

"William?"

"Come Wild Bill, il tuo antenato."

"Si chiamava James, non William. James Butler Hickok", sospirò Pellam.

"Ah, giusto. Me l'avevi detto."

Sentirono l'aiuto regista che ordinava al megafono: "Silenzio, silenzio dappertutto!"

Pellam e Meg si fermarono e rividero la stessa scena di poco prima. L'attore si aggirava tra le tombe pronto a uccidere.

Meg fece: "Allora adesso sei diventato uno scrittore?"

"No. Continuo a essere disoccupato. Lefkowitz è costretto ad accreditarmi come sceneggiatore, ma solo grazie alla Writers' Guild. Sono qui solo nel caso che loro debbano fare delle modifiche allo script, ma non mi hanno graziato. Sono colpevole di quello che a Hollywood è considerato il reato peggiore: contribuire all'ulcera di un produttore."

"Approfittane per scrivere altre sceneggiature."

Pellam rise e guardò l'orologio. "Se mi viene l'ispirazione. Ho avuto una proposta come *location scout* free lance nello Utah."

Sentivano le voci degli attori che andavano e venivano. Poi la voce del regista gridò nel megafono crepitante: "Taglia, taglia! Qualcuno... tu, sì *proprio tu*! Sbatti fuori dal cimitero questo dannato scoiattolo. Roba da non crederci, davvero".

Pellam e Meg tornarono al camper e si sedettero sulle sedie pieghevoli, lentamente. Lei per colpa del proiettile, lui per la ferita alla spalla.

"Secondo te ci sono delle possibilità che tu possa tornare a est?"

"Ci sono parecchi film da girare."

Meg fece: "In quel caso, perché non fai un salto a trovarci a nord di New York? Sam ne sarebbe felice".

Pellam distese le gambe rivolgendo la punta dei suoi vecchi Nokona verso il cielo grigio.

"Perché no", disse. Poi entrambi osservarono la troupe che sistemava l'erba, toglieva le foglie, aggiustava il trucco, puliva i polsini e inseguiva lo scoiattolo tra gli alberi. Tutti si affrettavano, seri, tentando di strappare un ultimo ciak all'oscurità di novembre.

JEFFERY DEAVER

Ex avvocato, più volte finalista all'Edgar Award, vincitore di tre Ellery Queen Readers' Award, è considerato il degno erede di Thomas Harris. Definito da *The Times* "il più grande scrittore di thriller dei giorni nostri", è autore di bestseller internazionali tradotti in 25 lingue. Tutti i suoi libri sono pubblicati in Italia da Sonzogno: *Il silenzio dei rapiti*, *La lacrima del diavolo*, *Pietà per gli insonni*, *Profondo blu*, *Il giardino delle belve*, *Spirali*, e i romanzi che vedono protagonisti Lincoln Rhyme e Amelia Sachs: *Il collezionista di ossa* (da cui è stato tratto il celebre film con Denzel Washington e Angelina Jolie), *Lo scheletro che balla*, *La sedia vuota*, *La scimmia di pietra*, *L'uomo scomparso*, *La dodicesima carta* e *La luna fredda*. Nel 2006, con *Sotto terra* una serie finora inedita in sta il "location scout" Jo dell'autore è www.jeffery

Finito di stampare r
presso    Grafica V

Prin

B E S T

Periodico men
Registrazione n. 124 del 7.03
Direttore respon
Distribuzion
via Cazzanig